鹰的蒙太奇

诗论与诗歌批评文集
（1981—2021）

王自亮　著

ZHEJIANG UNIVERSITY PRESS
浙江大学出版社
·杭州·

图书在版编目（CIP）数据

鹰的蒙太奇 : 诗论与诗歌批评文集 : 1981—2021 /
王自亮著. -- 杭州 : 浙江大学出版社, 2025.6
ISBN 978-7-308-24605-7

Ⅰ. ①鹰… Ⅱ. ①王… Ⅲ. ①诗歌评论－中国－当代
－文集 Ⅳ. ①I207.22-53

中国国家版本馆CIP数据核字(2024)第029898号

鹰的蒙太奇——诗论与诗歌批评文集（1981—2021）

王自亮　著

责任编辑	牟琳琳
责任校对	吕倩岚
封面设计	尤含悦
出版发行	浙江大学出版社
	（杭州市天目山路148号　邮政编码310007）
	（网址：http://www.zjupress.com）
排　　版	杭州林智广告有限公司
印　　刷	杭州宏雅印刷有限公司
开　　本	880mm×1230mm　1/32
印　　张	11
字　　数	235千
版 印 次	2025年6月第1版　2025年6月第1次印刷
书　　号	ISBN 978-7-308-24605-7
定　　价	128.00元

作者简介

王自亮，1958 年生于浙江台州，毕业于杭州大学（现并入浙江大学）中文系，现任浙江工商大学"金收获写作中心"执行主任，教授。1982 年以来，先后担任浙江省台州地区行政公署秘书、《台州日报》总编辑、浙江省政府办公厅研究室主任、吉利控股集团副总裁、浙江工商大学公共管理学院副院长等职。第五届当代诗歌研究国际研讨会（2025）组委会主席。著有诗集《三棱镜》（合集）、《独翔之船》、《狂暴的边界》、《将骰子掷向大海》、《冈仁波齐》、《浑天仪》、《喜马拉雅山群》（合集，中印诗人互译诗选），散文集《在地图上旅行》《那种黑，是光芒本身》《如是我闻》，尚有学术著作、非虚构作品和艺术鉴赏集等出版。诗集《长江传》《幻象、盲者与命名之光》即将出版。诗歌作品多次获奖，入选多种诗歌选本，并被翻译成英语、法语、意大利语、西班牙语、葡萄牙语、土耳其语等。

目　录

1

第一辑

他者与自我

"语言乌托邦" [1]

唯有一个"乌托邦"是可欲的，那就是诗歌。

诗歌是语言的乌托邦，它不需要人们蹚过血海，不需要暴力、牺牲与祭祀，在那儿青春、生命和性不再是祭品。诗歌给予人类的，是一个真正的"美丽新世界"。诗人需要的是时间、技术和意象的集合。他要呈现和表达，他将付出艰巨的劳动，以配得上大地的恩赐。在尘世，诗人得到的是与惩戒等量的祝祷。

诗歌并不增加什么，只是改变与创建 [2]。

通过组合、镶嵌和拼贴，有了这个世界的新构造，形成新的时空感，或将悲剧感转化为意识的喜剧。准确地讲，诗歌会传递诗人某种隐秘的喜悦，或是对精神新大陆的远眺和引渡。很自然，这个乌托邦里也有血泪、悲怆、梦幻、愉悦、宁静、爱意和对象化的审美，不过这是个人经验的超现实呈现。诗人像地质队员一样地勘探荒谬、悖逆、异象、歧见，经营词语、节奏和形式，借助光线、气味、色泽、形状和温度，使之成形。

语言乌托邦，并非词与物的"象牙塔"，而是诗人亲手构筑的"另一世界"。走上大道之前，诗人会迷恋纷乱的歧途，去做一些徒劳无

---

[1] 此文一部分发表于《诗刊》2014年9月（上半月刊），题为《诗歌作坊里永远的学徒》。

[2] 我们应该慎用"创造"这个词，除非具有神学意义的，或举世公认的伟大发现或发明，如电、蒸汽机与相对论。诗人中的"创造者"，一般指但丁、莎士比亚、里尔克这样的大诗人。

功的事。没有见过，也没有听说过"一贯正确"的诗人，即使是伟大的但丁。博尔赫斯甚至说，"我的一生是错误的百科全书"。这既是哀叹，也是庆幸。正是众多的错误，化作炽烈之火，铸就"不寻常的剀切"。在某种"天启"的诱导下，我们能够将诗歌写得精神抖擞，或干一手语言的好活计。

1982年7月。那时我24岁，第一次来到北京。沿途看到了旷阔的华北平原，小叶杨被风压弯了腰，旋又挺拔而起；青草起伏，沟渠纵横，土地一望无际。远处的土坯房孤独而倔强，就像那些北方汉子。江南湿润而分割的风景，被北方的辽阔和绵延所取代。

在京城，我被建筑、古迹和街道震惊，让悦耳的儿化韵、有轮有廓的北方脸型给迷住，但也对紫禁城的压抑、幽暗和幻影，充满了下意识的拒斥。十三陵墓群是个完整的梦魇，我以微弱的青春力量，试图将之拂去。80年代真正开始了。门是一点点开启的，而关闭的可能性却确凿存在。对于我来说，东南沿海才是基点。泛浆的道路，雨中的梅子，西码头的晨雾，容貌姣好的女子，潮汐，庙宇，八爪鱼，烈日下的樟树，大陈岛的巉岩，一个个远比海明威生动的船老大，才是我所需的图景与具象。

然后是一连串的变动，人事纠葛，寻常与意外，赢得多次转身。世界巨大的身影，在我细小的眼睛里投下了一系列梦魇般的轮廓。"现代性"是个故事。两次纽约，60天日本，偶遇的大马士革，泛着波光的琉森湖，青藏高原与横断山脉，还有东北的黑土地。生活在别处，更在内心。我像一条鱼被炙烤着，"翻转"即颠覆，一根铁丝穿过内心：不只是倾覆，更像死亡。我终于发现，这是一个"共时性"的世界。从欧洲到中东，从俄罗斯到美国，人类精神的痕迹，就像地质纪年一样，层层叠叠向我涌来，从史前到后工业的各种生活方式共存着，纠缠着，盘绕着。西方中心论打破了，中土中心论也不靠谱。我，算是见识了生活。世界是一个整体，文明的诸多形态总是彼此穿越与呼应。

生活是一回事，写作又是另一回事。人们都在嚷嚷写作是一门手艺，如果一定要这样说，那么我始终是个青涩的学徒，从未告别"学徒期"。标杆经常抬升，学不完的诗艺。"向上帝挑战"，我既无胆量也没有资本。这些颇不谦恭的话，即使再胆大妄为，也难以启齿。流派林立，王旗变幻。各种诗派我一概没有时间也没有资格参与，我压根没有想过什么"强行进入文学史"这一类荒唐事儿，所以也就免去了为自己编写谎言的痛苦。参加第二届"青春诗会"之后的 30 多年间，我只是见缝插针地记下诗句，披肝沥胆地写作一二。

心里总是想着诗歌，从未逃离过文学。不写也是"写"。也就借着工作之余，大量阅读。越读胆子越小，越读越想尝试。可能，鲁尔福、克劳德·西蒙和卡彭铁尔对我诗歌写作的影响，不亚于兰波、惠特曼和沃尔科特；列维–斯特劳斯的人类学著作，抵得上三打诗学高头讲章，虽然我对真正的诗学抱有深深的敬意；语言逻辑哲学比后现代文学理论更吸引我，对午夜出版社胆识和眼光之激赏，也超过了对"企鹅丛书"的敬仰。

就诗歌本身而言，我愿意接续的是《离骚》《野草》的传统。在屈原和鲁迅那儿，既有人事，也有自然。连《故事新编》也可以当作诗歌来读的，如果案头还有《禹贡》和《山海经》给我们做了阅读的索引。

十多年前，洪迪先生一记"你已五十，知天命否"的棒喝，使我"重操旧业"，而大量地写诗，是最近四五年的事，这也是我到大学任教之后，于学术之外的另一个收成。洪迪先生是一位极为难得的思想者、诗人和学者，我们之间对谈的持久性与深广度超过了很多人的想象。值得一提的是，前年再次见到邵燕祥师（我的文学道路的直接指引者，一位了不起的精神强者），那天下午在台州张开双臂拥抱我的时候，他说了一句："自亮，我们可是多年没见了！"这两位老人传递给我的，不仅是温情与力量，更是智慧、正直和爱。第三个要感谢的，是我在1982年8月"青春诗会"认识的唐晓渡兄（其时他已是《诗刊》编辑），正是他，近年重逢之后传递了一个兄长的友情、视野和关切。他的诗学观念、思想和一些卓越的直觉，深刻地影响了我。我与他之间的对话既然展开，就没有收场的可能。

看来这个"乌托邦"是真实的、可感的、阔大的：江声浩荡，道路纵横，猛禽高飞，蟋蟀矫捷，枝叶纷披，与造物主的世界异质同构。

这个乌托邦里，有着皱纹里的青春，硬茧中的娇柔，多声部合唱和长笛的转鸣，它们是浑成的，彼此穿透。

这个乌托邦浸透了血水、汗滴和波浪，却不制造血海，平添荒谬，只是告诉我们：自由是首要的，人性是可以勘探的，爱恋与歌唱同样美妙。

诗歌，指引我们拒绝兽性，热爱生活，保持人类与生俱来的活力、血性和敏锐。

2014年6月29日，杭州

"那种黑，是光芒本身"

刚果河缓缓倒映狂暴的脸
脚上的疤痕在暗中说话

——《非洲木雕》第一节

在这首诗中肯定有无数碎片连续闪耀着。刚果河是我能在记忆深处搜寻到的一条著名河流，记得它是蜿蜒在边境的分界河，并且横贯热带草原和雨林，也叫扎伊尔河，就像一个双面人。

刚果河从许多年前就左冲右突，注入我的脑海。而刚果这个意象少年时就形成了，我仿佛还能记得"刚果（金）"和"刚果（布）"。布一定指的是首都布拉柴维尔了，金是什么呢？隔了这许多年，我对这一常识反而有些茫然。刚果这样的国度重视婚礼和葬礼。葬礼之后一周，亲属要为死者举行"脱黑"仪式，并且载歌载舞。为什么要让黑色消退或脱去，一如杰克逊？这首诗的开头说那张狂暴的脸倒映在刚果河面的水波之上，不可能是漫无边际的凑合。也许我写这首诗的时候以为刚果河已经变得温柔无比了。倒不是那张"狂暴的脸"驯服了刚果河，而是刚果面对黑人兄弟刚毅的神情，为他们被奴役的处境深感伤痛。河流极为通人性，某种富有感应的精灵时常浮现在一条大河之上，尤其是非洲大陆的河流。

在我的意识深层里，黑人的脚上有一块永久的疤痕，这并不是贩奴时代留下的烙印或铁链的擦痕，而是一个尚未苏醒的种族的标志。这个种族饱受饥饿、劳役、动荡之苦，古巴诗人尼古拉斯·纪廉在他的《甘蔗田》一诗中这样写道："它的生命全靠我的砍击／而我则在它的血里丧生。"寥寥数语，涵盖了多少人的命运。我说的那个疤痕，世代以来是沉默的，它已经潜入比黑夜更深的罪恶之中，藏到阳光无法照耀的角落，不发出任何声响。而声响的动机是什么呢？纪廉没有直截了当地回答这个疑问，要是我能回答，我就说："来自内心的喧哗。"

> 树根的民族，丛生的手
> 一齐伸进天空，枝叶复活
>
> ——《非洲木雕》第二节

在这个世界上谁能夸耀说复活呢？我们都没有权利说复活，你看那些覆盖大地的枝叶，繁茂如盖的雨林，攀援而上的藤蔓，一次次被砍去，投入冲天的火光之中。而许多人的遗体却被花岗石环绕，墓碑的尖顶直指天空。大象纷纷哀鸣倒毙，它们当然也不能再啃食东非草原上的金合欢树叶了。再放眼望去，只见远处的原野上，面目丑陋的推土机随时伸出它的螳螂之臂。

阿根廷现代版画家安娜·布利埃斯有一幅名为《伐木》的麻胶版画，表现的是拉丁美洲森林中一个极为普通的劳动场面，在光耀的黑白对比中，据说能感受到"一种优美的节奏与律动"。然而，今天当我重新翻到这一页时，从画面上却听到树木的哭泣，黑色的泛着幽光的哭泣声。树木被砍伐之后流出的汁液汇成了一条无声的惩戒之河。

撒哈拉沙漠中有一片名为奥拉德赛伊德的绿洲，那里的枣椰树彼此关系密切，若死去一棵，身旁的"朋友"会因忧伤而不再结果，一棵雌性枣椰树会因其"情人"被砍掉而枯死。树犹如人，人何以堪？

人性的阴鸷在大地上留下一条灾难性的彗星尾巴。

> 那种黑，是光芒本身
> 是发亮的汁液渗出时间的皮肤
>
> ——《非洲木雕》第三节

光芒本身是黑色泛出的，它旋转着，飞速将光的碎片投射于四周。光芒照耀下的事物都会留下阴影，这是常识；而超越这个常识的是，光芒认出那些阴影就是它自身，孪生的一对。光芒注视它那黑色的本质。

黑人身体周围的光令人警醒，教人神往并且陶醉其中。在我看来，那些漂亮的黑人女性全身都泛出摄人心魄的光斑，她们站立的周围有着浮动的晕环，她们"走在美的光彩中"（拜伦诗句）。黑人少女在舞蹈时不可重现的眼神，乳房的震颤，都带给你一股迎面而至的返回人类出生地的美妙之感。在黑人女性面前，你会蓦然失去时间观念和压抑感，沉浸在蒸腾而起的黑色幻觉之中，却不带任何使人麻痹的色彩。

事情远不止于此。隐含在黑陶之内的光芒，尽管没有耀斑，却能够在田纳西周围的群山中造成永恒的秩序。从根本上说，也许只有黑色才是真正的光的源泉：光和它的阴影合而为一。设想一本书的封面是黑色的，是纯正的那种黑，而书名是赭红色的仿宋体，清癯的样子，当然是大 32 开本的那种，它那高贵而独立的样子，使你捧读之时深陷其中又不会迷失方向。木刻多年来就卓尔不群地徜徉于艺术史中，它似乎与水彩、油画、丙烯画完全不同，好处全在于它的纯粹。当然，三角刀的锋利正好得益于木头的粗糙和温暖。想想看，有着树木纹路的黑色意味着什么？意味着存在人与自然的奏鸣曲。不，是巴托克的小提琴协奏曲，也许是巴赫的无伴奏大提琴组曲，它们在子夜时分的温厚对谈。精神之花在黑色的块面上静静地开放，姿态的变化令人为之倾倒。

> 乳房在舞蹈。乞力马扎罗的
> 盐粒从风的昏暗中醒来
>
> ——《非洲木雕》第四节

乞力马扎罗山上显然没有盐。那些盐粒似的白雪覆盖着群峦，而我们却可以置身于那些离寒气逼人的雪冠很远的地带，如海明威所写的："躺在一张帆布床上，在一棵含羞草树的浓荫里"。

在这里，乞力马扎罗山的雪是一个明显的象征，也许是某种征兆，生命的沟壑。面对凛冽而远离身境的事物，内心既感到调和又与之激荡。

海明威能列入经典的，除了《老人与海》《太阳照常升起》等长篇小说，还有《乞力马扎罗的雪》。那种萦绕于心的伤痛，那具将要化为腐土的躯体，是在清冽而将干涸的景物之中浮现的。因为爱情，我们从风的昏暗中醒来。多少年来，有人"出卖了自己所信仰的一切，因为酗酒过度而磨钝了敏锐的感觉，因为懒散，因为怠惰，因为势利，因为傲慢与偏见，因为其他种种缘故，他毁灭了自己的才能"——海明威这样写道。记忆中的美好事物，只是"敲松缚带，踢下滑雪板，把它们靠在客店外面的木墙上，灯光从窗里照射出来，屋子里，在烟雾缭绕、冒着新醅的酒香的温暖中，人们正在拉手风琴"。恐惧和孤独在一步步逼近，化为一只躺在西高峰积雪之地的风干冻僵的豹。失去知觉的豹被质询了：它到这样高寒的地方来寻找什么，没有人做过解释。

同样，我也无法解释盐粒般的雪何以能从风的昏暗中醒来，尽管我确凿地记得这些诗句写于1994年3月的一个夜晚，其时寒意尚未退尽。现在，这首诗的全貌完全呈现在我们面前了——

> 刚果河缓缓倒映狂暴的脸
> 脚上的疤痕在暗中说话
>
> 树根的民族，丛生的手
> 一齐伸进天空，枝叶复活
>
> 那种黑，是光芒本身
> 是发亮的汁液渗出时间的皮肤
>
> 乳房在舞蹈。乞力马扎罗的
> 盐粒从风的昏暗中醒来

——《非洲木雕》

1999年2月8日午夜，台州

"如雾之火不可遏止"

　　对那首诗旧作《火》——写于1992年6月，那一年我34岁——的确有点印象模糊了。要不是今年元宵节前后到福建访友，伤水在他别墅的书房里向我和王依民君特别提及，我都快把它遗忘了。这些年很少有人向我提及这首诗。即令伤水本人，经常提及我早年作品的，也是那些写海的诗歌，包括那首写于1986年的《舟欲行时》。他对《舟欲行时》的推崇使我汗颜。那天晚上，我和伤水、依民彻夜交谈，从戏剧、小说、诗歌到哲学、政治，话题一个接着一个，兴味盎然。自然，诗歌是最重要的话题。

　　这座别墅坐落在漳州一带的山地，远远近近没有一点动静，落地玻璃窗外的路灯们与寂寥的星星互致问候，月色荒蛮，似乎看得见那些裸露的岩石和环形山。不远处海岬投下一片潮湿而野性的阴影，只有阳台上的那条黑狗用它独特的方式陪着我们谈话，而那些不知名的小虫兀自沉吟。著名的书房主人使用的是诗人语言，依民君的言谈怎么听起来都像新《世说新语》的作者，而我则介于他们这两种风格之间，对话的氛围时而激越时而安详。

　　话锋一转，伤水突然提及这首《火》，坚持认为是我写得最好的诗之一，而且念出了其中的片段。我很吃惊。我有一种慢慢被自己早年的诗句重新浸润的感觉。我几乎不敢相信是自己写的。伤水还不罢休，拿出书架上我的那本诗集《独翔之船》，对着我和依民念将起来。

他说，不仅对这首诗印象深刻，而且还深受这种语调和意象的影响，至今依然。

这时我完全恢复了记忆——为何写这首诗，彼时的情和境，意和象——因为20年前的那个子夜我目睹了一次神秘的大火。记得当时我住在浙江临海的一幢砖混结构的房子里，从报社值夜班回来往往继续看书或写作，可是那个夜晚很有一种不祥之感。当我抬头望出去，发现对面的旧木楼房竟然着火了。我们这条街叫继光街，是纪念抗倭名将戚继光的，很窄的一条街。当时火势凶猛，有不可阻挡之势。我的头脑顿时一片空白，我分不清是梦境还是身处实境，是天堂失火还是人间被烧。火舔着门窗，直往屋顶透出，挟着烟雾，但没有一点声音，好像这个世界除了我，没有人能目击这个灾祸。

之后的事我记不清了，似乎有消防龙头的泼浇，水桶和铁罐的撞击，还有呼天抢地的哭喊，叹息与悲啼，间或有咒骂与叮嘱。记得火灭了几个小时后，我依然没法入睡，就起床拿起了笔，决意要"记录"这次大火，准确地说，是这次大火给我造成的惊恐不安。我很少做这样的事，从未写过应景诗或纪念一次具体灾难的诗歌，即使后来的汶川地震或玉树地震，我也无法落笔。我不习惯这种即兴，虽然我也不反对悲痛或愤怒出诗人。可是那个晚上我没法抑制写作冲动——我觉得太不可思议了，火起时如此迅疾，如此宁静，如此神秘——子夜的大火往往使人战栗不已，似乎有一种"天意"在操纵。这个场景令我好几天半夜起坐，联想开去，为人间诸多意外的灾祸和混乱而惊怖不已。对那些发生在黑暗之中的离乱、冲突和伤害，深感一己无力救赎，而对世事的不可预测，颓败情景的不可逆转，也充满了莫名的悲哀。多数人认为诗人和艺术家天生敏感，而某种意志力却像宇宙之弦穿透一切，欲抵败象之中心，一窥其中的奥秘。

凡·高的那句话，怎么读都能深入骨髓，并在血液中开出花朵："它们将在灾难中保有它们的宁静黄昏。"说得太好了，好到一句话抵得上一部《荷马史诗》或《楚辞》。也许我说得太夸张了。凡·高怎么可以这样说话呢？他凭的是什么样的伟大直觉和精准预测，对身后的时代做了预言，并指出了艺术品得以延续生命的根本？而艺术和诗歌的"宁静黄昏"，是世界能够在硝烟四起和人心浮动中不至于沉沦的根基。说到诗歌，它的本质是什么？人的血脉是怎样涌动的？海洋和大陆的道路是怎么开辟的？而内心呢，又是如何面对这个世界的骚动不宁，诸般世事的骤然转向，或他者与自我的疏离？总之，我们应该怎么安身立命？答案是不太有的，只是由于伤水的提醒，我想起了我这首《火》的写作情景，它的片言只语的力量：

> 火在子夜恣意冲撞
> 像七匹孤独的青马
> 在黑色的池边徜徉
> 使夜行者的眼睛有了雪意

对于火，我并不陌生。自小我就感到火有两重性：既温柔又凶猛。不过炉膛里温顺的火也好，铁匠铺中强悍的火也罢，都在人的掌控之中。一种无形的锁链，枷着火，牵引着火服从某种需要。这是一种降魔的法术。而那天晚上我所见到的火，如此桀骜不驯，就像未被制服的野兽，或恣意向天嘶鸣的马匹，招引着雪的降临，而这样的雪，一定先从夜行的旅人瞳孔之中见到。

> 火起来了，它蔓延
> 如此安详、神秘而迅疾
> 像收拾残局的将军
> 在雪地和泥淖行进时，与属下会意一笑

　　那是一种什么样的火？就在它们无声地静静燃烧之际，它们会暴露什么样的真相？一切恐怖的事物，都在漆黑之中，闪动着兽群残忍而嗜血的凶光，军队也有这种属性。而火灾之火，更带有一种神秘性，一种无比干练的整饬之力，一种魔术师的障眼法：或扩散，或变幻，或了结一切。这时，"收拾残局的将军"之意象，闯进我的头脑，他带着一身雪泥，或一脸土灰的面目。火，就这样停驻在我的脑海，很难抹去。此刻，我这个警醒的目击者，也与火、暗夜一道，站成了巨石：

> 这团如雾之火，从容燃烧
> 目击者，黑暗，火——
> 荒原上的三块巨石，长久凝视

　　事实上，火是一种"记忆"，一种历史性的能量，正如水是一种激荡和流动。
　　我在一个场合说过这样的话："现代人的所有罪孽，几乎都是失忆和遮蔽造成的。而对遗忘的惩罚，就是永劫不复的失忆。在所谓上帝已死的时代，我们又无法自己创造自己，人类成为精神废墟上拾荒的孤儿。因此空白和混乱是现时代的精神症候，虚无主义的横行，人文精神的丧失殆尽，技术的泛滥和侵蚀，都是对千年记忆的弃置和践踏造成的。个体和社会也是这样，爱的缺失和无能感，生活和社会如何可能等问题的提出，以及社会的巴比伦化，都是记忆不在场的结果。"

准确地说，是记忆的源泉被壅塞了，新的记忆并不清新可喜，只是欲望的"变形记"，专制或暴力的"水浒传"。而"火"的神秘出现，虽则造成了一些灾祸和骚动，是否也意味着记忆和精神能量的归来，以及新秩序的重建呢？后来我又写下了这样的诗句："记住：火改变一切，然后结束自己。"

我感激于心的，不仅在于伤水提及这首诗唤醒了我几乎泯灭的记忆，唤起了一种当下场景和历史意识，唤起了几乎被这些年经历的变故和一大堆无用的理念所遮蔽的事物，唤起了那个瞬间青铜般的意念闪耀，还在于我的这首诗，当时是草草记录了一个场景，一团朦胧的想法，一个语言的片段，而真正完成它的，却是这个寂静之夜，这次言谈的盛宴。

问题在于，在这个机械复制时代，人们几乎认识不到他们的必死性，也无力赴死。海德格尔认为，在这样的时代，痛苦、死亡和爱的本质被遮蔽，世界滑入了漫长并到处蔓延的"暗夜"。而我笔下的这团"火"，是深渊之光亮还是世界之毁灭的开端？我不得而知。

同样是火的隐喻，加西亚·马尔克斯深情地说过："诗歌是平凡生活中的神秘能量，可以烹熟食物，点燃爱火，任人幻想。"20年后，我的这首诗终于完成了，完成于这个深夜的三人对谈中；也完整了，完整于这 20 年的时光洗磨和生命体验。看来，每一首真正的诗歌，自有它的由来、命运和去向。这是永恒之火。

2012 年 2 月 22 日凌晨，杭州

我写长江 ①

一

时隔 35 年,我将自己写于 1982 年 4 月那组诗,收入后来刊载在《诗刊》的《长江传》时,忍不住写下这样一个题记:"这是我第一次看见长江。它的湍急、阔大和包容,瞬间就征服了我。"

那是 1979 年暑期,我与就读于杭州商学院的友人蒋明明、薛星耀结伴同行。其时我求学于杭州大学中文系,读大学二年级。我们三人名字里都有明亮的成分,模仿旧历书的说法是"宜行旅"。从杭州直奔黄山,看毕黄山之后,上庐山,下鄱阳湖,我们来到了九江。

傍晚,一阵江风拂过面颊,如同亿万年流动的爱意,而周围是装卸与搬运的繁忙景象,汗水、毛巾、瓷缸,如丘陵般隆起的肩膀,渐次展示了现实的酷烈。上船时间还未到,我们并不急于赶路,却被某种神秘的力量所牵引,很快走到江边。那晚的长江是"未见其人,先闻其声"。没有光亮,也没人引路,走着走着就听到江声,突然想起罗曼·罗兰《约翰·克里斯朵夫》的第一句:"江声浩荡,自屋后上升。"先是听到堤岸被水流拍打发出的低沉声音,接着是裹挟我全身、由江

---

① 原载《诗刊》2021 年 3 月(下半月刊)。

风传达的江声——滔滔汩汩的水流声，犹如江浙一带市镇的市声；之后，是整个长江发出的声响，无处不在。眼前波涛不停地涌动着，浑厚而有节奏。在浩茫的远处，航标灯犹如鱼眼眨动。一个幻觉：长江本身就是一条大鱼，朝着三角洲，向它的归宿东海，奋力游去。

三年之后，我得到了一组诗歌。这是它的开头：

在我湍急的血液里，
有无数个深深的漩涡。
随着甲板的摇晃，
我，投入长江每一片波涛，
浑浊的、不羁的，阳光下会发亮的波涛。
就这样，长江流淌着我的心事。

我的目光波动着。往事
像一只海鸟迅速划过船尾，
留下交织着痛苦和欢乐的混沌世界。
生命奔腾着，拍打深褐色石崖，
搅动雄浑的号子，融进雨夜之歌，
我与长江一起走向更多的壮阔。

接近长江，人的命运得以开启，
我转向船舱，眼睛里仍是层层波影。

"人的命运得以开启"，没错，长江是一种启示录。与宗教无关，

19

却跟自然、历史和人紧密相连。江流与海，是另一种宗教。两者同样浩大、浑厚，生生不息，但前者是庭院甬道，后者是祭坛神山。大海，每一刻都献祭涌浪于神灵，将江河带来的水流献祭于造化。第一次见到长江，我就被它的形体、声响与仪式感所折服。与其说崇尚江河，不如说更多是自我融合，将生活、存在与生命本身融进江流——这条世界最著名的河流之一，也是华夏文明的主要源头。当时，在我年轻的身体中，更多地引发了某种激昂的力量与"新美感"——犹如美洲大陆之于惠特曼，马楚比楚高峰之于聂鲁达，太阳石之于帕斯。

长江，如同一切古老而新奇的事物一样，是一种流动的历史，也是定格的现实。写作这组诗的时候，文学上我刚出道，诗艺上处于奠基阶段。学艺早期，思想上是漫游的肇始。这组诗中，更多是对生命的反观和对生存的触抚，是一种"无边的现实主义"。我对长江历史的探究，尚未深入到文明的层面，而对现实的关注，也只是采取一种旁观者的视角，同情心还没有升华为悲悯之感。我只是将灰暗的生活抹上一层光亮，一种期待，连同好奇与憬悟。

就这样，我在长江上走过，
那是一个盛夏的日子，朋友们
背上洗得发白的挎包，扶着银色栏杆。
经过沿岸无数个港埠
和堆积着记忆的赭红色沙洲。

这片令人晕眩的土地，
有着无限想象力，当桅杆

像红高粱一样无拘无束地起伏生长，
当船上抛来的缆索套住铁桩，
像捆住一个麦束，系住坚实的来年，
我激动得像一个收割中肌腱鼓起的农民。

我还写下了这样的句子："我在长江上奔走，承担全部的历史和未来。"这显然受到"老江河"（于有泽）的影响。后来我在北京见到江河，老老实实地承认这一点，而他却付诸一笑，环顾左右而言他："你的字写得很好。"其实我不在意在他本子上留下的字迹，我开始将诗歌视为人间至宝。在这组关于长江的诗中，努力描绘我心中的长江，个人的长江，"集体无意识"的长江：

每一片波涛都是一个人群，
整个民族层层叠叠朝我涌来。

我还写下了这样的句子：

我站在甲板上，无法平息心情，
踩着每一片历史狂澜，投入长江，
心境从未像今夜一样宽阔。

需要解释的是，第一次见到长江，在我，还带有一种新奇、莽撞而激荡的心情。我一直生活在浙江沿海的温（岭）黄（岩）平原，海上事物和劳作之人，都在内心珍藏着。滩涂、海水与船，岛屿与渔人，镇日灰头土脸的工匠，酒疯子与游手好闲者，姿态收敛、接受"社会主义改造"的"女响马"，拖着辫子的古镇遗老，从上海滩撤离的小资本家。这个节奏强烈、船坞如堡垒、鱼腥味飘散的东海，从来不必刻意去观察，一切都在眼皮底下活动着、行进中。但长江对我来说是个新的维度，它使得我的生活有了纵深感。长江—东海就像一个T字图形，使我的思维和感知获得新的解放。

乘船漫游长江，我开始打量另一个亿万年的历史形塑：河床、水流和山川，冲击与浩荡，沉浸与剥蚀。江河跟海岸的构成有着巨大差别，却又有异曲同工之妙。沿海与长江沿岸的事物与人，也有显著的差异。饮酒、进食和奔波，婚丧嫁娶，生离死别，也有"江声浩荡"与"大洋扑面"的差异。这就构成一样的豪放，不同的表现；不同的婉约，同归于水。

对此，我很着迷。

总之，1979年长江之旅在我脑子里刻下很深的烙印。我并没有马上动手写诗，虽然那时我已经开始所谓的"诗歌创作"了，但还不是很自觉的。我需要酝酿的时间，水与粮食尚未化为酒。三年之后，我第一次写了长江。我在诗歌中，一定程度上将沿海人物"移植"到长江两岸和长江轮上。"人民"的概念，从来也没有这么清晰。人民：河流与海洋，汇聚，涓滴，凝结，奔涌，宏阔。以今天的眼光看，这是一个似曾相识又带有陌生感的长江，兴奋、焦虑、迷惘和未知感交织在一起的长江。与其说是记录，不如说是我首次对历史、现实与大江大河的试探，语言之旅的鲁莽启动。

多少年后，这依然是我的长江，

我依然属于任何一个浪涛,

只是更浑浊了,带着被搅动的心事,

只是更急促了,怀着走向阔大的愿望。

二

时隔四年,我再次来到长江。

这一次,是对长江无心却似有"预谋"的考察。我并非地质队员,也不是江河治理专业出身,只是带着诗人的眼光去看长江,时而目击长江,时而消失在江岸,漫游的地点大多分布在长江流域。我说的是1983年秋天,我和诗人、诗歌理论家洪迪先生,还有张浩、李棣生、陈野林、郭修琳、袁振璜、蒋文兵等画家,一起漫游了小半个中国,在城市、山川与河流之间穿梭,与长江保持亲密而又有点距离的关系。

我们一行十人,每人带上三百元,没有太多行李,也不曾拖上三节棍或青龙偃月刀,从台州一路逶迤而去。我和洪迪先生带了几本书(在成都我还添置了《聂鲁达诗选》和冯至、艾青的诗集),一个记事本,还有一支笔,别无长物。画家们倒是行头不少,携带着颜料、画笔和画布(纸),也有带上画册的,这就更沉重了。我们先后到达的地方有上海、洛阳、西安、成都、宜宾、重庆、万县、武汉、九江、南昌,在长江上远溯至岷江、金沙江、青衣江,然后乘坐长江轮自重庆出三峡,经葛洲坝到武汉,稍事休整之后到了九江,上庐山下鄱阳湖,还为了看八大山人纪念馆到南昌停驻了两天。从南昌回到杭州,最后返回台州,兜了一个不小的圈子。

当然，旅途是很辛苦的。几个场景很难忘记：我们每到一地，总是找最便宜的旅馆，还好多次住浴室，睡统铺。那时住统铺并不是什么稀罕的事，但对我来说也是个考验，不是因为拥挤，而是怕有跳蚤或其他臭虫。每晚住宿费两元左右，早餐是一两毛钱的。我很怕膻腥味，有一天早上在洛阳的住处吃面条，还没有等我反应过来，厨房师傅就将一大勺子油腻的羊肉汤倒入我碗里。他太客气了，我只好硬着头皮吃完。不过自此之后，我可以吃遍天下的羊肉汤了。

还有一件事也印象深刻。由于买的火车票有硬座也有站票，我们白天轮换着坐，到了晚上入睡时就麻烦了，拿站票的人怎么睡呢？有时画家们就靠着座位的一侧迷糊一会儿，其他人过几个小时与之调换。画家蒋文兵声称自己个头小，不碍事，经常以迅雷不及掩耳之势钻进座位底下，在身下垫几张报纸，就躺在车厢地板上休息了，大伙儿再怎么拉他出来，这老兄就是不起来。从地上冒出的声音有点怪异，但随即汇入模糊的语流之中，最后就不太有动静了。可以想象他睡在人们的脚下，如何闻着臭烘烘的裤脚管味道，进入悠游祖国山河的梦乡。

窗外是西部景物，山峦、河流和树木，真实的或想象中的人物，包括那些嫂子们和年轻俊俏的媳妇们，还有车把式、进城的农民、拖拉机手或学生模样的人们。人、道路与山川都被涂上了一层神秘而真切的色彩，风中的一切在迅速变形：直的变成了弯弓，圆形的被压扁。唯有这些人正直坦荡的性格，没有被时间修正。

我在 1983 年秋写下的《长江组诗》，对此有所描绘——

滔滔无已的人群

一代代、一代代江水似的流逝

江水般涌来

伴随着阳光、歌谣和激情

　　我这组写在笔记本上的诗，起先被命名为《长江册页》。写这组诗唯一的野心，就是记录自己在长江上游走的情境与心情，权当日记来写。但是写好之后，发现却是长江地理样貌与各式人群的点线结合，一个个交叉的延伸，从岷江直到上海。也可以将此看作一个流动的观察记，一个民族精神扩展的象征。多年后，我给这组诗也做了一个附记："这一年，我和诗人、画家同伴走了大半个中国，然后我们从岷江开始，顺流直下，直到九江、上海。我读到了一部历史：它的曲折，它的多种面目，它不顾一切向着大海奔涌的气势，以及死亡与新生。"

千百年来

这样流着

不舍昼夜，时而平缓，时而湍急

乐山下的三江口

大渡河和青衣江加入岷江

像无所顾忌的一代

来到新的世界

唯见傍山依水的石刻大佛

> 如此安详，微垂眼帘，凝视远方
> 汇集了世代的目光
> 使顺流而下的木排
> 成为一种延伸的愿望

我在长江的流动中，似乎看到了历史的形态。这种形态，不只是一根粗略的线条、一个箭头与指向，而是一个迂回的过程。这个过程是何其艰难，东奔西突，千回百转，令人牵肠挂肚。一个个地名，实际上就是一页页书，一个个事件，一次次攻击与守卫。有时是水在流淌，日子翻过；有时是河床在流动，时间露出那不可忘怀的凹陷又凸起的面相，历史的戏剧性的纠结。

这是我写宜宾那首诗的开头：

> 厚浊的波浪
> 在石级上留下褐色的痕迹

> 这里是长江新的开始：分叉、汇合和回旋。

> 老樟树盘根错节宜宾从树根出生
> 锯齿形的屋顶折扇似的门窗背竹篓的川人
> 风从青藏来酒自泸州来货从重庆来
> 金沙江与岷江在此汇合
> 长江诞生于宜宾之怀

　　这样的句子，自然带有一种新奇的体验感，也少不了为长江沿岸人物代言的意向。可能，我身上有着指点江山的隐性狂傲。诉诸具象的诗句和图景，足以让我对人与历史、自然的关系做出一系列探索。

　　　竹篮里的橘子，背篓
　　　川藤制成的靠椅
　　　还有无价的风、群星
　　　市声喧哗，使人忘记背后是长江
　　　仿佛从另一个世界归来
　　　重温亲切的往日
　　　旅行包，变得鼓鼓囊囊

　　　　　　　　　　　　——《万县之夜》

　　　波浪像合唱团的全体歌手
　　　深沉地吟哦起来

　　　　　　　　　　　　——《嘉陵江的黄昏》

　　　当黄昏歌谣一般从东方传来时
　　　峡谷里亮起灯标
　　　夜雨刻骨铭心
　　　天明时等待一艘小小的货船

　　　　　　　　　　　　——《三峡魂魄》

工地列车开过

窗口闪过白色藤帽

毗连的厂房以波浪的方式朝东方涌去

——《葛洲坝一瞥》

红浪震颤于巍然之钟声

江面辽阔无涯

深棕色的帆遮蔽了城市之光

——《汉关钟声》

海！结束一切苦难的海

如何动人心魄，如何浑涵博大

终于，长江变得十分宁静

使命解除，游牧生涯了结于海的蒙古包

没有痛苦，没有恋情，甚至后浪不知前浪之踪

——《上海港》

结论是没有的。长江并没有终结，因为它转而注入心中，注入人的血脉。以我的眼光和未来观而言，长江不仅向前流去，也向后倒流。新的曙色涂抹长江上游神话的天空，神巫的天空，传奇的天空，穿透了蓝色的雾气和艳丽的裙裾、脚镯。庙宇的树木，语言的灌木丛。长江象征着一种世代相传的精神文化，一种流动的文明遗产，它以奔涌到海的方式获得新生。长江一路加入长江。

我在写作这组诗的时候，并没有考虑到"历时性"与"共时性"的

问题，但事实上作用于文学创作的"合目的过程"，还是应验、有效的。在历时性写作的总架构下，带上了共时性的元素与节奏。对长江的刻画中，我在每一节都加入了多种现实画面与场景（如《葛洲坝一瞥》），也融入了一些与前人的对话因素（如《插曲：黄州怀想》中与苏东坡的潜对话），包括来自四面八方的声音与风。

旅途中对我影响很深的，除了长江流域的大山大水、市镇乡村所见的现实人物，还有同伴。我们整整一个月"陷入集体里"（仿柏桦诗句），每时每刻见面，谈论、玩笑、打趣、自嘲，还有唠叨、艾怨，那种语流和速率是与长江同步的，共振的。有时大家突然沉默下来，其实有更多要说的，只是不想说出而已。话题的跳跃也很有意思，可以从八大山人、黄宾虹忽然转到联产承包责任制，从乐山大佛到西安面食，直至秦腔与城墙，甚至还有天台山诗僧寒山、拾得，再说这种转折也从不费劲，无须刻意为之。

诗人、诗歌理论家洪迪先生，其时五十出头。他本身就是思想精神的另一个"长江"。大家议论风生之时，他总是像个弥勒佛似的笑着，时而开口说几句精要的话语，时而凝神沉思。画家们对他有双重的敬意，一是他的道德文章，一是他的年龄与阅历。出生于 1932 年的他，经历过生死关头的考验，还保持一种豁达、包容和文学的使命感，满腹经纶、多重身份而又朴实得像个老农。大学毕业后我就结识了洪迪先生，他经常说我们是"忘年交"，他实在是我的精神导师。

这次游历正好是我与洪迪先生交谈的难得机会。我们一路谈论的，是诗歌史、思想史与现实生活，不时涌流，"不择地而出"。他有着开阔而深邃的历史观，包括长时段和一体性的大历史。洪迪先生对古今中外典籍的熟稔是令人难以想象的，而对现实的反思与观察，他似乎又天生有一双鹰眼，穿透了很多迷雾与魔障。他评判事物的语言，直截而富于思想锋芒。在长江流域行走，对他而言正好是印证历史观、调校思想与语言，随时审视自《诗经》《楚辞》以来的诗歌史的极佳时机。

游历洛阳，经过乐山大佛，登上西安城墙，一路上我与洪迪先生不曾停止过交谈。他的睿智、深邃与正义感征服了我，这个人的头脑似乎就是三江源，纵横穿越，九派贯注。在龙门石窟微笑的卢舍那大佛造像前，先生长久凝视并陷入深思。他对卢舍那大佛谜一般的表情，似乎有巨大的探究欲。

在作于1986年的《卢舍那大佛》中，洪迪先生这样写道：

卢舍那大佛 / 天地蓦然凝缩 / 成须弥山纳入小小芥子 / 卢舍那大佛端坐巍巍 / 笋出九霄云外

方额 / 晃荡一片泱泱大水又缄默如沉船 / 已逝和将来的日月是水中之鱼

广颐 / 翠柳的柔条勾勒出四月之温煦 / 叶底黄鹂鸣啭碧空如洗

双目微翕 / 眸子里依稀锁住 / 八千只闪光的青鸟 / 扑翅欲飞

他还认定，卢舍那大佛"不再沉思 / 大悲悯也已净尽 / 想恢恢体内 / 运行的定是盈盈秋水 / 恬淡而澄澈"。就在这次旅途中，洪迪先生对有无、动静的认知，将老庄哲学与山川河流融汇一体的哲思，于事物、时间和形象中发现大美、大道、大知的方法论，给我留下了极深的印象。

我的这组当时命名为《长江册页》的组诗，遭遇过"失踪"的命运。片段手稿是在的，完整的定稿却不知下落，因此就一直没有发表，直至找到定稿之后才一起给了《诗刊》。2010年6月发现完整的定稿之后，我在博客上赶紧发出，还写了一个前言——

　　写这组诗的时候，我二十四五岁的样子。

　　之前发表了一些诗歌，略有诗名，1982年又参加了《诗刊》社第二届"青春诗会"，有了些所谓的"成就感"。大约觉得一生有的是时间写诗，何必在意一组诗歌呢！记得这组诗先写在稿纸上，后来让台州地区行政公署办公室的同事打印了，发在我和王彪、江一郎、王剑波等人创办的同人诗刊《海岬》上。前些日子大学同窗、厦门大学出版社王依民君来杭州，说起对我这组诗很有些印象，但我苦于找不到这些诗歌，怀疑是彻底失踪了。

　　今天下午清理储藏室，却十分意外地找到了这组诗歌！一本黑色封皮、袖珍式本子，印着银色的"浙江人民出版社"字样，翻开一看，这组《长江册页》赫然在目。好像看到了一个失散多年的老友回来，一种说不出的感觉涌上心头：这是山水纪行，更是心灵小史，一份失而复得的情感。说得诗意一点，是一次山川与灵魂交织的动情之旅，也是一种以精神之光观照大地事物的开端。

　　长江就是诗与思，是现实与超现实。

三

30 多年后，从 2015 年开始，我又几次写了长江。

与之前不同，我没有专门游历长江。当然还是有具体触发点的，包括"偶遇"长江或经过长江。短暂的接触不足以收集什么素材，但这些年不是无所用心，对长江的历史地理文化，它的特性与面貌，我一直在探寻、观察与省思。长江与文明的关系，长江的命运与未来，是我研究的重点。长江流域史前文明两大样貌，即三星堆文明与良渚文明，则是始终萦绕我心的。

新世纪以来，我对长江的关注与考察，从社会学、经济状况的角度转换成人类学、自然史和大时空的角度。长江有多重形态，也有时空上的奇妙交错。我看了不少有关长江的田野调查报告，包括稻作文化、民间信仰，直至技术、水利和戏剧，我希望能够进入长江文明的内核。当然，中心依然是人。

行走在长江流域，我有一种强烈的念头：长江文明是属于未来的，也是当下的。江河与城市，信仰与建筑，建设与毁坏，如此纠结于这条大江的每一个段落。在三星堆博物馆，在良渚文明所在的环太湖地区，已经或即将绽放出人性与财富之玫瑰。工业革命的景象，新技术、人工智能和互联网经济相融合的图景，如此真切而幻美地在长三角绽开。长江的诗意，以其力与美、暧昧与清晰、颓废与醒豁，已前所未有地出现了。

在 2015 年的《长江诗篇》（组诗）中，我写下了新的题记：

　　57 岁了，我又来到长江。溯游从之，我借着《诗刊》社

"青春回眸"诗会提供的机会，考察了玉树、巴塘草原和三江源。通天河再次令我眩晕，仿佛与长江有关的这些事物都有着"催眠术"，且令我悲欣交集。多次访问良渚的史前文明遗址，还想起了此前去过的三星堆，那些玉琮、三足玄鸟与青铜树，给我以巨大的昭示。"未来感"就是这样产生的。我必须为自己发明一个长江。长江进入我的梦境，我成为长江的一片波涛，并开始自我叙述。

也许我至今还没有实现"为自己发明一个长江"的宏愿，但并没有带来新的沮丧。一个自我，实际上就是"他者"的变奏。人不经由他人，就无法发现自己。长江也是一样，不经由历史、社会与人，无法找到它，发明它。对我而言，这是一次转身。反顾、返回，最后是反思。长江需要千百次的返归，才得以成立。

这次，我从远古蜀地的"纵目人"写起：

眼睛竖向生长的"纵目人"正在观察天空

发现太阳每次沿着一棵树升起
又沿着另一棵树木
慢慢地落到深渊
那时，光芒形成一个闭环
黑暗到来，玉鸟紧随其后

三星堆，青铜神树在灯光下继续生长

呼应着良渚博物馆黑陶片上刻画的
兽形符号，三足玄鸟

异样突出的眼珠，为太阳而生
为值得关注的事物聚焦
人的眼睛伸出或缩回，意味着
太阳升起，或落下

隔着整条长江，隔着石头、稻谷和宝塔
隔着同时生长的文明，隔着大片芦苇
隔着灾祸、祭祀和背影

——《纵目远眺》

　　远眺的结果是世道大变，景色迥异。以这个变化的因素而言，长江本身也参与其中，推动或阻遏了进程与变故。人物、事件和议程，依据的是什么运行逻辑，运用了什么力量和工具参与建构呢？长江洪水、长江航运、长江水利、长江景观，无时无刻不与当时的历史混成，作用于思想体系、精神脉动和意象暗示，甚至一次意外的风向改变与浪涛喧哗（如赤壁之战，如 1949 年渡江战役），也会或多或少改写事态与状况。但是文明的成型与确立，不只是后浪与前浪的关系，甚至与流速的疾徐、朝代的更替也没有根本的联系。人类活动、生活方式、生产形态、精神总体样貌和生态大环境，才是长江的根本。

　　与世界上所有巨大的事物一样，源头蕴藏着未来，当下朝着过去与未来敞开。因而，溯源、在场与预言是同一件事：

在三角洲，在一片混凝土、玻璃和大理石丛莽之中
在人造光芒与性交织的街角
在马林巴和爵士鼓彼此穿越的音乐长廊
在证券公司，扬子江开始新叙事

长江，推动着金箔虎形器与青铜面具混成
玉鸟流苏成了一个建筑群的名称
金沙丽水逶迤成名利场的声浪和鸡尾酒

站在冰碛石上，我将七十二条冰川，和自身
投入瘦西湖游船激起的涟漪
和拱宸桥的欲望中

——《站在冰碛石上》

在这首诗中，三星堆的青铜鸟、河姆渡的独木舟成为引人注目的
对象。也许在我的下意识里，青铜鸟正是世纪的司晨者，而独木舟却
是迸发、速度和冒险的象征。在我没写下的诗行里，青铜鸟站于上海
海关钟楼之上，而独木舟成为贸易、海权与交往的代名词。

四

2017 年，我再次领略了长江下游的风姿。江苏太仓，盛夏。这
次是应《诗刊》主编李少君之邀，参加一个诗歌研讨会。

当时，我为扬子江波涛与无尽的江流所迷醉。如果将长江视作一

个巨大的网状的象征体系，站在母语的立场看，彼时我的诗歌找到了新的形态、节奏和声音，那就是：汇聚、坦荡与"无声之声"。奔涌到这一段，长江不像建坝之前的三峡那样有声有色了。哪怕在白天，杜子美的"星垂平野阔，月涌大江流"也一下子从脑子里跳出来，延伸开来，笼罩天地。

特别使我惊讶的是，在无声的移动中，江流与天空的边界若有若无，直至被取消。

> 夏日盛大。炽热的风穿过蓟草与阴影握手，
> 人的视线在积雨云上舞蹈，大江
> 是另一种道路，带着声音、形状和力度，
> 亿万年来，都像此刻一样筹划大地。
> 水的编年史，风的地方志，建筑群
> 围住人物、语言和事件，空气是边界。
>
> 甚至，还没有看到长江，我就听到了它——
> 气象浩大的事物，凭借鹰、语言和神秘感
> 启示着人和星辰。波涛之上是船，之下是鱼，
> 风在木麻黄树丛中穿梭，大海被刺绣。

从这里开始，长江与大海发生强烈关联，比如六国码头、郑和下西洋，还有近代洋务运动。水流既是叙事者，又是故事本身。叙述的语调变成混合的、平稳的、渐慢的吟咏。这时长江的"复调"出现：历史与现实、地理与人文、变故与事件、水文与航行、洪水与堤坝，新

的事物从不同角度汇入长江，彼此穿透。从扬子江开始，这条河流进入了"合唱交响曲"。一位伟大的作曲家开始失聪，听不清那些雄浑的旋律，他所刻画的线条融入整体规模和戏剧场景。一部近代史赋予长江以史诗的壮阔、长卷的跨度、电影蒙太奇的切换。

> 相反的道路是同一条道路——
> 香料与瓷器在意识深处晃动，
> 鹰在上海，藏羚羊从冈底斯奔向南京。
> 西湖，倒映着撒马尔罕的市集，
> 扬州烟花装饰了回鹘文经书残卷，
> 郑和下西洋带回长颈鹿、斑马与鸵鸟，
> 以替代麒麟，海禁松动于祥瑞。
>
> 对话即道路。青铜时代的卜辞就像
> "无垠的野牛皮为女巫涂上大色块"①，
> 而 21 世纪是恐怖、暴力与欲望的抽象。
> 美在哪里？在玻璃与玫瑰的婚礼上，
> 人工智能、网络与防浪堤的圆柱，
> 机器人和芯片，安排了生活、交换和财富。

我在这组诗的题记中这样写道：

> 生活具备了长江的所有特征：速度、力量与美感。如此慷

---

① 借用洪迪先生诗句。

慨地，长江赋予我以语言、精神与叙事能力，仿佛获得了《爱丽丝漫游奇境记》的神奇，却更深刻和广袤地见证着这一切。

这也许是某种新诗学的发轫。当然，这个新诗学有其变奏，那就是对传奇、故事与新现实的剪辑与镶嵌，从博尔赫斯那儿我偷来了某些技艺和"营造法式"：

海上漕运，补给船队；水军云集，满眼商人。
"三月开洋春正好"。胸襟渐开，鸥鸟凌空。
码头开启了传说与交往，市井的空间，戏剧的锚地。
更有那海客带来两大箱奇闻——
说的是鲁密亚，在柱子与商店之间，竟然有
一个黄铜制的河床，船舶直接开到做买卖的店铺前。
还有，亚历山大灯塔上端悬挂着一面镜子，
人坐在镜子的下方，可以
隔着海洋从镜子里看见别国的人。

更重要的是，我似乎发现了长江文明中的一些内在联系，比如史前文明与后工业时代、农耕社会与工业革命、城市与大地、艺术与自然、融合与疏离、祭祀与祛魅。此刻，我不是学者，也不是思想者，而是纯然的诗人。诗人的首要任务是呈现、勾勒与涂抹——

高铁如疾风，玉鸟啄食光芒，
太阳的赤陶在天空旋转、煅烧。

无法设想，大象耕地，鸟儿吞咽虫卵，
这片潮湿而错落的土地
被人一次次翻耕，分割，蒸熏，炙烤，
最后呈现出陶片的光泽。

人与建筑，大地上的雕像。
眼光随着山势起伏，祭台与稻作
让人的身体与精神同时惬意。
城市是河流的儿子，上海
乃长江之子，三角洲是他的襁褓。
玉镯、丝绸、漆绘陶器骤然兴起，
斧钺坠落，手臂与爱环绕，
大理石映衬了铜像、思想和身影，
故事开始之处是忧伤的尽头。

在太仓，在堤岸上极目江天，我看到的不是城市与高铁，芯片与量子计算，而是水、植物与人，是历史与自然双重作用下的中国腹地，以及长江三角洲的背影。忆及李鸿章、张之洞的行迹，梁启超、谭嗣同和章太炎的言行，自上海开埠以来的千百个实业家、金融家和商人的冒险、打拼与"海外恩仇"，更多底层人士的挣扎、激愤与郁闷，最近这40多年的巨变与回旋，是令人震撼的。我想到了妈祖、铜缸里绽放的荷花，林林总总的民间信仰，想到了李书福、宗庆后和步鑫生，凤阳那个被朱元璋废弃的宫殿与小岗村的那份生死契约，还有我的族祖父——近代诗人、晚清外交官、洋务运动参与者王咏霓先生。他们就是巨浪与细流，暗涌与水沫，甚至——一只鸥鸟，一块被阳光照耀的沙洲。一个水滴，就是史诗中一个量词或名词，哪怕成为省略号，也弥足珍贵。

我开始重新寻求与长江对话：

> 苟日新，日日新，又日新。
> 长江注释了《易经》，撰《易经》者注视长江。
>
> 长江书写，以汉文、佉卢文、回鹘文、西夏文，
> 以字喃、水书、布依文、哈尼文、苗文，
> 以波浪、黄沙和白鱀豚，疯狂与静谧，
> 以朦胧的光焰、岩石的夜晚、琥珀的白昼，
> 以矛与盾，灵与肉，火焰与冰。
>
> 以亿万年的工作，来刻画大地，催生城市，创榛辟莽。
>
> 长江是魂魄、肉体和气息。
> 长江，人的镜像与本体。
> 长江是长江自身，也是你和我。

近年，我在一个科学家诗社认识了一位地质学家、科普作家，八旬老人。我告诉他，之所以先后四次写长江组诗，"总是试图建立我心中对长江文明的认知，并予以诗意表现，力图挖掘长江的意蕴和文化含量，只能说是初步的、轮廓性的，多年来一直想拓展深广度，将

它与民族、人事与内心相嵌合，相交融，甚至浑然一体"。在私信交谈中，发现他对我的组诗《长江传》颇有好感。

怀有赤子之心的老科学家回复说："我想真的来一次，带着学生们从唐古拉山走到上海入海口，您做我们学生的指导老师好不好？"怎么敢当呢，我有什么资格做地质专业学生的"指导老师"？不过"长江源"这个概念太刺激人了！于是我对老先生说："您让我点燃了重新认识长江，更多地再现与表达长江，重构长江诗篇的梦想！"

过几天，这位老先生又给我来了一段微信文字：

> 不行了，今天走到海边就很累，回来只好打车。意外发现一个棺材店。这玩意儿还有！很高兴地站在门口拍了一张照片。他们发给我，再转发给大家看看。年龄到这个地步，不忌讳这个东西了。1954 年，还在北大时，到甘肃、陕西交界的子午岭。队伍进了一个小村，黄土坡上的几个黄土窑洞，一下子挤满了老乡让出来的炕。瞧见一个给老人准备的寿材，得到允许后，大家高高兴兴进去躺了一下，享受这种难得的经历。我想，设计一种棺材式卧床，开一个旅馆，多好！不管怎么样，绝对不会滚下床。今天看见棺材，有一种特殊的感觉，立刻拍一张照片。人生必有这一步，快了！快了！

连死亡意识都充盈着长江入海的豁达，获得一种消逝者的新生感，融汇到更高事物之中的愉悦。

长江，值得我一辈子去琢磨，去刻画，去与之对谈，哪怕一行字惊动了白暨豚，哪怕做一次"精神远足"，与心爱者"咫尺波涛永相失"。眼前是多声部的长江，水与人群呈现出同构关系、共振关系。青铜器与玉石交换眼色，资本与产业在长江下游冲击三角洲都市群。而我想的却是：什么时候能亲近唐古拉山呢？何时能喝上一口长江源的"最初之水"，就像回溯到文明、语言和人的源头那样？长江奔涌而出的第一行诗是什么？那么，这到底是人类奇观还是世界镜像？

对我来说，这都是一些没有答案的问题。

2020 年 11 月 1 日，杭州

语言之盐、血性之岸，以及海的幻象①

一

维达尔·德·拉布拉什曾说过，"人是陆地的动物"。英国杰出的旅行家查尔斯·达尔文于 1831 年乘坐"贝格尔"号进行环球旅行后，也这样说："人们进行航海，原是迫不得已的事。"可是，几乎没有一个卓越的现代诗人，不曾与大海发生过关系，问题在于他是否愿意写，怎么写。

比如，洛尔迦为大家熟知的《海水谣》是这样开始歌唱的："在远方，/大海笑盈盈。/浪是牙齿，/天是嘴唇。"在诗中，他把海水比作"不安少女"耸起的乳房、"乌黑少年"混合的血液：海是波动的，也是苦涩的。在《伊涅修·桑契斯·梅西亚斯挽歌》中，洛尔迦通过"用一张充满了太阳和燧石的嘴歌唱的人"，如此绝望地写道，"就是海也要死亡的"。②

诗人曼德尔斯塔姆，则以完全不同的音调吟咏大海。

---

① 这篇文章的主干部分，是 2021 年 12 月在温岭东海诗歌节研讨会上的演讲，事后扩充成此文。
② 洛尔迦《海水谣》采用戴望舒译本，《伊涅修·桑契斯·梅西亚斯挽歌》采用赵振江译本。

他自在地涵泳于世界文明潮流之中，却身处动荡时代，遭受命运的捶打。令人诧异的是，曼德尔斯塔姆漠视残酷而阴冷的现实，如同一个有经验的地质学家，以语言的锤子和仪器，带上词的工具箱，开凿文明历史地貌，亲近他的"精神文化故乡"——爱琴海，特洛伊、战船、岛屿，绝代佳人海伦，发出了与《荷马史诗》构成"复调"关系的声音。从彼得堡到沃罗涅日，他的诗作以一种既急迫又恒定的节奏，由尘土、血泪与栅栏构成的意象，弹奏非凡的世纪之音，传达"一种难以表达的忧伤"。在《失眠。荷马。高张的帆》一诗中，曼德尔斯塔姆笔下的诗行如同航迹，思想的桅杆为新史学曙光所涂抹，如同上帝手指触抚下的现代性竖琴。这是怎样的一种词语、声音与节律呢？

> 失眠。荷马。高张的帆。
> 我把船只的名单读到一半：
> 这长长的一串，鹤群似的战船
> 曾经聚集在希腊的海面。
> 如同鹤嘴楔入异国的边界，——
> 国王们头顶神性的泡沫，——
> 你们驶向何方？阿卡亚的勇士，
> 倘若没有海伦，特洛伊算得什么？
> 哦，大海！哦，荷马！爱情推动一切。
> 我该听谁诉说？荷马沉默无言；
> 黑色的大海发出沉重的轰鸣，
> 喋喋不休地来到我的枕畔。

这是一读就永生难忘的诗歌，谁说不是啊！之后人们的头脑里很可能就反复出现"失眠—荷马—高张的帆"这等情境，也许会折磨我们一生。语言的折磨胜于皮鞭与匕首。谁说不是？

而出生于法属瓜德罗普岛，1914 年之后投身外交事业的外交官、航海家、诗人圣－琼·佩斯，则在他的诗作中反复歌颂蓝色的海洋，无论是安地列斯群岛上紫蓝色的远山，童年的空阔的海滩，还是晚年所见的"海标"，那屹立在岬角、礁石、堤岸、沙滩上，为过往船只指示航道的石头标志，海的界石。所有的王者、庶民和先知、魔法师，都汇集于海上，汇集于海的周围，大海是连接人类的纽带，而"海标"则是海与陆地交错、融合的象征物。

他的《海标》是这样开篇的：

> ……大海在它的梯级上欢腾，恰是一首岩石的颂歌：在我们的交界线是瞻礼前夕的祭祀的节日，在人的高度是低语是欢乐——大海本身是我们的清醒，如同一道神谕。

大海这个"神谕"般的存在，对于"当代荷马"德里克·沃尔科特来说，则是雨丝弹奏出奥德赛诗行、万物尚待命名的"启示录"，一个混血的、多语种、多肤色的诸神之会。

> 这个句子的尽头，雨会开始飘下。
> 雨的边线上，是一张帆。
>
> 慢慢的，群岛自帆的视野消失；

一个种族对港口的信仰
也驶入了迷雾。

十年的仗打完了。
海伦的头发是一片乌云，
而特洛伊已是烟雨茫茫的海边
一只盛满白灰的火坑。

细雨渐密，像竖琴的丝弦。
一个目光阴沉的男子用手指扣住雨丝，
把《奥德赛》的第一行轻轻拨响。

接着，他还这样写道：

从海岬捶打的铁砧里，
水沫在星空溅落。

海洋的庞大、未知和多变，是个"超现实客体"，并与诗人内心构成"异质同构"关系。何况，无际海洋还是精神状态与现象界的一个隐喻，它们是一样地巨大、深不可测、波动不已。在水与岸之间，海岬出现了。于是，语言开始扎根，远眺开始了，如同尤利西斯的凝视，地球的转动带上了沉重或欢快的步履，历史与现实如同一对永恒的舞伴。

海的律动就是诗歌内在的激情，在大海巨大的喻体阴影中，象征系统崩溃了，而从虚空到虚空的重压，让海鸥发出一阵阵悲鸣。礁石成为黑色的花朵，情绪的潮流催动着异样的力与美。

二

我觉得，对"海洋诗""海洋诗人"，还有对海的幻象与现实，进行一些界定是极其困难的，也是危险的。因为很容易掉到一个"命名的陷阱"里面去。把一个人定位为"海洋诗人"，好像他一辈子只写大海，其他什么都不干，这不是很确切的称谓。我觉得诗人们有各种各样对大海的态度，在文本中呈现大海的各种形态、面貌和意象，不能一概而论。你不能说普希金是"海洋诗人"，虽然他确实写过《致大海》。他是把大海作为自由的元素，作为对抗专制黑暗以及其他奴役状态的自由元素来写的。所以我觉得普希金这样一个诗人写大海是理所当然的，但并不表明他是所谓的"海洋诗人"。

所以，你确实很难界定什么是"海洋诗"、何为"海洋诗人"，即使是像沃尔科特这样的诗人，他的诗作具备非常强烈的所谓大海特征，无论是形式还是意蕴。他一辈子跟大海题材打交道，经常呈现加勒比海面与海滩、岛屿景象，非常精彩，耐人寻味。但我们能将沃尔科特归类到海洋诗人吗？答案同样是否定的。为什么？沃尔科特的大海，不仅仅是他的故乡圣卢西亚，加勒比海地区的圣卢西亚，我们还应该注意到另外一点，他的世界是很广阔的，他的意象驳杂而多变，他对万事万物都有深沉而敏锐的感觉。实际上他是面对着整个人类文明，面对着两种以上文化的交叉点。比如，有古希腊的爱琴海文明，还有加勒比海地区的那种殖民的、多元的，甚至破碎的文化单元。他的血管里面同时流淌着黑和白，他说的是多种血统混合的语言。据说他身上有 1/8 的非洲血统，1/8 的欧洲血统，还有其他血统。他说自己的身体本身就是"四分五裂"的，怎么能面对着现代文明，而不去思考非洲，不去思考古希腊的文明呢？他说"我不可能"。我觉得这一点是非常突出的。

我今天带了一本旧杂志。这本同人刊物叫《海岬》，昨天晚上我朗诵的诗歌就来自这本杂志。它创办于 1984 年，是我和江一郎、丁竹，还有台州的几位诗人，如王彪、王剑波、周学峰、陈哲敏、杜康等人一起创办的。这本杂志就出了两期，后来再也没有办下去了。当然，宁波、温州和舟山等地也有类似的诗人群体，但我们比较早。20世纪 90 年代，浙江有一位老诗人叫岑琦，他和王彪等人提出了一个概念，叫"东海诗群"。当时他们编了一本书《蔚蓝色的视角》，选了台州、宁波、温州、舟山的一批诗人（包括我们这些人）的诗歌。"东海诗群"后来并没有造成持久的、全国性的影响，但是这个概念不胫而走。东海诗群比海洋诗人的概念小一点，更多的带有一种东海的地域色彩。经过最近二三十年时间的洗磨，"东海诗群"这个概念慢慢淡薄了。今天在温岭举办的东海诗歌节上，我想重提这样一个概念。

从 20 世纪 80 年代以来 40 多年的写作，我觉得自己对海洋的认知，经历了四个阶段。第一个阶段就是自然状态的海，注重地域空间，注重大海本身的形态。我当时的心态就是描绘大海和海边的生活，包括渔民的劳动、出海，发生在当下的传奇故事。说得好听一点，是想形成一个与海洋相关的象征系统。所以，这个时期的诗歌里面就充满了渔村、船、海滩、渔网、出海、岛屿、太阳、劳动等，每首诗几乎都是以海洋作为背景，同时也写一些海洋情境。那个时候在中国诗坛上，好像大家开始关注海洋了，我在这方面也有所实践。这个时期的作品主要有《肩膀》《小时候，我拾过鸥蛋》《群岛》《西码头的晨雾》等。对于这些"少作"我感到有点羞愧（其实写它们时年纪也不小了），但或许它们有存在的价值，因为不少读者心里还是给它们保留了一点位置。第二个阶段，我觉得自己是把目光转向生活本身，离开所谓现实形态意义上的海洋，获得一种诗性海洋的开阔性，注重节奏、意蕴、声音。这一阶段我更关注人的命运，就是把人的命运跟海洋事物联系在一起，尽可能更开阔、坚实和生动，想在以海洋为背景的舞台上，上演一出人间戏剧。简言之，生活即海洋，包括它的形态、流动与意外，犹如海上风暴与海难。这个时期的作品有《独翔之船》《舟欲行时》《海岬》《巴蜀人》等。第三个阶段，将生命与海洋联系在一起，作为生态、生命的海洋如何影响着我们，从意识到血液，从激情到理性，从身体到灵魂，如何与海洋发生一种异质同构关系。把生命与海洋联系在一起，实际上是写内心和外部的关系。这个时期的作品有《钟表馆》《狂暴的边界》《平原上的树》《夏加尔》等。第四个阶段，就是最近十几年，在诗歌写作中把海洋作为人类的一种存在，把社会作为一种巨大而无边的存在，把意识作为海洋一般的存在，把个人内心世界作为一个波动的存在。这一期间的主要作品有《青藏高原》《隋梅》《另一些声音》《穿越罗布泊》《上海》《浑天仪，或西安诗篇》等。

所以，我觉得写海洋的诗歌是可以进化的。这种进化中的变化，促使诗人走向一个更开阔的世界。

<h1 style="text-align:center">三</h1>

首先，我想，我们能不能重启"东海诗群"的概念？

因为我们身处东海，作为诗人，无论沿海诗人还是内地诗人，如果是热爱东海、对东海有感觉的，完全可以将东海作为一个重要的坐标系，一种不断对我们发生作用的事物。东海不是一个抽象的概念，而是一个具体存在，一个文化现象，一个语言、生命与存在的重要象征，一种血脉、眺望与生死交汇点，也是水手、航迹与爱的暖昧之地。当然，我们期待出现的不再是 20 世纪 90 年代的那个"东海诗群"，而是从东海到太平洋，海和大陆的呼应，长三角的同心圆，海与岸的复调。这是一个更广阔的视野，还有更深入的语言探索。工业时代与后工业时代，全球化与逆全球化，史前文明和当下生活，生态与产业、岛屿、渔业与互联网、传承与创意，包括妈祖崇拜在内的民间信仰，都如此奇妙地缠绕在一起，形成一种共振关系。

这里有一些问题，比如，现实生活当中发生的事件，海洋的自然形态和沿海社会的生存状态，传奇、民谣与先锋思想如何融合，这些是更深入的探索，需要更鲜明的美学主张。首先，我想提出一些也许并非最新鲜的观点。写与海洋有关的诗歌的过程中，活力就是美，命运感及其超越就是诗歌本体。人性，就是我们的信仰。其次，我觉得诗人、批评家与翻译家之间的交流是一种"硬道理"。

今天我们参加东海诗歌节，主办方就提供了一个交流平台。这种交流是非常有效的，而且是深度交流，及时交流。这种交流是非常生动的，很有意思，也很美好。等下还要倾听各位的发言。我认为诗歌节本质上就是交流，就是传播。上午的交流才是真正有意义的，对话就是道路。东海诗歌节每年办一次，我希望把它办成永不休会的对话平台，永不落幕的诗歌节。在互联网时代，在疫情背景下如何交流？采取什么样的交流形式？可以采取多样、灵活、线上线下结合的交流形式，比如沙龙、研讨会、恳谈会，还可以借助民宿、咖啡馆、新型文化空间，各种交流形态都可以有。关键是要提供对话的契机，既要有选题，又可以自由发挥。

接下来，我们要看一下我们的园地在哪里，传播怎么办。

自媒体时代的传播，带有很强的自主性、随意性与娱乐性，很灵活，很及时，海量的传播。但也有很大的弊病。我就举个小小的例子。我们现在发表诗歌非常容易，现在有各种平台、各式各样的公众号。但是缺乏编辑的环节，实际上对诗人是不利的。编辑是很重要的。因为编辑的眼光，跟诗人的眼光、读者的眼光，是不同的眼光。所以诗歌作品发得容易，带来一个弊病——诗歌泛滥成灾。表面上各种诗歌琳琅满目，但可以说"信息飞快，过目即忘"。对诗歌文本、语言本身的要求，还有对艺术整体性的要求，就放松了，也就轻轻放过了。所以我觉得，诗人既要重视自媒体时代的写作，同时确实要重视纸媒的发表。即使发在公众号上，也应该经过编辑流程，经过筛选。为什么呢？因为经过选择、修订，可能会更好。我在50岁之后的写作，更在乎修改。我觉得自媒体时代的写作，带有很多的随机性，很多即兴的色彩。这样子一来，会对我们写作的稳定性、质量的持续提升造成一定的影响。别以为自己写出的都是好的，根本没有这回事。写自己有代表性的作品，需要那种潜下心来写作的心思，需要流汗、烧脑与冒险。一个冒失、鲁莽而冲动的环境很快把你搅动了，搞得你很浮躁。我们既要认识到自媒体的作用和意义，同时我们也要很好地把握自己，要拿捏得住。诗歌的传播渠道太多了，有时候反而带来很多不利因素。

四

最后还想讲一点，我昨天刚刚参加一个会议，浙江工商大学成立了一个诗教研究中心，成立大会上我说了几句话。我说，诗教是我们文化的一个传统，在这个时代能不能得以传承？能不能"重启"？孔夫子编《诗经》，倡导六艺，"温柔敦厚，诗教也"，但到清朝此思想已逐渐式微，所以清初诗家重提诗教，客观上就形成诗学传统复兴的思潮。乾隆皇帝一生写了几万首诗，一方面是炫耀，另一方面他试图恢复诗教传统。他觉得诗能够"教化"，对这个帝国的统治会起到巩固作用。虽然这是一厢情愿，一种很虚幻的想法，但表明了他对文化的一种追求。到了现代，蔡元培提倡美感之教育，极为重视艺术的审美功能，及其潜移默化的陶冶作用。事实上，西方早期古风诗人身上也是有诗教传统的。正如古典学教授张巍指出的，荷马、赫西奥德在古希腊被誉为最早也是最伟大的教育家，后起的各色教育者，比如智术师、演说家和哲学家莫不以古风诗人的诗教为参照，以之为争锋与角胜的对象。

我之所以说这些，并不是主张回到古代去，回到"温柔敦厚"的情境之中，而是希望我们今天在诗教问题上，要有一个探索与省思：以诗歌、音乐为代表的艺术精神能否在我们的社会建设与人文精神重建上，发挥更大的作用？我们需要的"诗教"，当然不同于先秦也不同于希腊古风时期，但这种精神与理念是可以得到传承与发扬的，"新诗教"将以何种面目出现，是否有这种可能，是值得期待与探索的。

2021 年 12 月

"混血荷马"：自由命题下的史诗建构[1]

一、重写的可能

前不久（笔者注：指 2004 年 3 月 13 日），在杭州印象画廊地下室里，主题为"不完整的世界——纪念诗歌"的诗人集会上，食指竭力主张建构"现代汉语诗学"，而欧阳江河却发表了另一番简洁而剀切的言论。他认为，我们该写什么，这不仅是语言的问题，而且不能不涉及事物的界限。也许以不写什么来定义现代诗是适当的：不写什么，不这么写。随后这位诗人不无机警地说道："关键在于我们能不能重写。作为《荷马史诗》主体和场景的大海，就一再被后人重写，成为诗歌的元素，具备了一种母题的性质。"

此语既出，响应者寥寥，却深得我心。

这次集会的主题来自歌德的创见——"去了解哪些力量，使世界变成一个整体"，然而在如此喧闹的场合，围绕这样一个问题深入交谈几乎是不可能的。痒处既然被挠，也就一时难以平息。当晚回家后，我想起了这种共鸣的根源。那是三年之前，在一篇介绍诺贝尔文学奖得主、诗人德里克·沃尔科特的文章中，我曾这样写道：

---

[1] 本文为作者 2004 年出版的诗集《狂暴的边界》自序，收入本书时标题另拟。个别字句有改动。

在他的戏剧集的序文里，我们读到又一个十分贴切的沃尔科特词语："黑白混血风格"。迥然不同的两种传统孕育了沃尔科特的艺术。更为重要的是，我们在他的作品中还找到了另一个线索："新爱琴海传统"。加勒比海群岛可以说是爱琴海群岛的转世再生——希腊的古代文明在加勒比的今日风采中得到自然的体现。他的长诗《奥梅洛斯》，讲述了渔夫阿基里同他以前的伙伴、现在的出租车司机赫克托为一位漂亮的女仆海伦争风吃醋的故事。在《奥梅洛斯》的氛围中，我们可以找到《荷马史诗》般的格调与主题，以及奥德赛式汹涌澎湃的波涛。是什么将古老的声音带入今日加勒比海，是什么把历史变成了现在？是大海。"大海即历史"——在这一辉煌诗作中，大海使"巴比伦凄楚的竖琴声"传到了西印度群岛，在那里奴隶制仍是切肤之痛。

"混血／迥然不同""故事／史诗""转世／再生""爱琴海／加勒比海"，这些对称或关联的词语一直折磨着我。显然，杰出的沃尔科特"重写"了《荷马史诗》：在不同的历史处境，以另一种方式，另一类语汇。是否可以将沃尔科特视作"当代荷马"，精神上的"混血荷马"？时间一久，这个念头也就在脑子里悄然"潜伏"下来了。意想不到的是，在这样的一个集会上，在一次不经意的言谈中，它又被重新提了出来，并且被赋予更为强烈而迫切的意义——我向来以为，声音的认同有时甚于书写的认同，或许更深刻，更为持续——这是我始料未及的。之前我曾经多次考虑过甚至已经尝试了"重写"，不过，是否能够"重写"这一点，居然足以衡量某些事物能否获得永恒诗意，我却没有想过。

与20年前相比，在我的这本诗集里，除了编在最后的写于早年的诗，总体上"大海"已经逐渐消失，取代它的，是更为汹涌的日常生活。既不是爱琴海，也不是加勒比海，甚至还不是我所熟悉的东海，但似乎又都是。完全可以赋予生活以海的形式与力度，正如我在其中一首诗里所写的："这浑浊的东海，并不盛产荷马和维吉尔，／却同样有着一种盲目而激昂的力量。"（《往事》）也许可以说，是我试着改写了大海。为此我做了一些力所能及的工作。见证现时代的物质交换与精神状况，目睹当下文化消费的发达、断层线战争与恐怖活动的频繁，以及罗马帝国的转世，留意布罗代尔笔下菲利普二世时代的地中海世界，甚至还阅读布洛赫的《法国农村史》，在我，其意不是借以助谈或足资炫耀，也不想皓首穷经。所有这些，都是为了重写，为了把握日常生活的物质感和史诗性质。

因为在我看来，物质化的社会并不一定前景美妙，但物质的诗歌是妙不可言的。正如同一个诗人集会上有人尖锐指出的，我们"并不缺乏精神性与虚构的能力，也不欠缺诗歌技术，而是缺少诗歌的物质性"。事实上，书写物质的历史并不是我们的传统。诗人们或多或少地表现出对物质生活感觉迟钝，形式感也相当缺乏，而精神上又处于不停跨越、气喘吁吁的状态，喜欢求助于"反诗"和"自发写作"一类的理念和活动。这是需要匡救的。重写，对我来说无异于一次新的发现：海洋回到了它的自治状态，但不是浑浑噩噩的野性之海，也不只是生活的一个隐喻。地铁、雨水、梦，广场上的政治与爱情，以及对角线、钟表馆与飞禽，所有这些意象与言词，降落到起伏的洋面上，引发了多次意想不到的蒸腾。由于句子的变形和感受的挤压，形成一种放大的奇观——"仿佛词语飞舞"（阿特伍德语）。

前不久，我走进一家音乐书店，被一张凯尔特乐曲的唱片所深深吸引。这张唱片里的曲名太日常了，却非常幽默、"物质"，充满灵性，好像它们就是生活本身。当时我就想，这些才是真正的诗的指称。比如《温暖的毯子》《敏捷的战士》《杰克逊的吉格舞曲》《购物歌》，又如《特威德河两岸》《田野的兔子》《风笛手》《格拉斯哥警察风笛乐队》，更有甚者，《老糊涂》《煤炭码头市场》《公正的警告》《哦，苏格兰的白玫瑰》。现在我还写不出这样的诗。断断续续地写了那么多年，我觉得很羞愧。但是当我走出这家店的时候，内心却洋溢着一派欣悦和感激：为了这个世界仅存的诗歌，为了在音乐中保留的诗歌，也为了我日后重写的可能。

二、"非英雄史诗"

我时常为一些海洋般神秘起伏、在喧嚣中席卷一切的事物和场景所折服、所感化，并彻底为之身心瓦解。似乎在这一消解的过程中，我找到了一种令人销魂的陶醉和归属之感。显而易见，出现在我们日常生活中的这些事物或场景，往往带有某种膜拜的性质和史诗般的宏阔，其放轶的、令人晕眩的画面，可以与任何一次历史转折关头声势浩大的群众性集会相媲美，也能够同屡次大规模的暴动、起义或宗教征战一样，取得一种史诗般的震惊感：或一呼百诺、众志成城，或激荡人心、迅速蔓延。

这些事物发展到后来，往往有"仪式""教义"与"偶像"，门徒中为之献身燔祭者有之，举事骚乱者有之，不同"教派"之间东征西讨、互相厮拼，完全符合宗教的所有特征。当人们谈论它们时，时常带着十分虔诚的神情和无限仰慕的眼光，使用"圈子"里的语言和近似"切口"的词汇，或夸夸其谈，或小声密谋。而那些"教主"们碰在一块，有点像中世纪政教合一的那些年头，各个教区和领地的人们聚在一起议论某些敏感的话题，神色严峻，深不可测。我说的这些事物，它们到底是什么呢？眼下最能传达现代"宗教"情绪，最富有狂热精神和感染力的，就是摇滚乐和足球，就是以它们为代表的文化消费。

更为重要的是，我们正在目睹一场深刻的变化，一次社会和文明的变迁。"假如莎士比亚再世，我想他也会被强大的经济力量之间的那悲剧性的交互作用所震慑"，法国女作家维维亚娜·福雷斯特这样说。这个悲剧的史诗式背景恰恰是所谓的当代"文明生活"：一边是纳斯达克股市的狂泻，一边是哈马斯炮火的升腾；一边是拉斯维加斯赌城之夜神经质的辉煌灯火，一边是恒河下游两岸细若游丝的光亮。于是，新一代困惑者的目光向寺庙或教堂集中，被剥夺者积蓄仇恨转向了暴力，从中东到南亚，从科索沃到阿富汗，从伊拉克到克什米尔地区，在全世界蔓延的、视恐怖行动为正义举措的复仇激情，以及惟有诉诸暴力的绝望感，构成了当代史诗的基础。哈贝马斯荣膺"德国书业和平奖"时，纽约刚遭受了恐怖主义分子袭击，他发表了一个简短而略带悲怆的演说。当他提到这一悲剧时，很自然地把它同长期以来的世俗与宗教之间史诗式的紧张冲突联系起来了：

> 自杀的凶手把文明标志的运输工具当作杀生的武器，以反对西方文明的资本主义壁垒。我们从穆罕默德·阿塔的遗嘱中得知，是宗教信念促使他们这样做的。对他们而言，全球

化就是最大的撒旦。而电视屏幕中的画面也使目睹了这场世界末日般灾难的我们不由自主地联想起《圣经》中的画面。美国总统在最初的反应中所使用的复仇语言，在我看来，也带有《旧约》色彩。仿佛是，疯狂的谋杀行动触动了世俗社会最深处的一根宗教之弦。一时间，所有的犹太教堂、天主教堂、清真寺均挤满了摩肩接踵的人们。

这个时代令人难忘的奇观是高度发达的消费文化与血腥的断层线战争并存。不是吗？蒂姆·爱德华兹认为，消费者要么是处于狂喜状态中的快感追求者，要么是被锁定在一系列仪式上的相对受约束的行动者。西蒙·福里斯则相信，现实中的一切都是不确定的，包括爱、性、欢乐和权力，人们不断进行着从中重新获取信心的尝试。当流行音乐的政治真正卷入日常生活和这种寻常的尝试的时候，便激起了混乱和无序。甚至有人对厨房进行"微精神分析"，觉得它是欲望、享乐和暴力的混合物："从家庭内部的空间分布来说，卧室和厨房应该有一种微妙而奇特的联系。它们同样最具有隐私性，都是遮遮掩掩，不对外开放的；它们都充斥着某种暧昧的气息，一种暖烘烘、昏沉沉的气息，一种让人融化、让人遗忘外界的气息——身体的气息；最重要的是，它们都处于时间河流之外，处于公共目光无法捕捉的死角，维持着经久不变的疏离——那些革命，战争，政权更迭，国家阴谋，派系斗争，民族危机……都很难渗入这两个空间。"（宋晓萍：《厨房：欲望、享乐和暴力——厨房中的女性话语以及〈恰似水于巧克力〉》）

假如我们不固守"史诗"的学院派定义，假如我们可以对铁戟与盾牌、英雄与还乡、土地与血仇做宽泛的理解，又假如，我们并不非得要求一个诗人（即使他足够有力，目光犀利）带着无限的怀旧情绪，以及对逝去的、财富遍地的过去的惊奇，去刻意构思戏剧性的情节和宏阔的场景，并且非得使用一种高度风格化的、精致的、特殊的措辞，使用汉语的乐府格律或古希腊时代的六步长短格，那么，我可以回答这个问题：在这个时代，会有另一种史诗，非英雄的史诗。关键在于诗歌的悲喜剧色彩与效果，在于当下生活的性质，而不是史诗的某些定义。雨果说过，爱情、嫉妒这样的情感，这样的内心风暴，比起真正的海上风暴来，毫不逊色。同样，我们也可以说，当代生活引发的折磨与狂喜，比起英雄时代的战争与和平、魔幻世界的变形与遁逃来，也有过之而无不及。死亡是更大的死亡，悲悯成为更深的悲悯。

三、向当代"混血荷马"致敬

现在，我心目中的英雄不是惠特曼、爱伦·坡和爱默生，尽管我可以一如既往地喜爱他们，但是那毕竟是博尔赫斯的专利。我的英雄是沃尔科特、希尼和米沃什，也许包括布罗茨基。他们是一群流亡的现代荷马，而不是远离纷乱的华兹华斯，或者干脆地说，他们是同时具备精神性和物质感的诗人——除了伟大的歌德，此前的诗歌史上难以找到这样的影子——进一步地，他们完全是属于20世纪的天才。特别是德里克·沃尔科特，我们对他的认识远远不够。从无限多样性——他的诗歌几乎等同于一个年代或一片原野——到高度凝聚力，从巴洛克式不规则的精美到弥尔顿雷霆万钧的恢弘，加上部落和丛林地区的戏剧式的夸张，所有这些简直是他的拿手好戏。至于对他的西印度群岛现代生活的表达，沃尔科特既继承荷马的行吟传统，又迎合黑人舞蹈的律动，把日常生活拓展为史诗一般开阔。他的午后与海滩，妓女的尖叫与棕榈的影子，几乎达到了高温窑口的炽热。读了沃尔科特的诗歌，我们才知道，世界上还有那么多的事物尚待命名。从他的作品而不是自白中，我们甚至可以感觉到，他与另一位著名的诺贝尔同行兼西印度群岛同乡，出生于特立尼达的英国作家奈保尔一样，在欲望与意识的反叛上都处于一种分裂与逃亡的状态。也许，"当代荷马"与古希腊荷马的区别就在这里。

在沃尔科特的诗歌中，我们既感到了一连串巨大的矛盾与迷误，也领略了他在主要诗作中所充分展示的，令人目不暇接的历史全景画面和现代加勒比风情。这不仅是现代诗歌的进展，也表明了诗人生活方式的改变，对恒久事物的重写。沃尔科特曾经说过："要么我什么都不是，要么我就是一个民族。"这绝非狂妄之语，也不是自恋的口号。他的诗歌大量散发着自然的光和热，间或蒸腾着人间的雨水和潮湿："一阵风吹皱着非洲／褐色的毛皮。吉库尤人。敏捷似苍蝇／狂饮草原的血流。""行动孕育狂乱。我躺下，／扬起棕榈嶙峋的阴影作帆，／生怕我自己的脚印繁殖。""夜，我们的黑色夏天，把她的气味简化／成一个村子；她采用黑鬼的不可穿透的麝香，像汗液一样生长，／她的小街弥漫着剥开的牡蛎壳／金橘煤炭、甜瓜火锅的气味。／商业和鼓手增加着她的热度。""礼拜堂的牛铃／像上帝的铁砧／把海洋锤打成耀眼的盾牌；／被烧着，海葡萄慢慢地／把铜牌交给熔金的热度。""它的冷漠全然是一种不同的愤怒。""星啊，双倍仁慈者，对曙光／来说来得太早，对黎明／来说太晚，愿你苍白的光焰／以光天化日的／激情／引导我们心中的恶魔／穿过混沌。""离开出汗的浮石，／一切事物都如此发展，／直到给我们只剩下／那包围着贝多芬的头颓的热情"。

沃尔科特，其自身就是一个矛盾，一团迷乱。父亲是英国人，画家兼诗人，母亲是个教师，也是业余剧作家。祖母和外祖母是非洲黑奴的后裔。用沃尔科特的话说："我的祖父是白人，其他家庭成员均是黑人。"他生长的那个地方，人们能言善辩、口若悬河，面部表情丰富，还喜欢装饰。这是一个既爱修辞又注重修饰的社会，一个文体优美的社会。他的欣悦来自那些鲜为人知的群岛："这片土地尚未被写过，尚未被画过。这就意味着我是位先驱。我是第一个仰望这座高山并试图描绘它的人。我是第一个凝视这片海湾、这方土地的人。瞧，我拥有成为第一个描绘者的巨大优势。我们这一代西印度群岛的作家都体验到了绝对的发现感。"他的苦恼也来自脚下这片土地："那里怎么会有人民呢？他们对季节一无所知，不懂得一年里树叶有凋零的时候，塔尖会在暴风雪中模糊不清，街道会一片雪白，整个城市会被大雾吞没，也没有坐在炉前沉思冥想的体会；与此相反，他们所在的地域同他们的音乐一样，只有两种重音节奏：热与湿、晴与雨、光与影、日与夜，他们受到不完全的格律的限制，不可能有矛盾的微妙性和想象的复杂性。"沃尔科特的痛苦不仅是西方现代生活的神经质痉挛与圣卢西亚岛相对宁静之间的反差，甚至也不全是身处几种文化边缘造成的意识错落，更重要的是需要不断地体验语言与人民、土地的撕裂中的自我生存状况，以及原始的血性与过于成熟的欧洲文化之间的冲撞。他认为种族冲突基本上是愚蠢的，进而表白自己："我忠诚于语言。"

这位来自西印度群岛的诗人、教师、戏剧导演、记者，总是如此灵活地在不同的地域、文化和领域表现出极大的张力：在戏剧与诗歌之间，希腊传统与本土文化之间，自己身上的不同血缘之间，群岛与大陆之间，隐逸游离与公众生活之间。尽管他的基调与底色仍然是荷马以来的欧洲传统，是潜意识里对"黑色"的耻辱感，以及诗歌的戏剧性，而非戏剧的诗歌色彩，但是他仍然没有忘记印第安人的乡村戏剧与巫术，他的安地列斯群岛的历史碎片，他的非洲。沃尔科特甚至借用几种生灵交媾的猥亵故事来表达这种乍看是毫不相干的结合："她白色的肉体与黑夜叶韵。她攀缘，笃定。／处女与猿猴，少女与恶意的摩尔人，／它们不朽的结合依然分辟着我们的世界。"他还做出了极其美妙的猜想和激情充沛的解释："然而，被愤怒捆绑在那橘红晚霞色头巾、／新月形弯刀上的一切无论如何／并不是他的种族的、豹一般黑的复仇，／给她的闺房注入生麝香，它的汗，／但是月相变化的恐怖，／一种绝对物的败坏的恐怖，／像个白色的水果，被揉捏得透熟而加倍甘甜。"而且，他的出其不意完全是自然的产物，绝非运思中的节外生枝。他写一个帝国的消亡，就像在清晨观察一只鹭鸶的啼鸣与沉寂：

> 一只鹭鸶飞过清晨的湿地，刹住
> 摇晃的双翼来装点一根残株
>
> ——《感谢上帝》

> 由于这动作，风景才得以完成；
> 时间和运动在某一时期
> 作为这么一种标志引导罗马行军的步伐，
> 后面跟着扛着法律的后来的总督，

以一声啼鸣在这寂静之下划线。

——《有关一个帝国的两首诗》

他写鸟群的迁徙，却注入浓厚的悲剧意识：

……

注入了对这些鸟儿所栖居的乡野和城市

如此伟大、无声和高尚的一份关心，

除了那是它们季节性的路过，那是爱，

被变得没有季节，或出自它们天生的高飞特权，

某种比对它们下方共处于窗户和房屋的

黑洞中的无翼生物的怜悯更明亮的东西；

它们以无声的鸣叫更高地抬起那张网，

凌驾于一切变化、对落日的背叛之上；

这季节仅持续片刻，仿佛

暮色与夜暗、狂暴与和平之间的停顿，

但是，对照我们大地的现状，它已持续得够久。

——《幻想的和平季节》

以上引诗均为傅浩译。

四、诗歌是通向自由的道路

诗歌既是自足的，又是开放的。它无所屏蔽。隐喻、反讽和弦

外之音并不是它的最高境界。正像艾里希·奥尔巴赫评价荷马时所说的，他讲述的"只是当时瞬间的唯一存在"。人们创造了一个展现万般可能的世界的同时，嘱托他们中的巨匠留下一种清晰可信的唯一的词语织体——诗歌。历来为人们崇尚的诗歌恰恰是广博的、明晰的、自然的，并且韵律精微、无比悦耳：因为一切艺术最终导致音乐性。即使是在最令人动情、最精致的诗歌作品里，意义也往往被表现得极为单纯，几乎与真理以及音乐的和谐一样单纯。我们看到，那些以复杂多变、无所顾忌著称的当代诗人，他们最好的诗篇总是敞开的、纯净的，当然也是不可思议的。

我们说诗歌是通向自由之路，并不是教化意义上的（如柏拉图所期望的），甚至也不是审美视角的。重要的是如何建立内心的"秘密花园"，它包含了情感与形式，运动与归宿，语词与花朵。在这个东方挂毯似的花园中，诗人像合度的帝王一样华贵而平易，因为自由既不是贵族也不是平民的专利。自由的普世性与诗歌对人心法则的维护是一致的。诗人虽然不能够与所有的人分享自由，但是给了阅读者一种前所未有的战栗与喜悦。诗歌是对专制与紧张的消解，也是对偏狭自负的否定。进一步地说，诗歌是人的心智和感官趋于成熟开放的一个主要标志。按照康德的理解，启蒙运动是人类脱离自己所加之于自己的不成熟状态，也就是不经别人的引导，就对运用自己的理智无能为力。在危急关头和困顿年代，人们首先诉求的是诗歌而不是政治学意义上的自由观念。

人们经常强调诗人对美的敏感性，甚至认为诗即美。这样的说法是不够圆满的，因为它缺少了一个重要的环节，那就是诗歌与自由的关联，诗与真的关联。诗歌也是对存在之真理的洞见，它的合理性基础是悲悯与狂喜之并存。如果人们乐于承认诗歌是通向自由之路，那么，我们才可以说，诗歌是一种意志力，一种对象化的本质力量，它的外部特征是和谐。和谐标明了自由的存在，就像赭红或黑色的岩石指示矿藏的存在一样。我们要说，贝多芬的中晚期弦乐四重奏更美，因为它已经杂糅了许多宗教的因素，而且对生命的多种体验已经告一段落，贝多芬似乎从困顿和病痛中真正体会了宁静的伟大和感恩的必要，从而转向隐忍与关怀：既没有壮丽的爆发的巨大激愤，也没有抒情诗般的热情，他的生存状态是如此孤独与真实，接近生命的本真，恰恰在这个时候，真正的自由开始降临。弥尔顿的情形与贝多芬有点相似。有人以为他的《复乐园》比较软弱，其实这是皮相之论。它简洁凝练，别树一帜，有更多的宗教性，可能更为自由。

我们说诗歌是自由的黄金通道，就在于它向我们开放表象世界，引领人们抵达事物的核心，并沿途采集令人迷醉的感官之花。狄兰·托马斯、希尼所做的正是这样，兰波、马拉美带给我们的，又何尝不是如此。当然，典范仍是无可动摇的《神曲》，不朽的但丁。他对我们感官的触抚与若干种境界的暗示，既是自由的引领，又是全能的启示。事实上，但丁、贝亚特丽齐与《神曲》本身，又是一个"三位一体"，引导我们进入自由领域并得以领略其全景。余刚在《形象》一诗中写道，"居民们沿着孔查的想象／进入自己的想象"。同样，我们沿着但丁的想象，进入自己的想象。在诗歌的干预下，现象世界呈现了事物本身的真相，过程展示了奥秘。作为自由和意志的表象，所有杰出的诗篇都会使我们的心灵与感官同时开放，无数细小的激流汇合成平静的海洋——自由的境地如此宁静。由于自由总是姗姗来迟，以至于有人将它误认为是死亡的迁延，其情形有点像我在《黄金分割》一诗中所描述的——"一个模糊的黎明，一次从军的早起"。

人类黄金时代产生的诗歌之所以美不胜收，最大的秘密就是它的自由状态下的均衡，美感背后的理性。在《诗经》里，我们同时享受了2500年前出现的音节和画面之美："叔于田，乘乘马。执辔如组，两骖如舞""行迈靡靡，中心摇摇""青青子衿，悠悠我心""肃肃鸨羽，集于苞栩""死生契阔，与子成说""呦呦鹿鸣，食野之苹。我有嘉宾，鼓瑟吹笙"。那究竟是什么声音？我要说，那是人性的野马与阳光最终会合后的声音，是无视死亡与邪恶的完全凯旋仪式上的合唱段落，也是自然的四季与人的身体初次接触后的由衷感叹。在《荷马史诗》中，战斗中的迸发像动物嬉戏一样地充盈着放纵的豪迈与自由的征候："他言罢，众人共怀一种热情，怀在胸腔，／拥来站立他的身边，将盾牌斜靠在肩膀。／……兵勇们／蜂拥在他们身后，宛如羊群跟着带队的公羊，／离开草地，前往喝饮，使牧人心里欢畅。"那是什么样的举动，何等快意的场面！荷马的诗句再好不过地说明了无处不在的漫游的力量，拥有充分根据的自信。再说，传说中瞽者荷马的行状，也是活脱脱的一副自由的征象：从艺、浪迹、行吟、磨难、传业。只是到了弥尔顿时代，诗人与政治家的面容叠合在一起，更多地追求文学的世俗力量与社会功能。他的《失乐园》与《论出版自由》，从某种意义上看是同等重要的。从囚禁到解放，人类多次选择过这两种同样不可缺少的途径——现实的与超验的。

就这样，在一定程度上，这些年我有点疏远了曾经极为景仰的里尔克。因为我在享受这位大诗人说不尽的好处的同时，也太多地感受了他身上显示出来的某种单一性和过分的抑郁型反思，而单一和过分反思是对诗歌本质的抽离，也是对自由的逃离。若论从里尔克身上汲取宗教性力量这一点，有时我情愿放下手中的《杜伊诺哀歌》，而去独自倾听古尔德弹奏巴赫的《戈尔德堡变奏曲》，巴赫的音乐从不怀疑，只有秩序与阳光，只有回旋的全部，还有不证自明的愉悦；甚至宁可深夜领略无数种版本的格里高利圣咏，那种核心动机的扇形展开令人着迷，教堂里人声的残响教人沉醉。至于珀塞尔的歌剧《狄朵与埃涅阿斯》和《亚瑟王》，更是给我留下难以忘怀的印象：这人世间曾有过的飨宴与嬉戏，是人类早先的荣耀。

五、一个世界，多种联系

当代人诗意的缺失往往是由体验的缺乏引起的，尤其是缺乏真切、深入和直接的体验，并不像有人所说的，仅仅因为事过境迁和技术的魔力。正如吉尔伯特·米尔斯坦在评论凯鲁亚克的《在路上》时所指出的："因为当今时代人们所关注的东西并不集中，其敏感性也由于追逐最异乎寻常的时髦（其速度之快令人目眩）而变得麻木迟钝。"一些诗人转向"阅读"。阅读的确是重要的经验，但不是唯一的经验。另一些诗人执着于"智力"。自然，当代诗人的过人之处是间接、巧妙地运用别人的经验和想象，其明智之举便是跳跃与剪辑，作为一种诗歌的技术无可非议，然而依我看，拼贴对于巴塞尔姆也许是莫大的优势，而在别人身上则不一定。现在，不少人竭力崇尚某种过人的智商、短暂的激情与普遍的反叛。从最好的方面来看，绝大多数当代诗人贡献于一部诗歌史的，也就是与现时代精神状况相吻合的愤怒、精致与反讽。然而这些就意味着所谓的革新与变化吗？我对此一直存有深深的疑虑。

从启蒙运动和法国大革命以来，受到这个世界（无论是东方还是西方）最大误解的就是"理性"。自现代主义发轫之后，有人一直试图建立一种思想文化的新的暴政，往往粗暴地把那个"旧世界"颠倒和悬置起来，经过一阵疯狂的抽打，啐上口水，然后扬长而去。这一点在法国思想文化界的一些人物身上表现得尤其突出，他们的影响力是不容忽视的。最近半个世纪以来，法国似乎没有产生太多的大诗人，可能与这种一味毁坏的氛围不无关系。尽管我非常热爱克洛德·西蒙和尤瑟纳尔，热爱列维－斯特劳斯，却也不能阻止我对现代法国思想文化的批判（一种不同的接受方式）。而被世人视为保守的英国思想文化界，却默默地守护着一个伟大的自由与理性的传统。现在我十分理解艾略特、伯林、哈耶克为何要选择英国：这是一个不大不小的事件。或许这是回归一个悠久传统的征兆，或许是这些人有着寻找某种坚实而渐进的思维方式的动机。甚至，他们发现唯有那块土地还存有一种貌似平和实则具有真正血性的革命思想。爱尔兰出现叶芝、詹姆斯·乔伊斯，是否也同这种伟大的传统有关，尽管同时他们深受现实的戕害？

那么，如果我们心仪伟大的古典作品的话，按照刘小枫的说法，该"如何才能使自己的生活处境与这些作品建立起活生生的联系"？换一句话说，在我们平庸而混乱的生活中，有没有理性的亮光与诗歌的元素？如果有，又如何测定它们的存在？事实上，没有固定的答案。一种明智的做法是，把圣哲活生生地领回到当今生活世界，让我们看到，原来他们就在我们的"会饮"中，只不过我们不让他们说话而已。更为卓越的举动，就是在确立生活秩序、社会视野和知识结构等的过程中，在提升对事物的判断力与语言的辨析力，特别是在开放心智风景线的重要时刻，与这些"不朽者"同时建立两种联系——公开的与秘密的。

文学狂人之所以站不住脚，在于他们一味自恋并自视为"上帝的选民"的同时，随时会滑向另一个极端，不辨语境地唯大师宣言是瞻，并且对他们的作品刻意模仿。如此出色的博尔赫斯，已经被中国香烟熏成神龛里的暗灰小雕像了。有人还把托尔斯泰羞辱莎士比亚的过激言论当真，把达利式的狂放和夸张奉为艺术家的法度，而忘却了托翁留给我们的更多的财富是什么。这个世界少不了托尔斯泰，更不能没有莎士比亚，再说我们受惠于达利的不只是类似于《变形记》的现代寓言，还有想象的华丽与超现实的开启，特别是他所表达的当代人类处境的非现实性。我们应该更加相信伟大作家的作品，而不仅仅是他们的言论，更加相信批评家对艺术史与具体作品的条分缕析与实证探究（如贡布里希、勃兰兑斯所做的工作），而不仅仅是他们的某些断言。

总之，诗歌就是诗歌。正是自明与圆满，使诗歌与哲学并驾齐驱，甚至使前者超越了后者。苏格拉底用"第二次远航"指称其思想上的转变，即放弃自然哲学的直接方法，转向语言（而非存在物）。正是在这场转变中，诗人超越了苏格拉底。在一个太多发明、太多宣言、太多诱惑的年代，许多人对识别简单的谎言与令人眼花缭乱的魔术同样缺乏能力。其实，"谎言互相发明，它们加在一起就能说明那些真话说不明白的东西"（伯纳德特《弓弦与竖琴》），正如我们可以不懂古希腊文，却能以几个译本互参的方法阅读《荷马史诗》与古希腊悲剧，其差异与交错之处可能就是真谛所在。说到"诗何为"这个话题，我总是对"诗歌只是为少数精致的读者准备"或者"诗歌只是写给自己看的"之类说法抱有深刻的怀疑，同时对诗歌的广场式的轰动抱有更多的恐惧，尽管"诗言志"与"诗实验"各有自己的道理，甚至"诗游戏"也是合理的存在。诗人们应该拜巴赫为师，他从来就没有问过自己为什么要作曲，他觉得这是上帝要求他做的一项工作，跟木匠没有什么差别。诗人应该敬业。有人询问诗歌的发展趋势，我想它天生就具备宠辱不惊的品格，用不着我们为之大喜大悲。有一点我是坚信的，只要人类还没有毁灭，诗歌就有存在的理由。可以由此派生出一种基本信念：一个世界，多种联系，诗歌理所当然是重要的一种。

2004 年 6 月 25 日，杭州

第二辑

对峙与和解

"永远激荡的创造性流动"

——《超越存在：洪迪诗集》序

一

自 1957 年在《诗刊》上发表《祖母》等诗作以来，洪迪作为诗人的形象，并未在公众面前经常显露。他既没有出现在闪烁的镁光灯下，也从未开过什么"作品研讨会"或"新书发布会"，既不做公开演讲，也很少参加各种诗会。以至于 20 世纪 90 年代洪迪在《诗歌报》等刊物上连续发表诗评时，不少人称他为"青年诗评家"，其时他已年届六旬。

即使略知洪迪的，也只是认为他是一个杰出的诗歌批评家和诗学理论家，同时也写诗歌。由于他的诗歌为其思想和批评的光芒所遮掩，哪怕是很了解洪迪的人，固然对他的"大诗歌理念和创造诗美学"心悦诚服，也较少对他的诗歌创作生发持久而浓厚的兴趣。

更多的人在追问：洪迪是谁？是批评家还是诗人？是思想者还是实践家？是"隐匿者"还是"入世者"？本来，这些不应该成为什么问题的，却需要我们在这里饶舌一番。这似乎很荒谬。在这里我们不禁想请教媒体和文学界：认识一位真正杰出的诗人，究竟需要多少时间？要见证和接受一个"思者"深入宽广之"思"，需要依傍什么样的路径，付出多大的时间代价才能实现？

洪迪的诗歌创作生涯长达50年。虽然他自称"时断时续"，"不成气象"和"作品很少"，以他这200多首诗的分量，却堪称汉语诗歌的骄傲。洪迪诗歌早已达到了中国诗坛精神标杆的高度，他的重要诗篇放到一流诗人方阵一点也不逊色，他的代表作《超越存在》和长诗《长江》更是空前之作，但中国诗坛对洪迪仍然关注太少。人们对洪迪的茫然无知，诗坛对洪迪有意无意的冷落，有着更为深刻的原因和时代因素。

即令低调地予以评价，洪迪诗歌也为百年中国新诗史奉献了一片并不显赫却独一无二的诗美天地。就这部洪迪诗集来说，若能静心品读，恐怕其中任何一首，都能给人以诗美享受和精神启迪，且有韵味永长、绕梁三周之感。在解读洪迪诗歌的过程中，我们会惊喜地发现，他的诗歌风格深沉而幽微，同时拥有深刻的历史意识与强烈的现实感，兼具宏大叙事的铺陈与玄奥奇妙的诗思运行。这些貌似对立的诗美建构方式和语言现象，在洪迪身上如此契合并高度融汇，浑然一体，形成极为独特的诗歌魅力。

洪迪1932年生于浙江临海，有着深厚的家学渊源，其父为著名篆刻家。幼年时深得中国文化之熏陶，除了白话文和"格物致知"之新知，爱好新文学，大量阅读五四以来的作品，也浸淫于先秦典籍和诗词曲赋，对文史哲的研习很早就真正达到广阔、博洽和雅驯的地步。50年代初，年纪很轻的洪迪就做了科研院所和农业专科学校的领导，在"文革"期间经历了非人的折磨，几乎在红卫兵的棍棒下殒命。

正是他那善良而勇敢的妻子吴玉蓉，连夜冒死将他救出，日夜兼程，用手拉车将奄奄一息的他从黄岩秘密转移到温州乡间。

这是洪迪人生的转折点。正是由于"文革"期间的遭遇，洪迪才真正开始了反思和求索：对人、生活和社会，生与死，历史与现实，意识、存在和美。恰恰是混乱年代的幽微之光，使洪迪看到了普遍的光明和成片的希望，而人世间的光怪陆离，各种人物的粉墨登场，特别是"被打翻在地才真正看清人的面目"的感觉，使洪迪对现实和历史有了透辟的观察和理解。在温州乡间养伤的日子里，洪迪面对的是没有书、没有交往，阒然无声的世界，反而对社会和历史获得了洞若观火的新视力、新感知和新境界。因而对文学和诗歌的本质，形象、语言和美的要素，有了豁然开朗的感觉。随之，人生的根基和思想的平台，也愈加贴近大地并获得全新的空间拓展。

1979 年对中国和洪迪来说，都是一个特殊的年份。洪迪重新走上领导岗位，先是担任浙江台州地委宣传部副部长兼文化局长，直接参与了改革开放实践，经历了一系列大事件。而后在台州师专（现台州学院）担任副校长，潜心教书育人并读书写作。这个时期，他的思想之敏锐，认识之透彻，行动之果敢，都非常令人钦佩。经过一系列磨难和历练，他的目光之犀利、深刻和透彻，胸襟之博大、宽容和悲悯，情感之真切、仁爱和谦和，意识之独立、进取和融会，都是人所共识的。对人的本质、人生"意义"或"无意义"的理解，也是在这段日子完成的。

洪迪真正进入诗歌创作的高峰期，是 20 世纪 80 年代至 90 年代，其时他已经进入知天命之年。这个时期对洪迪来说，无疑是非常重要的时期。无论是个体经验、历史意识还是审美眼光，都已十分宽广与成熟。诗人激情和理性的均衡，也抵达了新的境地。

二

有论者评说，洪迪长期以来从事行政工作和他青壮年时期所处的动荡时代，在相当程度上影响了他的文学创作，这不无道理。但我们必须看到，正是凭着自己的文化底蕴、人格力量和人生洗磨，洪迪对自己的政治抱负、所处的社会和时代，不断超越，社会转型和变革所带来的一系列戏剧性变化，都成功地转化为他的精神资源和文学素材。

事实上，洪迪一直没有停止过思索和写作尝试，即使不写的时候，他也在头脑里"写"。也许那是更好的诗篇。时间和名声上的直接损失自然会有，但诗歌的感悟和思想之鹰的盘旋，还是留下了巨大的投影和地质纪年般的印记。20世纪80年代以来，洪迪诗歌进入了创作高地。1983年的长江之旅和大半个中国的游历，特别是对80年代末期与90年代初期中国社会变动和转折的思索，为他的诗歌创作奠定了更为深厚的基石，完成了诗人从自在之境到达自为之境的转化。

洪迪诗歌的诗美主体建构，亦即诗人的价值系统确立和审美自觉的形成，在壮岁就已完成。此后要做的，就是人格完善和浩然之气的养成，以及语言和形式的上下求索。洪迪对语言和诗美创造的自觉，对天地人合一思想为核心价值的中国传统文化的批判性接受，对西方近代以来的理性启蒙和现代性的精准把握，特别是为"人"的观念之历史性重建做出的巨大努力，令人叹为观止。

在社会急剧变化而诗坛亦显躁动不安的时代，洪迪却显得格外沉稳和超然。自然，洪迪深知诗歌传播和阐释的重要性，更明白接受美学的基本要义，那就是"诗歌是作者与读者共同完成的"，但他并不在意自己的诗歌名声和当下的作品传播。这是洪迪的性情使然，也与他的诗学观念有关。

从 20 世纪 90 年代初开始，洪迪几乎处于归隐状态，除了少数友人和忘年之交外，罕与外界交往。洪迪与中国诗坛的关系，更多的是与同时代诗人的个人情谊，如冀汸、邵燕祥、金津、田地等人，而我们这一辈人（如楼奕林、伤水、潘灵剑和我）则跟他结成忘年之交。大多数时间，洪迪沉潜于内心与书斋，进行着各种思想碰撞和诗艺探索，与诗歌文本、历史和典籍对谈。总之，洪迪的社会交往是超功利的，对最近几十年诗坛五光十色的派系与党争，洪迪只是静观默察，在扶掖后进的同时，对诗歌运动和诗坛现状做出自己独特的价值判断。

最近十年来，洪迪更是沉浸在哲学、诗学和先秦诸子的研究和探索之中。他清理了自己所以立足的文化地基，清算了诗歌、哲学和艺术之上的附加物，而对历史决定论的反思和重建人学的信念，一直支配着洪迪"诗与思"的过程。当然，随之而至也产生了一种巨大的孤独感，包括历史意识和现实的冲突，自然、人性和社会的纠结。

洪迪诗歌之所以没有引起诗坛的足够重视，还有一个极其重要的原因，可以说是他的诗歌"本身"造成的。"大象无形，大音希声"，美妙绝伦的音律不能用声音表述，自由的想象没有限制，洪迪的诗歌具有这样的特征。洪迪的诗歌，具备了一切大气和深沉的元素，而没有丝毫的哗众取宠之意，甚至初观之下，反而显得相当地"拙"（这是从最高意义上说的），而那种"内在的流畅"也会被人表面化地误认为"静止"，当然他的诗歌亦会惊人地率真，时露赤子之心。进入洪迪诗歌激荡的内核，有时就显得不那么轻而易举。

洪迪诗歌有很多优雅和空灵的成分，有不少诗篇具备王维式的境界，能从橘花的形体和气味中嗅出静寂的投影和春天的核心（《静坐。在花季的橘林里》），从一条鱼儿尾鳍的摆动中读出自由意志和互换生命的意愿（《鱼》），但洪迪的诗歌绝非媚俗，绝不食古不化，他既不刻意牺牲"意义"来换取"美感"和"精致"，也没有让"意义"和"观念"在诗歌中直接发言。总体来看，东海的浩大和华北平原的旷阔，鱼的自由和鹰的搏击，草叶和树的精灵之舞蹈，是洪迪诗歌的基调。除了静观和禅意，杜工部式的忧思和太白式的襟怀，是最根本的。在这个瞬息万变的时代，"大诗"正因它的大气与深厚，反而被放弃解读。洪迪诗歌中那些精微、辽阔而坚实的意象，虽也充满跃动的细节，却往往为一些希图读出身边熟悉事物之奥秘的读者所忽略，也为企求诗歌成为精神装饰品的人们所远离。

与昌耀相比，洪迪的语言更有弹性，更有张力，包含的历史内涵和现实场景更为巨大和新奇。最为关键的是，洪迪更为开阔。昌耀的诗歌的确具备了苍劲有力的西部传奇性和个体生命的悲剧性，对现时代和当下社会的刻画也很深入，时常有神来之笔。而洪迪建立在大海和广袤世界的诗歌意象平台，有着广阔无垠的现象世界和长时段历史的切入，细部又有韵味和隽永之感。同样是"戏剧性"，昌耀以西部和生活层面作舞台，而洪迪却把舞台布置在海洋、大陆和历史深层里，并使它们有了光。

昌耀诗歌中有由时代和西部意象带来的诸多"新鲜感"，而洪迪诗歌则超越了时间性。昌耀诗歌自然有深度，具备"野性"之力，而洪迪深入其里，旁枝逸出，更多地关注社会，超越时空，直抵生命和事物的内核。洪迪诗歌于人性喧嚣和内心孤独的深处，时时搅动情绪、情感和思想，更有汉画像砖和茂陵石刻的厚重和质朴。昌耀以刻画世事和身世见长，以个体生命的遭际、个人与时代的同调或冲突为触发点，而洪迪诗中所呈现的是海洋、河流和山川以及社会生活全貌，甚至更为亘久的事物，深入宇宙和大自然本身的奥秘之中，以大我和大写的人来建构诗美创造主体。

当年爱默生推誉惠特曼的《草叶集》为"美国历来最伟大的充满智慧的著作"，可是一般读者的反应却相当淡漠，以致惠特曼只好亲自执笔写许多化名的评论去捧场自己的作品。洪迪不会这样做，可是洪迪诗歌的遭遇却引人深思。洪迪诗歌无疑是汉语诗歌上品，是精妙之作，是大诗歌，他的诗歌实践是对汉语诗歌的重要贡献，可是他的诗歌所激起的反响和回应，与洪迪诗歌本身的开阔、深沉和令人陶醉的韵味极不相称。

三

若谈论洪迪诗歌的源头，就得追溯到聂鲁达和惠特曼：广阔的精神气质和硕大的尘世形体，星空般的深邃和难以抗拒的语言魅力，不竭的创造力和包容博大的气度，复苏一个大陆命运和梦想的"自然力般的作用"。来自美洲大陆、与亚细亚的广袤与多样性相联系的一切，都从根本上作用于洪迪的诗歌创作。与洪迪长达30年的交往中，这些伟大美洲诗人与所有热情而绵延的事物一起，经常性地成为我们之间对话的背景，这些人和事物，确凿地成为我们心中的文学星斗与航标。

洪迪也曾多次向我提及博尔赫斯的简约、深沉和神奇，他那独特的诗歌"手艺"，他那纯粹而繁复的诗歌写作，自由组合宇宙元素、历史事件和尘世意象的无畏尝试，对死亡、孤独和迷宫的不倦描述，以及他面对巨大名声淡然处之的生存姿态。确然，我在洪迪身上也看到了这样的气度和格局，这样的精神姿态。

除了自觉接受从但丁、弥尔顿到歌德、里尔克，从波德莱尔到洛尔迦的西方伟大诗歌传统之外，从年轻时起，洪迪对中国先秦文化的浸淫和研究，就达到了须臾不离的地步，最近20年来更是无以复加。先秦思想源泉和汉唐精神风骨，以及我们所以安身立命的大地上的一切，是洪迪诗歌的根基。

就中国传统文化而言，"老庄"经常并称，但老庄并不是一回事。总的来说，洪迪是在宇宙论和时空观上接受和运用老子的思想资源，而在审美价值和生命姿态上似乎更为欣赏庄子。他殚精竭虑写就的《中国文化太极：老子与孔子》一书，是考察中国文化源头的一个重大贡献，而眼下他以80高龄正孜孜不倦地修订他的《〈周易〉三读》和一部哲学著作，《唐唐大唐》则是他继历史随笔《天马嘶云》之后的一部散文式断代史，足见他对盛唐气象的探究热情。

洪迪是把老子和孔子作为中国人文化心理结构中延续2000多年的最重要的"原型"来重新建构的；而对《周易》，他不仅能够从认识论和实践理性的角度解构之，从宇宙论和生命哲学的维度解读之，更令人惊奇的是，他能够站在诗歌的视角和维度，来诠释和解读《周易》，发前人之所未见。从老子、孔子、《周易》出发，超越存在与虚无，把《周易》《红楼梦》和鲁迅读成一部诗歌（关于这一点，我们之间是高度一致的），这就是洪迪长期以来所做的工作，他的不竭的精神源泉。

我们还发现，洪迪诗歌与科学的关系，并不仅仅是一种联袂和比照，更是一种方法论意义上的切入，一种心境交织和语境融合。对各种宇宙起源学说和天体物理学，洪迪向来抱有浓厚的兴趣，认为这是一门离哲学最近的学科。在洪迪的诗歌中，不仅经常出现从爱因斯坦相对论和霍金宇宙大爆炸理论中撷取的重要意象和识见，而且他对生命、宇宙和内心做出了同构异质的诠释。这在他的代表作《超越存在》中显露无遗，在他的其他诗歌中也时有体现。

这并非诗人在炫耀科学知识，也不仅是寻找艺术和科技的对应关系，而是一个具备广阔人文和自然科学素养的诗人知性和智慧的自然流露，更是生命、自然和时空的超现实"焊接"。我们注意到，古希腊先哲和剧作家对元素、以太、逻各斯和万物奥秘的探寻，同样出于一种精神需求，一种观念和情感的应和。

从根本上说，洪迪是思想者，也是本质意义上的诗人。对人生和政治层面的思索，对社会动力结构和底部力量的探寻，就最高意义而言，诗与思是紧密勾连的，甚至在某些特定时刻，是高度一体的。洪迪还认为，诗歌与政治也是贯穿的，当然这里指的是大政治，事关民族、制度和世界历史进程的"政治"，与诗歌息息相关。正如博尔赫斯所言："在这种情况下，依我看，哲学和诗歌就没有什么根本的差别，因为两者关心的是同一种困惑。"

就其哲思运行和思想深度而论，就其诗思的超迈、开阔和深沉等特质而论，洪迪足以列入智者和思想勇士的行列，洪迪更是"根部诗人"而非"枝叶诗人"（恕我杜撰这两个名词，但再也找不到更为恰切的词了）。在诗美建构中追求一种大美，天问式的诘难与江河般的言语涌动，也有在空气中和溪流旁难以捕捉的思绪和感觉之片段，时刻行走在沉默之言和爆破之词的边缘，运用诗歌的"大用"而非雕虫小技，建构诗美创造的人格主体，并逐渐臻于圆熟饱满之境，是50年来洪迪诗歌创作的逻辑发展和完美呈现。

四

在洪迪这部诗集里，我们可以看到，他的短诗和稍长的诗，如《大海》《小尼姑》《鱼》《树的几种存在方式》《深入透明》《倾听》《长城》《树的走动》《祖母》《夸克与美洲豹》，都非常出色，体现了一种力与美的交织，其中《超越存在》最值得注意（稍后我还要做出自己的诠释）；而组诗《两个巴勃罗》《海之诗》《冬日西湖漫步》《翔飞的天空》《无敌的春天》《石质的大汉魂》等，组成了一个个厚重而灵动的诗歌方阵，具备了大诗歌的核心要素和精神构件，这些组诗中《拓荒》更为秀出。

> 蔚蓝　蔚蓝是大海的无际
> 无际中消溶着风的温煦
> 隐动以鳞为羽的飞鸟
> 更深藏多枝桠的珊瑚夜明珠
> 于蚌贝的幽闭中默默圆润
>
> 潮音平缓若禅定之呼吸
> 蔚蓝是某种情感的颜色

一匹马散步于如茵芳草
随意嚼啮而前行
忘却来处　漫无目的
惟缓缓举蹄而轻下

蔚蓝是我此刻的心境

——《蔚蓝》

每一根毛羽都是冷冷的风声
双翼一展天空便窄小了
浑身漆黑　焦聚大夜的精魄
比正午的太阳更加辉煌

鹰是一种渴望一种永恒的向往
鹰的脊背即为天堂

当它被怀想或瞩望
鹰便远了
远成焦灼的痛苦
痛苦的渺茫

而痛苦又是一种力量

——《鹰》

　　《蔚蓝》表面上是写一片海景，实为某种心境之投射，而且将情、景、意三者融为一体。蔚蓝，这种令人喜爱的颜色，因为与海的联系，成为某种深沉的情感之色，更为一个深邃、平和的世界所笼罩。事实上，这个世界是神秘的、具备内在激情的，它千变万化，流动开放，有珊瑚、蚌贝和飞鸟，彼此穿越，但由于蓝色基调的统领，显得如此沉潜和宁静。而潮音就是海的呼吸，浩渺无涯的海，其呼吸有如禅定，足见其一动一静，皆为天地大事。而诗歌的画面上接着出现了一匹马，随意嚼啮，忘却来处和去向，"惟缓缓举蹄而轻下"——实乃神来之笔，使整首诗顿时有了勃勃生机。这时大海、马匹和心境高度谐和，动与静匹配，神秘与朗照皆宜。当我们轻轻诵读这首美到极致的诗歌时，得到的不仅是音韵之美、情致之美、意象之美，更是情景之美和内心幻化之美，而这种美的背后，也许是浩劫之后的宁静，变幻之后的复归。不管怎样，"蔚蓝"由此成为一种意识深处的颜色。

　　而《鹰》呈现了洪迪截然不同的一面。显然，这是一只孤独、痛苦而具有搏击长空力量的鹰，它浑身漆黑是因为焦聚了大夜的精魄，而每一根毛羽都是冷冷的风声，当它张翅的时候，天空便窄小了。鹰的精神，笼盖了历史性的原野和浩茫的天空。这是一只穿越时空的鹰。奇妙的是，"鹰的脊背即为天堂"，这就把鹰的眼界、胸襟和力量放大了，以至于给人以天堂的感觉。诗歌到此已经很圆满了，但洪迪诗歌的玄奥和精妙不止于此。笔锋一转，"当它被怀想或瞩望／鹰便远了"，这是想象力的飞扬和思想的内敛。怎么远了呢？"远成焦灼的痛苦／痛苦的渺茫"，一下子又聚焦了。飞行与搏击的痛苦，也是思想的痛苦，这是鹰的担当，更是人的担当，神祇的焦虑。最为奇崛的是，诗歌收笔于铁定的规律——"而痛苦又是一种力量"。这不是简单的结论，而是一种高度补偿，对历史、大地和苦难的补偿。在这里，痛苦的力量成为恩泽和源泉。

蓄谋已久
鳄鱼和巨蝎盟誓于零点的沉默
腥雾与瘴气在巫婆的瓦罐中非法同居
于是，一阵千年不遇的立海黑风
骤然飙起。自某个吞日的虞渊

　　　　　　　　　　　——《树的几种存在方式》

孤傲的苍鹰。展翅驻止天顶
认定。太阳是自己光明的身影
而黑色，是最猛炽的焚烧，足以
使三百里阿房宫化作灰尘

　　　　　　　　　　　　　　——《长城》

双目微翕
眸子里依稀锁住
八千只闪光的青鸟
扑翅欲飞

双唇轻露笑的静谧
若有若无素莲的清韵徐徐散逸
世间的一切

悄然隐去

只留下这永远的嫣然一瞬

漾春水于天地

袈裟的一道道波纹

亦宽垂平流层之宁静

超脱烦恼的变幻风云

————《卢舍那大佛》

从以上引述就可以看出，洪迪诗歌具备一种极为令人难忘的特质，那就是铺张和简约的互动，无穷韵味、精微音律和直抒胸臆的交织。你看，在《树的几种存在方式》中，鳄鱼和巨蜥，居然可以"盟誓于零点的沉默"，而"腥雾与瘴气"竟敢"在巫婆的瓦罐中非法同居"，风起自海上，而且是"立海黑风"，来自"吞日的虞渊"，雅驯变成了不测，通灵幻化为蓄谋，这是何等阴森、可怖和多变的气息，而对神秘恐怖的事物又是何等精确的通感描述。

洪迪的隐喻多为"大隐喻"，抽象与具象结合的隐喻。在《长城》中，那只"孤傲的苍鹰"，"展翅驻止天顶"，太阳居然成为"自己光明的身影"，"而黑色，是最猛炽的焚烧，足以／使三百里阿房宫化作灰尘"，何等猛烈、快意！可是这只是对"黑色"的内部呈现和开掘，黑色在这里成为焚烧的力量，而不仅是一种令人着迷的颜色（无色之色），这种黑色力量具体化为一种历史性的愤怒，还有永恒的惆怅，可以使阿房宫化为灰烬。鹰又是沉默的，因为孤傲。但沉默并非走向虚无的表征，恰恰相反，"沉默是更深沉而有力的唤起"。

在《卢舍那大佛》里，语言的魔术式展示更是举重若轻，"双目微

翁"当然指的是卢舍那大佛的定然之姿,一个"微"字尽得风流,而
"眸子里依稀锁住 / 八千只闪光的青鸟 / 扑翅欲飞"就将卢舍那大佛的
神态外化和幻化了。试想一下,这是一个什么样的"佛"?眼睛穿透
万物不说,竟然能有八千只闪光的青鸟,这是一个异样的世界,动感
的世界,意象缤纷如青鸟闪光,而且扑翅欲飞,何等壮观玄奥!诗歌
写出了佛的静与动、开与阖、张与弛,可以理解为人的意识、世界的
意象、社会的元素,也可以破译为人与神的对话姿态,宇宙的奥义,
而全诗逐渐显露的是,超越和超然于人间万象和内心诸般烦恼的澄明
之境。

　　所有这些,都显示了洪迪将哲学、宗教、历史、神话和文学熔铸
于一炉的创造精神,开阔自由的审美意识和注重诗美时空建构的诗学
观念,也凸显了一位杰出诗人历经走向开放世界和社会急剧变化时期
的求索勇气。作为一个探索者,洪迪在他者与自我、荒谬与拯救、孤
独和狂欢、异化与扬弃之中,保持了必要的张力,显示了巨大的定力
和警醒:

> 今夜　大地是个孤儿
>
> 在三千条闪光长鞭下瑟缩
>
> 哀嚎　大地上的一切
>
> 皆成斛觫待宰的绵羊
>
> 唯独这废墟上的半截颓墙
>
> 犹如大漠上冻不翻的战旗
>
> 屹然挺立　以深不可测的沉默

显示大无畏的抗争与极度轻蔑
否认自封真理的强暴

所有的打击猬集一身
今夜大地上一切苦难的负荷者
耶稣　我佛　或勇刺暴秦的荆卿
是这宁死不屈的半截颓墙

坍塌不可避免　抗争
显然无效　狂风暴雨一阵紧过一阵
墙上块石已在一块一块脱落　然而
屹立依旧　抗争依旧　不屈依旧
凌越死亡的生命　肃穆而辉煌

也许　这抗争与牺牲究属多余
暴风雨自会过去　而废墟上散乱的墙石
也将被清除　谁也不曾记得这个夜晚
神话般的壮烈　无聊或滑稽

——《暴风雨中的颓墙》

这是一首悲壮而潜入自然场景的诗歌。以暴风雨之夜那堵颓墙经过猛烈击打依然屹然挺立的形象，通过谁也不会在意却引起诗人笔底波澜的这一幕场景，表达了诗人独特的历史观和内心感受：一方面是一切苦难的承载者，负荷了大地的苦难，就像历史上的圣贤和英雄一样，通过抗争表达宁死不屈的决绝和超越死亡的生命意识；另一方面，意识到"这抗争与牺牲究属多余"，"暴风雨自会过去"，"谁也不曾记得这个夜晚"，这正是英雄和圣者被遗忘的悲剧性，更有甚者，这样的夜晚会被歪曲，被消解，遭受沉沦的命运，在壮烈神话和无聊滑稽之间，画上一个等号。这个时候，我们知道了什么是"荒谬"，什么是历史决定论的破产。洪迪曾多次对我说过：在现时代，荒谬已成常态。此语正如铸铁般确凿，而且证据如山。读完《暴风雨中的颓墙》全诗，人们一定充满了困惑和迷惘，而这种迷惘正是诗歌所要达到的重要目的：就像西西弗神话的巨大荒谬感，以及对于荒谬的超越。在我看来，即使这个暴风雨之夜被改写或湮没，那种抗争和牺牲仍然是有意义的。这就是诗歌对存在主义的超越：一种绝望的希望，一种不朽的激情。

谛听寂静，把握空无，达至澄明之境，王摩诘有异常禀赋，陶潜也颇为具备，张若虚的《春江花夜月》最为突出，而荷尔德林和里尔克则是"寂静"和"虚无"真正意义上的倾听者与言说者。洪迪具备一种对寂静的倾听能力，对虚无的建构能力，对存在的超越能力。所谓对虚无的建构能力，我指的是一个诗人或哲学家能抓住虚无的本质，并赋予其特定的形态，因为虚无往往无可把握，难以言说。无法建构虚无，则难以揭示存在的真在。真正的诗人天生就具备对寂静和空无的理解力，无论是采取谛听还是形塑的把握方式，因为语言是存在之家。

上述重要的诗歌特质，在洪迪的代表作《超越存在》中，尤为突出。

　　　　时间深入万类，即是万类。我用鹰翼拍击长空，在鱼的尾鳍上飞翔。我在情人的眼睫毛上摆荡春天，将别离以夏日的蝉声苦苦摇纺。我在橘子金黄的芳香中睡眠，然后走进少妇秋天的腰围，给丰硕以历史性的美妙造型。我在天上的无数水珠里死去如天鹅，然后纷纷解羽，让白色的寒冷和愁怨积满大地。

我是风的精灵，万物运动的原因。在所有必亡的事物，可领会的事物上，在整个物的世界上搜索猎物。我是硕大无朋的拖网，连虚无也不遗漏。

我是涌动不息的浪涛。在海鸥与浪花飞舞的遮蔽下，开设最大的贸易市场。婴儿的哭声、母亲的催眠曲、枭鸟的咒诅、虎啸、救护车或警车的尖叫、蜂鸣、燕子呢喃、落叶的梦呓、落日溅水砰的一声、麦克白夫人的磨刀霍霍、历史的谎言和女巫的祝福，琳琅满目，应有尽有……

在这首诗中，存在与超越存在，都是以"我"的幻化和实现来抵达的。在这首《超越存在》中，我们不仅感到一种历史感、宇宙意识以及对生存状态的洞见，同时也感到了一种超越存在的"现代性"，还领受了洪迪诗歌中流露出的完成了的人道主义光芒。而诗歌中最令人神往和陶醉的，就是对世事和众生的大悲悯，对心灵和他者的终极关怀，对长时段历史的深切体味和总体把握，对时空关系神秘性的领悟和穿透力，特别是对"存在与虚无"的沉思：

那只飞自奥林匹斯的浪荡天鹅，演出尤为精彩。

猝然一搋，用黑蹼摩挲水和丽达的双股。且拥她无助的乳房于胸脯，腰际一阵颤抖，孕育了绝代之美和伟大的毁灭。

泰山小于秋毫之末，朝菌寿于松柏。满天星斗。浩茫的空间聚于一孔，无穷异时的同时。今日适越而昔来。你总是刚刚才到达，你自开始就在这里。智者和诗人说着同一种语言。

我思故我在。净瓶法力无边。杨枝一洒，大水漫漫。思想和语言之水漫漫。浮起一切，淹没一切，创造一切，毁灭一切。真正的上帝是水。给万物命名。又是第一推动力。

每个人都是维纳斯，诞生于泡沫。

维纳斯应当断臂。西施和海伦是同一个人。焚毁特洛亚的火光，映红寒山寺的夜半钟声。阿维尼翁少女斜倚盛唐沉香亭北的雕栏。

在求新求变的同时，洪迪保持一以贯之的思索习惯和美学追求，在坚实的语言底部绽放了感人至深的灵性之花。诗人对存在的凸显和超越性展现，所具备的强大的批判精神，在语调和节奏上强烈、奔放而稳健，体现了一种自信和意志，这本身就是对语言的超越。

对"存在"这个伟大哲学命题和文学母题的探究，是现代人的一项精神冒险；而对存在的超越，则肩负着近于使徒般壮烈的使命，是对真理之巅峰的逼近。这就应和了海德格尔的预言——"诗源于存在而到达真理"。

洪迪近年的力作，就是宏伟奔放的长诗《长江》。这是一首穿透过去、现时和未来的精心之作，深入民族和历史的底部，进行一系列探寻和追问，同时倾吐了内心的块垒，形成了层层递进、波澜壮阔的精神奇观。

据我所知，自 1983 年我们一起游历长江之后，洪迪就萌发了写作史诗式诗歌《长江》的念头。当然在这几十年中，洪迪也经历了一些思想上的进退反复。在不断积累情感、思绪和有关长江的历史现实素材的同时，洪迪有几次还准备取消这一写作计划。我们都能理解这一点：长江要进入诗歌，成为诗歌，并非易事。不过"长江"已经在他心中孕育了好多年，可以这样认为：长江自他开始诗歌创作起，就已蛰伏在他内心深处了。我时常觉得，洪迪的这条长江一定要从他笔下奔腾而出，化为汉语诗歌的一道光芒，一次精神远征，一个新的航标。最后，在我们这些忘年之交的"催促"下，更在他内心的召唤下，《长江》诞生了。

年届八旬，却创作出如此篇幅浩繁、气势雄伟、结构复杂的巨作，本身就近乎生命奇迹。

《长江》以神话传说、历史事件与人物为经，以山川形胜和流经之地为纬，滔滔汩汩，一路奔涌。长江被赋予一种历史规律和精神力量，更涂抹了一层神秘而辉煌的色彩。写长江就是写华夏之魂，写民族的兴盛、危机和指归，写人站立和行走的历史。洪迪的长江，不是"咫尺波涛永相失"的长江，也不是"江风白浪起，愁杀渡头人"的长江，而是一条将现实与历史、理性与欲望、山川与内心、瞬间与永恒焊接在一起的长江，是时空交织、人神穿越，历史暮色中包孕未来曙光，失落与获取交替出现的共时性长江。

水。水。水……

祭坛。寒冷琢成时间的神圣
挚爱。大地努起灼炽的吻唇

不必骇异。祭典的乐章里
有出殡的铜锣，婚礼的唢呐
牺牲。本是生与死的合一

献给大块。献给空无。献给我的你
献给终结和起始献给希望玫瑰的零点
献给无理数的明天

牺牲。献出自己。也献给自己

他和她。又一次四目相对
天地间一切语言便成多余

一把扯去拦腰兽皮
长啸惊落炎炎红日

轻轻抹净胸际花叶
乳白灰濛云雾四起

雾霭里，一对人首龙身的神物
躺卧。自天地吻接处蜒伸东去
下身交缠藤萝的亲密

最谐和的神曲奏起深邃的静谧

蜿蜒。袅袅并肩
藏尾昆仑。昂首日出天边

爱是一种圣洁的重量
一条乐于佩戴的黄金锁链
再也不肯须臾离开
广袤而厚实的大地

龙鳞片片。漾动银光点点
大野和山岳日渐绚丽葱翠

一切都从这里吮吸
繁衍了禽飞兽突虫爬鱼弋

欢乐的涌动
仁慈的浩荡
求索的汹涌
孳生万物的元素

哺育生灵的流体

龙的传人
从波涛中捧起晃荡陶罐
捧起弥满的造化玄机
倾泻了全身的裸赤
水珠渗进发黑泥土
一滴
滴
滴
滴

长城方块砖
史册方块字

大海的狂涛以霹雳的愤怒轰击天宇
蓦地为寒冷所扼杀。入定的五百罗汉
古陵墓前散落的翁仲。憩息的白熊群

严寒在熊胆中裂变。光芒占领空间
无敌的白色使光芒成受戒的僧侣
赤裸的世界。美丽。光明。纯净

生命和死亡都在这里绝迹

不。这巨型鸽群天神豢养的洁白生灵
在冰晶的腹部包孕着一点灼热
正以无限柔情孵育一颗小小水珠

而生命的万世奔流即破壳于此

不唱《西洲曲》，放声《敕勒歌》。南塘秋水摇绿悠悠愁
绪。头上飞鸿过尽，手中梅花难寄。倒不如独立穹庐之下，
放眼天苍苍野茫茫，别一番飒爽英姿

马上琵琶。不见得净是幽怨。人生乐在相知，适意。纵
然雪地冰天风刀霜剑，胜似长门深闭永夜孤凄。红拂女抛掷
红拂夜半私奔，也是此意

朔乞金析，寒光铁衣。铁衣裹着春水溶漾的小女子。李
波小妹褰裳逐马，左射一双鸣雁，右射两只大雕。凛冽冰风
品去冀轻掠，意气何如

噫！雪山的雪莲花冷艳妩媚无比

用雪莲花的深红小龙胆的宝蓝
编织小公主凤冠金镶玉饰的艳丽
与娇嫩赤体在阳光下相映成趣
高原上的美人鱼长着四条通天的尾鳍

缀满耀眼的冰川冰塔林冰冻的星体
深闭处女贞洁的冰洞原始而神秘

踮足的小水妖一出世便法力无边
以无常的哭笑为咒语。呼风唤雨
将野牦牛和白唇鹿捏合成一体怪异
用强烈的紫外光洗沐长发飘飞
可怜的小母亲。还不满十三岁
乳胸和螺钿的臀部弹不起性的弧度
却偏有天然的卵生水族的生殖力
如放牧的三只眼睛的多罗姆女神

在洪迪的视野中，长江惟其"长""大"和"悠久"，它的包容性和波澜起伏，足以提供一个恢弘的历史舞台。广袤疆域的诸多民族，千百年来的各种人物，无不在长江这个大舞台登场，上演了一幕幕激情四溅、悲欣交集的活剧。在长江的流动中，在长江的催生下，汉民族和其他民族一起，生生不息，各领风骚。在洪迪这首长诗中，长江即人，长江即历史，长江即意识深层的涌动与奔流方式，生命、历史、神话、人物、语言和山川，瞬间结合并亘久流动。

借着惠特曼凝露的草叶，我体验着
如今已被禁止的捕鲸者勇敢的欢乐

置身跳荡的小船上。我看见鲸叉

从捕鲸者强有力的手臂上投掷出去
我看见矛头穿入鲸的肋下很深的创口
我看见它在漩涡的中心痉挛地一跳
然后，在血沫中平躺着不再动了

蓦地。一种深悲从我心底的创口涌起
在血沫中平躺着的是我。我在杀死自己

岛屿是海洋心中不解的陆地情结
海涛的歌声妆饰着变幻不息的花冠

复活节岛。东太平洋的脐眼
从你的大堆凝固熔岩，竖立起海洋里
最高的人脸。睁着石头的眼睛，打量着
宇宙的旋风。吞下无限时光中的蜜

大陈岛。死而复活的东海渔场
大掳掠的雷击。绝人迹的惨伤
半个多世纪的雨露。又见一片葱茏
高楼与渔船竞密。人声与涛声争响
造一片海中之海。弋游成石斑鱼

海洋上每天都有新的维纳斯诞生

你西色拉岛娇弱的皇后！为浪花所凝集
裸体的爱与美的女神。玉立七彩蚌贝上
梦一般轻漾而来。又虹一样亮丽天边

你袅袅来到中国。化作赤脚的鱼篮观音
爱的极致是美。美的本真乃活泼泼的生命
一滴杨枝水。维纳斯是人的唯一尊神

赫拉的权威。雅典娜的智慧。终不敌
维纳斯的爱与美。金苹果非她莫属
乃有神人混战十年的特洛伊浩劫

海伦与西施堪称亘古人类二尤
欧里庇得斯让海伦说：我从未
去过特洛伊：那是一个幻影

在这首长诗的结尾，我们看见了一种接近终极凯旋的欢乐，闻及谐和之音的悠然奏响，也想象着人的实现和提升之可能，但我们也看到了各种循环往复的图景和爱的幻影，深深感到了这个世界运转不息、回旋激荡和深陷矛盾的一面。在诗人的笔下，"长江"千回百折，一路涌动，直至大海。

五

"诗即是人。"洪迪的诗学，究其实质，就是最高意义上的"人学"，或曰"生命—社会—存在"的艺术哲学。这种诗学，是对人的自我异化的扬弃，是人向自身和社会的复归，也是一种本体论意义的诗学。洪迪的诗学，是他完成了的人道主义的强烈体现，也是他长期形成的历史—审美意识的充分展示。这在他的诗学专著《大诗歌理念和创造诗美学》中得到有力阐述，在我们之间长达 30 年的对话中，他更是予以淋漓尽致的表达。

洪迪以自己的诗歌实践，并从诗歌史的维度，对诗美创造的理念、本体、结构和语言等，做出了具体诠释和理论阐发，他认为：诗以创造诗美为宗旨，是生命的羽化和结晶，也是对存在的超越，对荒谬和悖论的消解。追寻诗本体，最终获得四个关键词：生命、创造、诗美、语言，于是他把"诗"界定为人的生命体验、创造和超越，人的生命力高激发状态的语言创造，也是诗人用自己的生命自由创造出来的审美生命。

"创造"是洪迪诗学观念的核心。创造生成性的诗语言，创造与生命同构的艺术生命，这就是诗歌创作的根本。而诗美创造可以归结为诗美时空建构，亦即诗美境界的创造。在这里，诗美创造必定落实在诗的语言呈现上，洪迪把诗语言概括为以日常语言为元符号的，生成性的情感符号系统，而诗美境界是自大地升腾的超现实的幻象世界，亦即诗性赛博空间。

在洪迪看来，好诗的标准既复杂又简单，愈接近纯诗美愈好。而纯诗美则要求诗的意蕴、情感、意象、形式、韵律、结构、意境、语言等等通体皆美，使诗美质体处于"永远激荡的创造性流动"中。

洪迪认为，诗是情感时空与智力时空的统一。但"诗的十字架是肯定了的"，因为诗歌创作过程中充满了"悖论"和"牵引与汇集"的痛苦，也就是撕裂与弥合的痛苦。比如，诗既是生活景深的映照，又是生命的存在方式；诗既面向现象界又深入内心；诗既现实又梦幻，诗人既迷醉又清醒；不可重复是诗的本性，往往造成不可索解，而诗又需要深入最广大的人心；诗必须反文化以臻于创新，但诗本身即是一种文化；诗栖息于语言内部，又从内部破坏语言。发现与组合，建构与解构，旧与新，从根本上说，都是诗歌的创造性本质所决定的冲突与张力。事实上，诗人的痛苦即诗歌的痛苦，这是另一种孤独、死亡与重生。

这些年来，洪迪经常对我说的一句话是："何谓现代性？现代性即超越，通过超越获得永恒，也就是茨维塔耶娃说的，'现代与永远同时，就是与一切同时'。"在这些年广泛探讨的基础上，我们一致认为，"现代性"在相当程度上可以与"超越"互换，而对存在和人自身的探寻，是诗歌"现代性"的根本所在，只有超越，才能解除诗歌所背负的"十字架"。当然，超越之外还有超越，新的超越取代已有的超越，对人与自然、人与社会、人与自身这三重关系的超越，对语言、生命、世界的超越，是诗歌和诗人的宿命。

现代性浮现在一代人思想、意识、情感、心态和倾向凝聚而成的社会历史本质的主流或潜流中，更潜隐于深层民族心理积淀和各种已然的习俗中，它以强大的隐性力量制约着现代生活演进的动力与方向。总之，现代性既现时又古老，既瞬息万变又亘古恒定。比如，现代人的自主、跃动、不安、孤独、沮丧、悖谬，是互相联系与纠结的，也是割裂和分离的，但不同于古代宗法和宗教生活支配下不可分割的诸种情感的融合与完整。

就诗歌表现来说，由于现代性的存在，使得理性与无理性同时加强，增加了理性的硬度和无理性的自由度，往往以外貌的悖谬表现内涵的至理，以象征和暗示结构意蕴美的多层建筑，开拓它的深广度。现代诗中的情感与情绪，往往经过一番冷处理，经过淬火，尽量隐蔽，外表显出一种智光的冷隽，或是幽默的灰黑。而现代诗美时空虽然也立足现实，却更为放纵想象和注重幻象，组合奇异的超现实虚幻景象；其语言特质是直接进入语言本体，由注重客体的叙述、描摹，经过主体的抒发、表现，走向显示本体的暗示、直觉和呈现，或者以某种惊骇的直觉穿透人的灵魂。

诗歌与语言的关系，是洪迪和我几十年对谈中经常涉及的话题。我们认为，诗既是语言本身，也是语言的重组和升华。"诗到语言为止"，固然不错，但这样说是很不够的。诗歌应该是对语言的超越，包括惯常语言、语言习惯和词的惯性。更为重要的是，诗人无言，诗无言，诗乃渊默而雷声。为何？正如帕斯说的，"诗人倾心于沉默，却又只能求助于话语"。

洪迪对此作了更为深入的讨论，比帕斯走得更远。他认为，诗的本性在于沉默，诗是一种神谕，一种创造，一种审美体验。在高峰体验的短暂时刻，自我意识悄然消逝，诗人觉得自己已经与世界紧紧相连融为一体，仿佛窥见了终极的真理、事物的本质和生活的奥秘。在进入这种庄子所谓的"忘适之适"的时刻，自身与欢乐并忘，臻于天人合一之境。语言与感知、本体融为一体，唯有沉默，方能使诗美意象得以呈现，情感与意蕴则必须深隐于诗美时空之中，诗人心愈沉静虚默，其容受量便愈大。

然而，诗美创造运行于语言内部，以阐述的语言来创造沉默的诗美，是诗的天生的语言痛苦，可除此别无他途。于是，诗人就得超越和突破日常语言，创造诗的语言。所以，诗是一种表现诗的沉默本性的沉默语言，一种无言之言。这种创造的标准是，文约辞微，旨大义远。正如帕斯说的，"在喊叫与沉默之间，在所有涵义与涵义的空寂之间，诗出现了"。诗的境界全是沉默，触发是神谕，理解是解开诗所传递的诗美情感的密码。洪迪的结论是，诗语言的本体性一头深入最深层的集体无意识，另一头则伸向沉默性的追求而臻于其极致之无言，以力求神悟本真生存之真谛。

在谈到诗歌的最高使命时，洪迪认为，说到底就是最完美地创造诗本身。诗正是诗人对所体验的生命意识与人类情感创造性的语言呈现，诗歌的最高使命，尽管有的美学家表达为真理，有的认为"俨有释迦、基督担荷人类罪恶之意"（王国维语），但从根本上说，就是一种诗歌的自洽与圣洁的奉献。在洪迪这里，诗的为艺术与为人生，自适与济人，根本上是一致的。

洪迪的诗歌不从属于任何流派，而是深深根植于大地，且于存在的深处，伸展语言的枝叶。从洪迪诗歌的主旨和风格来看，已经穿透悲凉，超越悲剧，亲力亲为地浇筑文化基石，力图重建语言的精神华宇。

洪迪的诗歌实践、诗学观念和人格精神是高度一致的。

他最崇尚的是创造精神，他毕生致力的是对真理的求索和对生命、社会、时空的超越，他用力最深的是对人的本质力量和存在奥秘的探索，他最醉心的是对瞬间和永恒的追寻，而他最看重的诗人生存状态和写作姿态是"永远激荡的创造性流动"。

所有这一切，我们将在这部诗集里找到部分或全部答案。

2011 年 10 月至 2012 年 2 月，北京，杭州

诗歌、情谊和"意外的闪电"①

　　这个世界曾经用步枪朗诵游击战，以鸟鸣朗诵深山，以光芒朗诵黑暗，以爱情朗诵死亡。今天晚上，我们要用某些"性感而现实"的声音，来朗诵余刚的《超现实书》，正如人们以瞬间朗诵永恒，以鱼子酱朗诵大海。

　　此刻是 2011 年 7 月 19 日，我们就站在千年古运河旁。京杭大运河，是一条涌动着历史碎片的河流，也是一条抽丝织锦的河流，沿岸的街道和乡村曾经散发着好闻的、略带忧伤的市井气息。时过境迁，诗歌与人群依然穿越而过。这是另一条河流。现在，我们的目光与这条人工开凿的河流，在黑暗之中相遇，激起了"意外的闪电"。我们还注意到，一座 400 年的拱桥就在身旁默默站立，而一对镇河兽正以某种不变的紧张，窥视着流动的秘密。

　　诗歌正是"流动的秘密"。在喧哗或宁静之中，它有着一种隐秘的力量。批评就是这一对"镇河兽"。这不只是隐喻，它自有一种魔力，可以对河流发出警告，或被河流淹没。这里的河流显然是指诗歌。不管如何，批评与诗歌写作的互动，是大有意义的。任何当代诗歌都得经受大众或小众的检验，而朗诵就是一种"声音的检验"。声音是无法欺骗的。一个成熟的诗人，应该将自己的诗歌，以这种或那种

方式公之于众，接受检验。我们今天走到一起，就是为了聆听余刚，或让余刚通过我们的朗诵，聆听他自己"诗歌河流"发出的声音。

从另外的角度看，诗歌就是时空关系的转换，就是处理这些"特殊的关系"，比如心灵与实在、存在与虚无、事物与言辞、自然与精神。诗意地说，诗歌是痛苦、死亡与爱情的交叉小径，而星空闪烁如词语，世界的镜像倒映着句法和思想。余刚的诗歌，用他自己的语言说，就是试图建立一个"精神王国"，但是依照潘维奇怪的说法是，"王国没有精神"，那么允许我来一个折中，"一个只拥有语言财富的王国"。不管怎样，余刚在他的诗歌中，的确表现出他"对永恒的迷恋，对历史或现实的破译，对理性最高层次的把握"。

余刚是一位杰出的诗人。余刚，究根问底地说来，他是诗坛上空一道从容的闪电，一只不知疲倦的猫头鹰。长期以来，余刚总是站在诗歌探索的前沿，也置身运动之外。余刚参加过非非主义等诗歌运动，一度甚至把超现实主义作为他的终身抱负，但大多数时间，他坚持个人写作和不计回报的倾吐，尤其是与诗歌本身的对话和"潜对话"。总的来看，余刚是一位无畏的挑战者，更是一位默默耕耘者。或许，他是博尔赫斯、里尔克和"竹林七贤"的理想传人。借着这本《超现实书》的首发式和朗诵会，我们向余刚表示敬意和热爱。

《热爱》是余刚发表于18年前的一本诗集的名称。余刚的诗歌，在中国诗坛是非常独特的，又具有普遍价值。而《超现实书》像一道光，正如捷克诗人赫鲁伯说的，"更深地穿透普遍的黑暗"。

也许有人会说，余刚的诗固然非常玄妙，但有点难以理解。我们要正视这个评价，并予以透彻的分析和坚实的回应。

在我看来，余刚并非什么理性诗人或晦涩诗人，相反，他的好多诗歌写得非常感性和蕴藉。《我让自己明朗》就是这样一首奇异而敞开的诗歌;《疯长的合欢树》更是充满了饱和的情感,整首诗犹如一颗晶莹圆熟、散发出阳光气息的葡萄,"激起浩大的波澜,就像太平洋腹地 / 一个感应星辰并有着奇思妙想的船长",在诗歌的结尾,诗人甚至吁请:"我想恳求合欢树 / 容纳我的灵魂,在风中合为一体",充满了消解一己、融汇大地和树木的博大情怀;《陈子昂登幽州台歌》,将古人的时空观和今人的现实感结合得十分完美,如此勇敢地发问,如此决绝地批判与割弃,清晰地表达了"孤独"这种古老的人类情感的现代变奏。就长诗而论,虽然写于较早时期的《超现实书》有一种个人独特表现方式和历史交织的繁复,加上篇幅较长,可能有些读者视之为畏途,但《神秘的三星堆》就基本摆脱了个人化的情感传达方式和叙述结构,显得宏大而清晰,复杂而单纯,交织发展而具备极强的流动性,使我们对文明曙光初露时期的人类心智结构和现代人的碎片化生存方式,有了很好的对比、理解和省察。

当然,余刚的诗歌也有理性化的一面,甚至有某种"晦涩"。余刚的晦涩不是思绪不清的晦涩,或出于某种故作深沉的掩饰,而是一种"思想的困难",还有企图穷尽语言求得与事物"和解"的艰辛尝试。读者与余刚之间的关系,不应该是拒绝与敌意的,而应通过句式转换和思维转弯等方式,以一种深入绝境的果敢,获取至高的审美快感和阅读颖悟。余刚真正的张力在于,他能够在能指和所指之间,在古典和前卫之间,以及现实和历史之间,进行一种超现实的焊接,或一种柳暗花明的非线性呈现。

为什么出现这种状况?这一问题的本质是什么?我觉得王依民先生对这一现象的解读和阐释,是一把开启余刚这类诗歌的"可变钥匙"。王依民先生是这样说的："余刚对生命和生活的热爱是以困惑和疑虑的方式表达的，就像他对存在、本质和永恒的困惑和疑虑一样。这也就决定了与之对应的诗的表达方式，是那么不和谐、不对称、晦涩、笨拙和迟疑，给读者以一种强烈的陌生感。"

可是我们如果能够将政治、性和存在，与余刚的诗歌做一种闪电般的联系，就会出现一个令人惊喜的豁口，一幅负像的"高贵的凝视"，甚至有一种深入诗歌堂奥的战栗感。

《一条章鱼的预兆》和《新的章鱼保罗二世》，就不限于艰涩地描绘那条与足球相关的神秘莫测的章鱼，因为我们都知道谁的眼睛射出"高于人类的威严"，而且"先知般地决定了狂欢的方向"，一切都在水族馆进行，"低调"而"昏黄"的水族会议在进行中，而且情形相当可怖，"水族馆用章鱼温暖的手掌／反驳了冠冕堂皇的城市的不确定性／和进球路线的蜘蛛的线头"。余刚深入描绘了章鱼的外形，令我们惊愕不已：它那突出的眼睛和漂浮的神态，它的涣散、僵硬和伸缩自如，如此矛盾和纠缠，而章鱼与水之间的关系却如此暧昧。不管怎样，这条章鱼胜利了，但这个近乎虚无的胜利，如此无情地证实了老子的预言，证实了作为有着吸盘和不长毛发的奇异文化的全能特征。这当然是对余刚这首诗的无数解读之一，可能不完全符合余刚的本意（有时诗歌的"本意"并不重要），但给我们一个强烈的启迪：余刚的诗歌有无穷解，绝非"无解"。

于是，余刚在这本诗集中，向我们展示了时间、空间和生存的"变形记"：他对"现有形式、语言的破坏、改变、超越"，他的扩大诗歌边缘和领域的努力，他的一系列实验和尝试，更有意思的是，他在"轻歌曼舞或轻声细语中开辟了众多通向美学或美学领域的途径"，特别是他对废墟、古迹和人迹罕至的荒凉地区的偏爱，与生活本身之美、都市繁华背后之苍凉的纵深感，居然如此专断而恰到好处地搅拌在一起，于是就形成了一个精神奇观。我们知道，余刚喜欢用一些凝结中古文明和深层意象的典故，但这些典故是经过他精心挑选的，与他对现实的关注、分析和调侃一起，完成了高度美妙的镶嵌和组合，形成了一个新的现实。其中充满了反讽与赞美的并置，虚构与戏仿的混成，以及黑色幽默的旁枝逸出。

余刚诗歌的千姿百态显然被大大低估了。早期诗歌中，《我们》如此纯熟的自嘲式的悲愤的反讽，《诗人之歌》的大气和对广袤世界的自由组合，《地球在天的底层旋转》的空间想象力和内部引爆的叛逆精神，《他的鸭梨》里对物的注视和戏谑曲般的解放，《在这个雨天》里对梦幻和神话的摹写与变形，以及对历史和意义的追寻，《博尔赫斯的书本》中对博氏的深切理解和创造秘密的解读，就足以使我们沉醉其中。我经常对余刚说，多么羡慕你80年代以来的写作姿态和足以装备三个诗歌装甲师的充足储备呵！

到了90年代，余刚在走向千禧年的途中，也许由于世纪末情结的纠葛和对新曙光照临的期盼，路子变得更为开阔了，风格也就显得更为纷繁多姿，分量更足。《生存的理由》中现实的逼窄和生存的勇气，《瞬间的大师》的哀痛感和瞬间完成的超越，《我自以为》对自我的审视和对内心自由的探索，《脑瘫病人枷锁》的幻觉和荒诞的纷呈，以及历史、人物和意识之间重建秩序的可能，都是引人注目或击中要害的。

余刚近年来的探索是如此卓有成效，以至于给人目不暇接的感觉。总的来看，余刚完成了对膨胀于诗坛的"语言多动症"的认识，并对自己在诗艺上的自觉有着足够到位的认知，持续做着一份颇为寂寞的工作，那就是对诗歌本质的追问和诗歌艺术探索的展开，特别是一系列艰苦卓绝的诗歌写作实践，简直感人至深。他的合欢树和白玉兰系列、章鱼系列、金鱼系列和四川系列诗歌，就是一种极高的范例。

在我的印象中，余刚近年写的这几组诗歌，与任何一个时期都不同。这种不同，并不仅仅在于主题的变化和风格的演变，或是诗歌艺术的创新。余刚近年的诗歌，给我的感觉是整体上的悄然变化，是理性之光让位于感知的精准性，是对地理、植物和游动中的生灵进行深入其内的窥探和解构，对本真、世界和社会构造的展示和呈现，一种新的抒情方式随之涌出，更节制也更趋于流动状态。而反讽、诘难和解析更为内在，甚至不露声色了。对于诗歌创作，我反对使用"进步"一词，但我要高声称赞余刚的这些"变化"。

在余刚近年的写作中，有一种新的自觉，从原先的语言本体论调整为存在本体论。诗歌到语言为止固然没错，但语言仅仅是语言吗？语言不与存在发生联系，也许什么也不是。这是余刚作为一名有着30多年写作经验的诗人的"自转性"自觉，更是汉语诗歌在不到半个世纪中完成的附加物剥离和形态转型所引发的"公转性"自觉。

于是我们看到，余刚的"四川"是"四川"，也不是"四川"，余刚的金鱼和章鱼也领受同样的命运。在《金鱼的复仇》里，"我深深地沉溺于那种浩浩荡荡的游过／并震惊于伸出的双手一条也抓不住"。这就将现实和非现实交织在一起了，伴随着悖论，新的"质"就此诞生。在这里，仿佛连虚无也是有形有声的。而《长宁索道》中的宇宙意识、流动性和地域景致的组织，竟然如此浑然一体且具备对话色彩。非常值得关注的是，余刚在这首诗中，使用了"我就是四川""我很早就是四川"这样的句型，让"我"与"他者"或自然互相穿透，"四川的美貌""盆地的棘人"和"保路会同志"的生动韵致，也令人难忘。"那种特有的浩大、神秘和持续／那种荒蛮中也不停止的文明"，让我们读时心中充盈着一股流动的浩然之气。

各位朋友，是语言将我们与其他生灵区分开来，是声音和人心的法则建立了现实的秩序。夜已深，黎明尚未抵达。诗歌的合欢树在浅吟低唱，如诉如泣。诗人的身体和有限生命只属于一个时代，从根本上说，优秀诗人不只属于一个时代。我们在午夜时分迎接了一本属于白昼的诗集。我坚信，我们必将以暂且微弱的声音，赋予一个混乱而灰暗的年代以新的活力、新的秩序。

从余刚的诗歌写作实践和我们在座每个人的诗歌写作经验看，诗歌虽然不能改变生活的常态，却能复活整整一个大陆的梦想，改变人的精神命运和心灵版图。因此，余刚这30多年的诗歌生涯是卓有成效的，并非无望的冲动。即使在有些人看来，诗歌只是一种精神体操，一种娱乐，我们也得说，这种体操和娱乐所呈现的力与美，是至高的自足与愉悦，远离兽性。让我们再次祝贺余刚，让我们重新出发。

诗歌，就其最高意义来说，总是"从存在出发抵达真理"。

2011年7月19日

蛙皮的湿润，缘于海水 ①

一

　　一直以来，很想写一写伤水，写出这个诗人的精神、骨骼和气息来。坦白地说，既出于对汉语诗歌的新期待，也缘于道义和友情。诗人和画家一样，需要刻画肖像，尤其是精神肖像。所有这些，都促使我命笔写伤水的人与诗，虽然会有力不从心之感。一则因为认知毕竟有限度，二则我与他之间没有太多距离，反而会有一些妨碍。

　　20世纪80年代后期到90年代，就是这个伤水，曾经以"阿黎"的名字给人留下深刻印象。五年前在杭州，我与伤水一起接待吕德安和于坚。吕德安向于坚介绍"这是伤水"，他俩握了握手，可入席时伤水对于坚说："记得80年代和你通信的阿黎吗？我就是阿黎。"他们便重新握手，那肯定是紧紧地。于坚把这次相遇写进他的《朝苏记》一书。"伤水"是2001年才诞生的名字。伤水与海子等人也多次通信，只是这些书信保管不妥，被老鼠当作点心吃了。那时的伤水如刚出鞘的钢刀，结实、锋利、耀眼，充满活力，写出了"海殇"系列诗歌，尤其是那首《关于大奏鼓由来的构想》，让人着实吃惊。其中的血性、

---

① 　此文首次刊载于《江南诗》2019年第3期。"蛙皮的湿润"，出自美国诗人罗伯特·勃莱，"恪守诗的训诫包括研究艺术，历经坎坷和保持蛙皮的湿润"。

刚毅与紧迫的节奏，令我难以忘怀。

1982 年初，我从杭州大学毕业，到台州地区行政公署工作，住在行署一个很大的院子里。因为是单身汉，被安置在一个木结构的单间。人一上楼，楼梯就吱嘎吱嘎地响，只要来人，老早就会听到。记得 1984 年一个夏日的傍晚，有人敲门，来了一个与我个头差不多的年轻人，自报山门，原来是台州师专中文系的学生，名叫苏明泉，也就是后来的"伤水"。当时我略感惊异，发现这个人长得颇为奇特：圆圆的脸，眼睛同我一样小，却炯炯有神，额头很像被一束光照耀着的船首。我们很快就进入自由交谈状态，不需要任何繁文缛礼，也不必有任何铺垫。长久以来，伤水的赤诚、爽直、激越，还有他对诗歌的无比热爱，都深深地感染着我。从第一天开始，我与他就无所不谈，从此开始了我们漫长的友情。

师专毕业之后，伤水教过书，做过贸易公司"琉泰"的副总经理，后来当上了县外贸局局长，最后"下海"经商了。多年来他担任苏泊尔集团副总经理，其间写出了诗作《卖锅者言》。他与我另一个共同爱好是喜欢读张五常，想必是《卖桔者言》给他留下了深刻印象。诗歌写作，对他来说，有时是暗河，有时是明流，始终伴随着他，不曾须臾离开。对伤水而言，写诗与经商是必要的两手，甚至是互文关系。与他交谈，要习惯于话题的转换，从穆旦、艾青、冯至到美国文学"垮掉的一代"，从危机管理、财务分析到"北回归线""非非主义"，从住在厦门的种种好处到苏东坡的一言一行，你都得跟上。伤水写诗，与他的生活并行不悖，这使他能将两者互为印证和发明。有时候，伤水不去区分诗歌与日常，人性与科技，文学批评与商业计划书、财务报表。对于这些事物，他是同样地投入，同样地激昂，同样地不顾一切。

伤水一直游走在商业与诗歌之间，于他而言，很难说两者哪个更重要。诗歌写作需要敏锐、精确性和技艺，而商业需要想象力、预见与洞察。也许在他看来，一份商业计划书所能抵达的最高境界，少不了诗人的前瞻与疯狂。在他看来，写作所能抵达的目标固然重要，而诗歌写作这门手艺本身，也值得珍视。伤水与我一样，从来没有把诗歌创作视作生命的全部。须知，诗歌并非高于一切的事物，真理、悲悯和爱，还有自由意志才是。

二

伤水的诗歌中，有一种特别的劲道，扩展的力量。由于个性、经历和阅读，以及文学上所接受的影响，伤水的诗歌显示了某种决绝和彻底性。他似乎洞悉人性的秘密，富有语言和意志上的征服感，而且与海洋有着确切的亲缘关系，就像他的宗族和名字。这一点基本上路人皆知，从外表到内心。伤水的诗是无所顾忌的，但骨子里却透露出一种本质的优雅。从语言的角度看，他喜爱延展、叙述和戏剧性，注重自由表达和语义学上的原生态，体现了广阔的陌生化。

到目前为止，他分量最重的诗歌可能是那首《逝》（后改题目为《在，或逝》）。那是对死亡的一种直接感知，一种不可回避的注视，甚至还对死亡"动手动脚"，想探个究竟。刀、躯体、鱼干，祖父的话、斧头、饥饿、疼痛，黑暗的抽屉，这一切于世间存在过的，并没有因为死亡的洗劫而丧失意义，而那些感慨、修辞和异端，却风一样地"从我身上吹走"，"活着就是失去"，而且目睹一部分山水开始"在我体内腐烂"。

伤水的诗歌，有时充满了"暴力"，对另一些有价值的事物，也就显得更温柔了，保持一种由衷的敬意，他的《玉环城》就是明证。那座有着贵妃名称的海岛城镇——玉环，伤水的故乡，无处不在地潜藏着戏剧性，令人惊奇的生活场景，诱惑、抵御与绝望，死亡的气息，狂暴的场面，使我们体验到了一种现代"变形记"。他把一座海岛城镇与身体、时间和事件置于耦合状态，显然有后现代意味，但基本情感却十分现代。这是一种混成，多声部唱法。不管怎样，是这座奇异、激荡和未知的城镇，让我们的诗人着迷。《玉环城》证实了伤水处理复杂题材的能力：戏剧性、奇异感和如歌的咏叹，操纵自如。

伤水的诗歌，有很多想象力和语言方面的"意外"。比如那首《盗冰者》，要去天山盗冰，就很了不起了，何况这块冰很神秘，被阳光所包围，蓝天所笼罩，取冰的时候，充满了不可思议的细节：手指夹取的地方，会很快变薄，而且纹印会成为罪证。他还写到了"时光的警察"。最终的结局是，冰还没有回来，"我就融化在路上"。这里"冰"成了"我"，冰和我一同进入虚无。

而超现实主义是伤水诗歌的本质——场景和主体的变换，无意识的揭示，现实世界与虚幻情景的并置，以及元诗歌的实践，都让人有应接不暇之感。这一类诗歌有《你说的王红公，原来就是肯尼斯·雷克斯洛斯》《元宵夜，鲤城，与自亮兄、依民兄观看梨园戏〈朱文太平钱〉》《黑》《弑马》《灰白》等，有的堪称杰作。它们的出现，为伤水进入一流诗人的行列，提供了稳固的基石。比如上述那首《你说的王红公，原来就是肯尼斯·雷克斯洛斯》，就令人击节赞叹：

你第三次赞赏这个书房／我知道它的缺乏　几张诱惑
的交椅／比如田纳西的坛子　比如望海之礁　或者马鞍　风
雪的膝盖／我们能搬迁波涛吗　漂流木　网和锚／七大洲的
爱　都可以跟我们一起攀登／马蹄过处　蚂蚁抵角　蜜蜂含
香／"你可以和它们交谈终日"／谈及蛙皮的湿润　神性人性
和兽性／出处像户外的群山一样纠结／无需从纵横中抽出指
南　心灵在地图上旅行／没必要为认错"桑莲法界"而大喊
罪过／好像举报了整个世界／你轻微的下手　就足见力度／
随手关闭车门　远在唐朝的李杜　怦然心跳／我说出你的
"在"　超越了体验／爱情和死亡　正如"山脉宁静地流进大
海"／你历数罗斯克　奥尔森　施耐德　赖特　默温／当我揪
出罗伯特·勃莱／你已经在六百公里之外

　　作为这首诗写作起因和结果的"证人"，也许我可以写一首与之
呼应的"本事诗"，甚至可以不费力气地诠释每一个句子和重要的词
语，但这并不重要。重要的是，伤水这首诗的特质、语气和超现实意
味，语流汹涌之际的"两岸风景"，以及几个精神层面多声部的呈现与
交织，都足够突出。诗中的人物、引语和事件，经友人相聚时一个不
经意的表示，或一个美国诗人名字的引发，"随物赋形"，"不择地而
出"，蕴藉又巧妙，自然而精准，不掉书袋，不显斧凿。所有意象与
场景都置于诗人的控制之中，交织、嵌合与彼此穿越，体现了力与美
的糅合。诗人余刚甚至认为，迄今为止伤水的诗歌创作以《你说的王
红公，原来就是肯尼斯·雷克斯洛斯》为界线，可分为前后两个时期，
足见这首诗的重要价值。

这首诗带领我们进入超现实奇境，却不曾乞灵于艾吕雅们宣称的梦幻术、自动写作，还有韩愈式的奇崛之道。那些属于作者个人经验的交往细节，巧妙地嵌入整个诗歌内部，成为朝向精神新路标的索引。最后一句更是妙不可言："你已经在六百公里之外"，既制造了时空漂移之感，又一狠心把读者的思绪拽回到出发点。在这首诗中，戏剧性与叙述元素不少，都被串联在一个中心线索上：诗歌与人性，时间与"不断超出自身的存在者"。如果以海德格尔式的词汇来概括，那就是"亲在"（Dasein），或曰"此在"。

三

无疑，伤水拥有一个大海。这个海，既是伤水的词库，也是他人格的自我投射。我们看到的伤水之海，游动着令人讶异的鱼群，它们有着闻所未闻的名称，升起了海妖和受伤的牛，而岸边是沉重而飞扬的生活，夹杂咸腥，却绝对真实。一般而言，我们的诗人总是要注视那只永恒之船——这情景，使我们想起了聂鲁达和惠特曼，野牛皮似的海，船长、罗盘和黑色礁石。激荡之海，也是多面相之海。他的《鳗鲡》《鲅鯥》《苏眉》和《海妖》，特别是早些年的"海殇"系列诗歌，能从原始性的海转换成人性之海，进而是生活与生命之海，最终抵达"存在"之海。伤水的那首《别用你的盐腌掉你的手掌》，融大海、语言、性和身体于一体，将海水的蛊惑和伤害，提升到性命攸关的地步，同时领受了一种"咬牙切齿的幸福"。海和人的多面性，昭然若揭。

最近几年，伤水的大海更为庞杂，也更为纯粹。庞杂是因为生活的扩展、精神疆域的拓宽，包括诗人所面对的人事更迭、势力角逐与精神迷惘，特别是超越与回归的双向运动。而纯粹，则是伤水一种朝向源头探寻语言与事实的努力。一度生命力受挫之后，个体精神渐趋澄澈的迹象，昭示了伤水大病初愈般的新生喜悦。对于伤水来说，此刻的大海不再是一味"接纳"的辽阔场域，而是反顾、清洗与更新的巨型运动体。

在谈及大海与诗人的关系时，伤水曾对笔者说过这么一番话："海洋的区域特征对我的影响，仅仅是对其多面性认识的加固。比如，我的出生地浙江玉环面临的东海，它的面貌是浑浊、嶙峋的，而我移居的厦门的海洋面貌是绚丽、温顺的；从'观光'角度，厦门适合；但从生存和海洋本质上看，老家的海才是海。厦门的海，是一种对比物，让我更认识到海的本质、生活的本质、人生的本质。"

这正如我在《狂暴的边界》自序中说的："总体上'大海'已经逐渐消失，取代它的，是更为汹涌的日常生活。……应该赋予诗歌以海的形式与力度。"也许，改写大海是我们的共同抱负。如何"改写"？罗伯特·勃莱说："恪守诗的训诫包括研究艺术，历经坎坷和保持蛙皮的湿润"，伤水是一个很好的践行者。写到这里，我很想赠他一句诗："如雾起时，海水打湿了蛙皮／语言纹样，航海图上洋流的标识。"

伤水的《我曾长久地盯着海面》《偶然相联》《那脑壳里的斧凿声》《画鱼》《一幅鱼骨演绎我余生》《不要在盐里叫出咸》，就是将"自我"植入大海与船坞的过程中，发现了人与海的更多关联。他的《航海者》《熟悉的事物：台风》《在柘木汇看见两张硕大的船木椅子》，既直接触及与海洋相关的人事，更通过大海的象征系统，投射人的灵魂与内心状态：反抗，妥协，挣扎，搏动。那首《读王自亮兄的〈寻访定海西码头，未果，转向布罗茨基的布赖顿礁岩〉》，何止是大海不安与变化之表现，更是诗歌、情义与精神的析出。

伤水的《方言》，指示了从闽南经平阳抵达玉环的精神迁徙图，也是方言的源流指南。可以看到，他这个族群所操持的方言，其语汇、发音与语法都浸泡了海水。中古汉语的大海"变形记"，足可追寻。在眺望"岸"和"爱人"的过程中，结晶了与生命、死亡、存在须臾不可分离的盐。这就是伤水的疼痛、焦虑与绝望（他简直是个"疼痛诗人"！）。同时，伤水也写出了他的兴奋、飞扬与期待。

对此，伤水有足够的认知与发现。弗罗斯特80岁生日时，当时一流的评论家特里林说弗罗斯特的诗学主题是"恐惧"，尽管弗罗斯特采用的材料是身边琐事和乡土语境，诗意的精神元素却是"人类的恐惧"。当时惊世骇俗，现已是定论。伤水曾对我这样说："联想到前几年我分行的'心情日记'，我处理的诗意核心无疑是悲伤，乃至绝望。我不能表现'全人类的悲伤'，至少我命令自己真实地表现出阶段性个我的悲伤和绝望；若能通过个我反映出一个时代的悲伤，为这个年代写下遗言，当是使命性的愿望。当然，这也是一种'抵抗'，对现实的物质化、娱乐化和精神的沙漠化的一种抵抗，正如勒内·夏尔的'溺水者的呼吸'，即是对形成大面积的'单向度的人'的微弱的诗性抵抗。而在日记式写作过程中，体现出来的是'苍凉'，或许，疼痛＋无奈＝苍凉。"

请细读伤水的这首诗：

我不敢轻易入座。

摩挲它们，用我的双手。这从水中捞回的十指，

已经无法再痛。那些食指粗的黑洞，

钉子从波涛里拔走：失去阳物的阴道，是骨对肉的

负债，是我欠下的风暴

爱是无法填满的

海洋无法比船板漂得更远

有一种呼啸是静默。有一种聆听不用耳朵。

我的心太小，装不下整海的灾难。

这双手可以，它的索取、放弃，还有紧攥的倔强。

我又错了一次！总在关键时刻

是滞重的船木，在挽留我的手掌——

波涛。波涛咽下的船帮。波涛吐出的龙骨。波涛

反刍的桅杆。

那么让人绝望的希望！

——《在柘木汇看见两张硕大的船木椅子》

伤水的笔名，据他说意思是"将水击伤"，因为他写过同题诗歌。不过我宁可相信，是水将他击伤。对于大海，他以诗歌来祭奠，而非复仇。

四

很难将伤水归入哪一类诗人，甚至很难定义伤水的诗歌到底属于"先锋"还是"后卫"，尤其在"先锋诗歌"和现代、后现代遭到极大误解的今天。伤水也不是什么"海洋诗人"，这是我们从 20 世纪 90 年代

以来一直抗拒的称呼。

在伤水的《收到地狱来信》中，我们见证了来自《神曲·地狱》的反抗与决绝，却用了很多反讽的口吻。《在任何一节都可以结束的诗》中，生命状态与诗歌写作互为交织，呈现了异质同构的效应。《失忆症颂》与《抑郁症颂》一样，都是作者以病痛与身体感受力为张本，自嘲中有反讽，体验里隐藏对拯救之可能的思索。伤水写林和靖、苏东坡和李叔同，是与众不同的。除了以物见人的传统写法之外，更多采用了情境式对话。通过这些人物的诗词、书法、行迹和言辞，借助于身世同情与精神拥抱而直接沟通。这些对话和移情，使得诗人与历史人物在诗歌中合一。《关于弘一法师》则是伤水诗歌写作的另类，戏剧性的对白、旁白和情境植入，打破了诗歌、电影与戏剧的边界，令人印象深刻。

在《家谱》里，叙述者是迥异于往昔的伤水，对"家谱"这一中国传统文化中极为重要的载体，以亲身经历与体验，特别是家族人物的真实生活状态、错综复杂的关系，借助于姓名由来、行迹记载和精神肖像的刻画，对家谱的本质做了具体检视，结尾得出的结论，如此令人惊异：

> 但一个人变成一个村庄是确凿的 / 家谱不容置疑，它是没有血性的永远的孤证 / 我的名字就是我的孤证 / 这没有功效的家族花名册，架屋叠床、枝复脉繁 / 一个名字在里头，一滴水在河流

至于写埃兹拉·庞德、莎乐美、伊夫·博纳富瓦、罗伯特·佩恩·沃

伦、瓦雷里诸人的诗歌，可以看作伤水对精神源头和诗歌教父们的礼敬，也可以当作他对自己诗歌底色的一个交代。诗人兼水手的盖瑞·施耐德，则是他的现实榜样。《我的身体就是一座火车站》《书籍整理工》《他们一转身就成为人群》《出租伤水》《轮回》《失踪》《搀扶》，是他与现实发生关系，包括龃龉、冲突、和解与盘算等方面的提纯或呈现。或裁其一段，或取其一勺，足见诗人的性情、思想与情绪，其中的愤怒、郁闷和欢快，跃然纸上。

伤水在诗歌创作过程中，深受洪迪先生的影响，从思想到人格，从知识体系到思维模式，更重要的是——智慧。从台州出发的诗人、作家，无一不受洪迪的影响。作为一个思想者、诗人和诗歌理论家，年逾八旬的洪迪先生，被伤水视为"精神父亲"，有时直接以"父亲"相称，可见几十年来他们之间精神上结成的纽带是如何深刻与坚韧。就我所知，他们交谈的母题是多样的，从生命—存在—宇宙，直到诗艺—眼光—才具，甚至涉及商业、物质与历史。在思想与语言的对流中，洪迪先生与伤水会彼此达到新一轮的精神满足，诗与思的对应、匹配与嵌合，以及人生的"大欢喜"。

按照洪迪先生的诗歌理论，诗美时空演化动力可以分为七类：意动型、情动型、象动型、形动型、韵动型、语动型，以及较为均衡的综合动力型。伤水的诗歌从动力学上看，总体属于语动型见长的综合动力型。之所以说"语动型见长"，是他对语言的本质有着深刻的认知，并有运用之敏感性和能力。说综合动力型，说明他有均衡和综合能力，何止一二招数、三五技艺，简直是百变莫测。我愿意引用伤水的这首诗作为例证——

雪就要飞遍全身
像血，我割开任何地方都有鲜红流出
另一种飞行是鸟，在被替代之前
它飞出了千山万水

看过、飞临过，在重要处叫唤过
仿佛刻下一个标志
我就站在所有转折的地方
等待一声鸟鸣，从体内点一盏灯

被纸拥抱的字
挣脱了纸
那在潦草的天空
拼凑成的句子，我不曾写出

一切都那么随意，我躺下一身疼痛
我的五脏六腑充满含义
越过作废的千山万水
我飞临哪里，哪里就有刷新的天地

——《一只鸟废除了千山万水》

伤水的诗歌优势甚多，其中一个值得激赏之处，就是"稳准狠"。不过，伤水某些诗歌过于直截，某些诗歌又流于漫不经心。也许这与他的优势联系在一起：心性如潮汐，自然有漫溢之害；产量增长过高，就会有顺手拈来之弊。还有，随机写作有两面性，既能造成意外的惊喜，也可能带来一些语言芜杂、成色不足的问题。

我很高兴地看到，这些年来，在总体风格与基调未曾改变的前提下，伤水的诗学探索出现了两种变化：在貌似随意的呈现过程中，以短制见长的巨量写作方式中，体现运思的精微和深邃；与此同时，在自我揭示甚至自嘲式反讽之际，体现世界失去重心后碎片化存在的严苛与无奈。对伤水来说，这些转变尚未彻底完成，但我们有理由期待其早日实现。

伤水还是那个伤水，但表现力更为多样而沉稳，遮蔽与澄明交互出现。而语言也因为焦灼、病痛与喜悦的交互作用，而更为沉郁、深厚和内敛，仿佛一个国家从工业革命阶段的扩张，转为后工业时代所寻求的结构与价值。不排除伤水在写作过程中寻求宣泄之快意，但他对内在激情和精粹之作的珍视，却是变化的实质所在。因而，伤水将变得更为彻底，也更有力。

伤水说，"一只鸟废除了千山万水"。而我想加上一句：另一只鸟再现了千山万水。鸟的宿命是飞，被穷尽的天空才是它的边界。诗人的自由天性，不可废除。

2014 年 3 月，2019 年 4 月，杭州

对峙与和解的"时间证词" ①

——韦锦简论

一

多年前，韦锦曾以"先知"的口吻说话，却朴实如农夫。采用先知的口吻，要么源自古典文化或宗教文化的熏染，要么缘于其自身的言说惯性或写作策略。在韦锦这里，很难断定两者哪个更首要，也许它们本来就难分彼此。让我们先看他一首诗的片段：

> 他想说出感觉以外的东西。
> 石头说出火焰。
> 或者一个时代绕过它的路标。
> 他紧紧抓住了，不是主题，
> 是未经燃烧的熄灭。
> 他想在仰望的高度留下脚印。

——《过团泊洼》

---

① 这篇诗歌评论文字因《诗选刊》之约而作。收入本书时有所增补，其中对韦锦《蜥蜴场的春天》的评论文字写于 2014 年 3 月 19 日。

有时候，一个诗人能够准确、充分地说出感觉到的东西已属不易，韦锦却还要假借对另一个诗人的观照，以赞美他者的方式直陈自己的诉求。那么他想说出感觉以外的什么东西呢？这感觉以外的东西未必是和感觉无关的东西，它可能是用常规的感觉方式感觉不到的东西，也可能是在受限的时空中无法感觉的东西。石头说出的火焰。未经燃烧的熄灭。绕过了既定路标，拥有别样风采或悲情的时代。诸多看似悖谬、实则深致幽微的探求和冥思，使一个诗人兀立卓然——竟想在仰望的高度留下脚印。20 世纪末，几乎所有颈项都倦于仰望时，他却还要——执意执拗地在仰望的高度留下脚印。

1962 年冬出生于山东齐河的韦锦，曾在黄河入海口的胜利油田工作与生活。后因职业之故，居于京津冀"边区"——实为京畿门户与通道的廊坊，而今是中国对外文化集团编剧、艺委会委员。令他没齿不忘的却是，"处在黄河之阳的那座小乡村，拥抱小乡村的大平原，虫蛹一样蠕动在田舍间的父老乡亲"。那是他的故土，他的故土之上未经渲染和扭曲的历史记忆和现实图景。有一年，他带我去距他黄河岸边的故乡百里外的黄河入海口，其神情犹如一位掌握秘密联络图的地下交通站站长，故土的概念在他心目中显然有了更大幅度的纵深。黄河与齐鲁大地，是他诗歌的底色，他的运命，他的根，也是驱策他远行的起点。回京路上，韦锦无意中展示了他对沿途地名的稔熟，透出向导般的从容和不倦的兴致。徒骇河。闪电河。眨眼河。朱龙河。漳卫运河。独流减河。团泊洼。子牙河。长子营。榆垡。采育。一个个形神兼备的名字，辅以稍带鼻音的磁性述说，多年以后仍在我耳畔回响。

谈及自己写作的源头——大地、黄河和母亲，韦锦写下这样的文字："我记得她（母亲）生气时常说的一句话——'让人心里像刮风似的'。即使这样的极富情绪的话，她也说得音量极小，语调很淡。她的坚忍，她在贫穷困顿中尽可能少有动静——那种保持寂静的能力，是我后来的诗歌写作具备耐性和耐力的根源。"

这样的故土与远方、呵护与熏陶，都持久地影响了韦锦。韦锦关切大地上的事物，无论人事还是自然。从旷野田畴到油区井架，从黄河流域到燕山南麓，直至罗布泊与楼兰。他身上有黄河的雄浑，又有北方的高粱、黍米、大豆，以及五谷老酒的质朴与醇厚。韦锦性格中的火烈与执着，在行酒畅饮时体现得自然而充分，对应着北方的庄稼和雪中的树木。自此说开，酒只是他的一种交往方式，音乐令他精神抖擞，诗歌是他的道路。写作是耕耘，更是漫游。这一次，他真的像乡亲们一样在季节里呼吸和耕作起来。不过这是另一种耕作，或者说是在靠近农耕的过程中反向远行，比如他的《春天》中有这么一句：

> 雪不再落下来
> 雪慢慢退到高高的山上

还有，他在《老词语：在人民中说到黑暗》中写道：

> 在草原上说起人民
> 辽阔的心事堆满牧场
>
> 在人民中说到黑暗
> 弱小的光明火星四溅

何谓"民族诗人"？怎样才能成为这样的诗人？这样的诗人，他所要做的，何止辽阔与搏斗，漫游与欣喜，还有将劳作与思想汇入落日的壮观，甚至连穹顶、草叶与部族也远非止步之处。不是在脑门和扉页贴一个足够招摇的标签，而是为宏大叙事找到一种个性化表达的管道，从而在特征纷繁、调性杂乱的时代，成为一个出色的、有代表性的诗人。一切只能缘于诗思的深沉，诗意生成中苦难、孤独与狂欢的"光合作用"，特别是不经意间触动"人民""春天""黑暗""光明"之类早被掏空蛀蚀的词语时，不仅不回避，反而刻意迎迓并发愿，要恢复或重建它们应有的诗学内涵。其内心深处的那根弦，于微茫和幽微处，直抵岁月底层的征候与痛点。幸运的是，在韦锦那里，充盈不再是崩溃的起点，匮乏不再是坍缩的延续，他不耽溺于对盈亏、盛衰、兴灭等更替循环的期许和无奈，他致力于让各种要素构成张力。不是彼此耗损，互为取消，而是在对峙中相互应答，在碰撞中绕开破碎，把私密的雄心举到高处。自信使他从容，时间也站在他一侧。

这是更大的眷顾而不是垂怜：时空的交错与语言的天赋，还有他那兄弟情义与胆识，虽然他看上去更像个音乐教授。

二

韦锦自有他的文学谱系与精神渊源。

对于古典性和现代性、地域性与世界性、交往与独处、日常观察与玄思默想，他一样地兴味盎然，却不过度沉湎和迷醉。就与中国几代诗人的关系而言，韦锦与郭小川似乎有着神秘的关联，与牛汉、邵燕祥等人有着绝对的衔接。与兄长兼师友的唐晓渡之间长久而具备思想景深的对谈，令他的心神更为丰茂。韦锦的写作姿态高远而剀切：人与物的激荡，诗意与存在的兼容，特别是运思过程中明快与浑厚的二重性，在中国诗坛凸显了他的重要性。而其诗歌创作业绩、生存姿态和文学活动轨迹，几十年来具备了很高的完成度，令其逐渐成就了从自在到自为的转变。

括而言之，韦锦身上最重要的标志是：从对峙到和解，诗意生成过程实为存在建构之路。这就验证了海德格尔说的："思之诗是存在真正的拓扑学。// 这一拓扑学告诉，/ 存在真正出现的行踪。"又如洪迪先生在《诗学》中所言，"诗以存在的真实到场，呈现存在的行踪，且揭示其变中的不变"，而且"人生在世不免陷入生存的非本真状态，所以'此在的存在即烦'，且往往荒谬"。韦锦这样的诗人，正为此而诞生，应"存在"的呼唤而作诗，为"存在"的荒谬而警醒，在杂乱中清理出一片空地，挖渠，引水，移植根苗，让心中的树林和田垄接轨。想来，真正的诗人应如堂吉诃德一样，大胆援笔向风车宣战。

他写于 80 年代的《世纪》就出手不凡，"一个世纪像一盒火柴即将燃尽"，"下个世纪的火柴盒里，会有更多更琐碎的火柴头"，结句是"会不会有一枚擦燃在盒里？"。《蛇篮》则携带毒液的神秘与美，《散居的火苗》实际上聚合了星空的光芒，《听一位老人朗诵诗歌》则把一种沧桑的经历与声音提升到"形而上"段位。够得着黑暗的《瘦火柴》，则是真正的精神火种，而《运牲口的卡车》写的是牲口的悲哀，也是人性的衰败。《和平》一诗，将人世间"爱的博弈"，通过那个美丽公主之口，投射到人间关系与世界图景之中，仿如心灵传记。《嫦娥与奥耳甫斯》，貌似叙写一个中西合璧的传说，事实上却是人与神灵之间的多重对话，当嫦娥对奥耳甫斯说出"下一回，我一开始就走在你前面"，瞬间获得了一种极具感染力的假想。

读韦锦的诗，我们知道了诗意不是"提炼"，而是"生成"。诗思之展开，就像于时间之外缓慢绽放的玫瑰，其背后工匠式的惨淡经营，人们却不曾得以一睹。我们所看到的，仅仅是艺术的完整性，迷人隐喻与简朴叙述的兼容。韦锦对人性的探寻、存在奥义的求证，是如此紧密联系甚或难分彼此。无论是《结霜的花园》《世纪》《点灯》，还是《火车上的李斯特》《再听凡·高说》，都是浸透了血液、汗滴和泪水的篇章。但描述苦难不是韦锦的唯一目标，他的笔触所到之处，探寻的是产生苦难的原委，那些特定的环境与关系、心灵的复杂和性格的微妙，以及巨大潮流裹挟下人们不知所终的旅程。涉及苦难又有所超越，显示了韦锦写作中的控制与提升能力。

三

早就有人指出，"韦锦该算作戏剧诗人"，因为其诗歌中不仅有大段的戏剧性独白，更有角色的设置与转换（徐伟锋《九十年代诗歌发展报告》）。所谓"戏剧性"，既表现在对命运的叙写上，也体现在运思与语言上。韦锦近期的诗，充满了一种整体上的张力：一首并不太长的诗中，会有对话、旁白和穿插，叙述中的旁枝逸出；创作主体与笔下的角色之间，经常有强烈的对应关系，有时一以贯之，有时又会发生互换。

所有这些，我们只能将之视作诗歌的戏剧性因素和戏剧性手法。但抒情是其不变的本质，只是更为驳杂和强健，拥有更多的现代性和后现代色彩。经过这些年的诗歌创作实践，在韦锦等人的努力下，一种貌似"不纯"的"纯诗"诞生了，并更好地发展起来。这就为中国现代汉语诗歌拓宽了道路，为当今或将来的阅读预设了纵深感。韦锦自己也说："许多为单纯的诗歌不易容纳的东西也有了适宜的住所。对既往文明形态的辨认，对现有生存秩序的透视，对诸多精神幻象的汰选，以及人性的痴妄、贪婪、苍白、龌龊、期求和脆弱，甚至灵魂空间的多层维度、多种样态和多重可能，都有了较为宽敞的载体和工具。"

进入千禧年之后，韦锦经历了类似于精神危机的省思，阶段性的结果就是他的长诗《蜥蜴场的春天》。他后来回忆道：

> 2007 年春夏之交，《蜥蜴场的春天》出炉，从此我把自己定位为一个汗流浃背的铁匠。那是一首较长的诗，一首标志着我在悄无声息中的巨大转弯，或者是灵魂在持续生成中找到新的阶梯的诗。在诗中，一个置身蜥蜴场的猎手，尽管带着命定的胆怯和犹豫，但其勇气和心力至少足够用来和蜥蜴保持对峙。其中有一段写到了生命的历程，其实那也可以看成是诗人写作的路程：生命不是路的长短，而是路过的多少。丰富不是火焰的堆积，是你经过了，还有什么经过你；你点燃了，还能多少次被点燃。

"蜥蜴场的春天"这个标题所带给我们的，不仅是震惊和陌生化，还有想象力的振奋。

诗中既有一种惠特曼式的气势和震慑，也有东欧诗人的沉思与反诘，重要的是，这完全是韦锦式的与碎片化生存状态的对峙。发生在精神"蜥蜴场"里的这场"语言射击"，让我们牢记现实"蜥蜴场"里发生的那场混乱，以及混乱之后的重建。

"对峙"，是《蜥蜴场的春天》的基点和真正价值。对峙不等于并置，尽管并置是当代诗歌写作中非常重要的手法。数物并置，能带来新的景观，新的建构。对峙，而不是什么"压倒优势"，所带来的是更多的冲突和悬念。对峙是一种对立却不统一的方法论，是一种词与物、诗与思、生与死的角力。如果说并置是一种表象的呈现，那么对峙就是内在图景的冲突。

纵观《蜥蜴场的春天》，我们读出了"和蜥蜴保持对峙"的语言与行动的一系列后果：包括悖谬、质疑、反诘、追问。在韦锦那里，对事物和时世深入其内的质疑、批判与重建的努力，是同时进行的，反过来也增添了对峙的紧张和戏剧性特征。

在诗中，韦锦的批判和质疑冷冽而透彻，但更多的则是期待和建设。他要坚持到"最初的时刻"，他要回到"有空间的时间"和"有时间的空间"。自然，出于这样的希冀，他准备受苦。他经受精神的折磨，接受很多悬而未决的局面。他的建设也是痛苦的，不苟且，不放弃，不言败，这是他在诗歌中反复宣示的意志。

> 我是水和时间冲不走的记忆，我不是污渍，是嵌痕
> 我是最轻盈和最沉重的那种，年年开春拒绝撂荒
> 我一次又一次回到起点，一次又一次浮出水面
> 我可以被打败，不会被消灭；我可以被亵渎，不会被污染
> 我祈望雷霆的速度和缓慢的时序

我的心越来越轻。我规划的星星一盏一盏打开

我筹备的天空一小块一小块诞生

我不再说我爱，我恨，我要，我放弃，我的翅膀老是走不出我的梦

我说我在，我是，我正穿过黄昏，黎明在窗口发白

我所蔑视的东西渐渐可爱。细小推动巨大，水滴集合起尘埃

仰观，俯视，从近处望远，将衬衫洗净，把火焰拧干

当然，他也意识到语言的无力感、思想启蒙过程之漫长而痛苦。对峙，既是现实层面的，也是精神领域的。从根本上说，文明的进程就是这么蛇形盘曲，也是西西弗神话式的。但是对峙正是解决或转化的开始。不管如何，诗人经受了对峙的考验，他的命运和力量，应该接受一次次的挑战：

不错。是的。诗人也该经受提问和反诘，所有发光体都要验证通过

不错。是的。人类的漫漫长夜还没到来，一个族群的黑夜已走到中央

谁在此刻醒来谁就是盲者，谁在这时张口谁就是哑巴

这是不是下一个结局的先行部分？你有理由庆幸再不梦中忙碌

人们说，天亮后的喧嚣照样通向黑暗，诗人不外乎两种用途

脏脏飞舞成垃圾，干净被用作手纸。其实还有一种平静
的节奏

拉直的旋律在空中延续，折叠翅膀的鸟包揽重要演出

我看见宫廷侍卫涂白了鼻子

正是对峙，激发了诗人行动的意愿。"单独行动"，意味着更大的
担当。独立，果敢，负责，个体精神在人类的集体图景中，很强烈地
凸显出来。当然，这种"单独行动"，其过程是富有意味的，是一种启
示录式的唤起，是一种警醒，一种人类行动力的自觉。最终，"单独
行动"的个体汇入群体的洪流，如一滴水汇入并拥有海洋，汹涌着要
冲决惯性和固有的堤岸。

我要单独行动。

我要和捡拾废纸的人，挖掘黄金的人，修筑堤坝的人，
疏浚河床的人

和原告与被告，鞭子与脊背，雇主与雇工，小姐和房客，
劳心者和劳力者

和狱卒，囚犯，流氓，无赖，吸毒者和乱伦者，黑社会
的老大，公器里的老鼠，银行里的臭虫，和所有糟践与被糟
践的东西一起，

从学习算术开始，从清理错字开始，从拯救常识开始

把三七二十二还原成三七二十一，把春天重新列入四季

让"爱"回到"爱"，船绕过谎言。让奴才不再注册成主子

偶然的花开不再霸占必然的果实

让失去鞋子的人不再失去脚，忍受绳子的人不再忍受
镣铐

一种幸福不再推广成所有人的幸福

个体的苦难不再成为群体的悲哀

让多元不再成为无序的借口，秩序不再成为打手

让折叠翅膀的鸟不再把翅膀当成纳凉的折扇

让非诗走进诗，让声音离开嘴，让海成为海

让重成为质量，轻成为飞翔，空成为辽阔

让没有过去的人回过头，让没有远方的人抬起眼，让没
有现在的人打开手

让速成的街道把脚步放慢

在对峙最后达成的转化和消解中，我们看到了未来的一缕曙光，这是韦锦的"思想乐园"。这个乐园不是静止而美丽、了无生气的所在，而是一种在反抗"异化"中"进化"的精神图景，也是现实感很强的新秩序。

韦锦写下的当然是诗意的感觉和细节，但我们足以在脑海中镶嵌或拼贴出完整的画面。这个"新秩序"不是人为的制度建构，而是在对峙与矛盾中形成的、渐进式的诗学诉求的新范式。在这些层层叠叠展开的期待中，我们看到了一种与僵化的、奴役的、技术控制的社会景象相背离的新世界，一种值得欢迎的"自由人的联合体"，尽管这个联合体远非完美。

在这种对峙中，诗人也完成了对俗世的体察，对现实的深层观照，以及对"诗人"这个"族群"的反讽和嘲弄，这也应该是一种认识自我的新的开始："当反叛摆出被背叛的架子，既定的口形，通用的

调式"，"当沾沾自喜的手掀开裤子，勇气仅用于比赛腐烂、无聊和脸皮"，"当同情小羊羔但一直喜欢狼的茨维塔耶娃被拆装成破碎的零件"，"当扎堆取乐的浪子放声礼赞'黄金在天空舞蹈'"，忽然发现"曼德尔施塔姆在异乡的风雪中绝望地扭过脸，冷笑，耸起肩胛骨"。

从这一幅幅文坛图景中，我们看到了什么？一边是广袤世界的对峙和冲突，一边是铁屋子里的昏睡与胡闹；一边是落差与矛盾，一边是自恋、自娱和自我贬值。这恰恰是蜥蜴场对峙中饱含的危机，当巨大的生活在破碎中重新合拢之际，诗人们（包括一切从事精神活动的人们）的灵魂已经破碎得无法收拾了，这种曾经给但丁带来痛楚的图景，也折磨着诗人韦锦。

对峙的结果，是从危机四伏走向更开阔的生长，从忧患与共走向新的期待，也意味着如奥克塔维奥·帕斯写下的：语言和行动，将开花结果。

四

与写诗并行，韦锦这些年来投入了另一个相关领域——诗剧与歌剧写作。对他来说，诗、诗剧和歌剧有时是同一回事，但又确凿地隔着舞台、造型和音乐的丘壑。但这难不倒他。依我看，韦锦创作的诗剧《楼和兰》《马可波罗》《田横》《李商隐》《利玛窦》等，与他的诗既有对应关系，也有互文之妙。

他的歌剧比起其他剧作家的作品更有诗意，更质朴。这是他走向世界，在歌剧之乡意大利收获鲜花和掌声的重要缘由。而与此同时，他的诗歌写作也展现出更大的空间。

　　韦锦的近作，既不汲汲于既定的美学理想，也不匆忙地做出词与物的对位。他在追求一种快节奏中的慢手艺，却不以丧失真正的现代性为代价。

　　值得庆贺的是，他那多达五六百首的组诗（截至目前）《分行的散文》，似乎找到了真正属于他自己的声音，充满了戏剧性张力。有对话和"潜对话"，也有反讽和悖论，但调性是沉吟的、叙说的，甚至是"复调"的。这个时代的行吟者、时间的见证人，在诗歌的进行时中，会将音调突然攀升至很少有人听见的高音区，但更多的是浅斟低唱中的低昂与徘徊，间或怅然若失。

　　在《分行的散文》中，有很多这方面的例证。如"源源不绝的倾听，找到经久不息的歌唱。／两面默然相对的墙，不再寻思如何高过翅膀"。这是一种元诗歌，也是元音乐。倾听与歌唱，沉默与宣叙，原来它们之间的关系如此出人意料。而思想与劳作的关系，也是他的一个重要主题，又如此技艺精湛："今年的四季用完了，／就把开花的明年也花光。／明年，我在机器旁一直流汗。／直到铁和塑料心软"。这种日常化的感觉，通过韦锦式的语调化为一种奇境，获得形而上的救济。而《分行的散文　第五〇六》简直是个神奇的故事，借助于一种对话式的展开，嵌入了一个微型戏剧，让我们憬悟。

　　《分行的散文　第四七四》，实际上是关于时间、死亡和自然之间关系的内心对白，说的是人类、历史与自然的"自我净化"，一种大化如浪的循环。诗中，几乎每个句子都值得我们去寻思，形成一个不可分割的语言整体。它的开头就足够神秘，仿佛有一双命运之手敲击着阴沉的小鼓，成为存在的前奏："还不到四月。／林子里的嘴巴都用泉水洗净。／此刻仪仗已到季节门外。／你们把我称作凋谢，死亡。"活力与凋谢，生长与死亡，摇摆在时间的两极。之后，是对作为"尸体"的"我"的对象化描述，也就是一种死亡的假设，引起了"他者"的围观、疑惑与行动，本身就很有变形的意味：死者在反观尘世对他的态度，却以一种戏剧性的独白来表达某种藐视："我不盖住什么。我也堆不成山。/你不来收拾，风也会出面。"相当客观地宣示了一种死亡即绽放的自然观念，一种超脱的人生姿态。接着诗人笔锋一转："而每一朵爱都想有自己的尸体，/可以不考虑坟墓，葬礼上的钟鸣。"这是他所要表达的核心——爱与死的关系，但作者并不直白地做出某种提示，如那些平庸的诗作，而是反过来说，"每一朵爱都想有自己的尸体"。

在这首诗中，爱的易逝、死的意蕴，时间作为媒介的意义，叙述的缩略与隐形，以几个警辟的句型，做了艺术的勾勒。而勾勒是古典文学中独特而卓越的艺术手法，这种手法古老而新颖，在处理自然、死亡与爱情的主题上，韦锦运用得如此得心应手，每每令人击节。

五

纯粹与驳杂、历时与共时，在一首诗中以结晶体的方式高度呈现，这是韦锦经过灵魂的省思与对峙之后所获得的诗歌写作新优势，也是近年来韦锦诗歌的一大变化。请看这首《分行的散文　第四三九》：

"心是相通的。"/"心是可以相通的。"/你的心会通向什么样的心？/你知道世上有多少种深渊和险峰？/通向夜晚

和通向大海经过同一个山谷？／通向太阳和通向一盏灯是否
同路？／当我突然觉得在通向埃德蒙·雅贝斯的深夜触到岸，
沙滩，／我是不是到了刘楠祺的窗下。／我的手应该抬起还是
放下，敲门还是转身？／汉语的埃德蒙·雅贝斯，充沛，芜杂，
清澈，像被水浸湿的光。／我听到两个人的心跳。／两种火焰。
驱赶烟。榨出自身幽暗。黑色素的堆积。／波与粒分开，混一，
功能获得质量。／波尔，海森堡，爱因斯坦，成为吹动门环的
风。／走上台阶的脚脱下磨掉后跟的鞋子。／颈项获得必要的
弧度。／额头安静像哲人放弃的手稿。／又紧张，不安，血管
里布满虫卵。／踏实如一柄填平了地狱的铁锹。／又跃跃欲试，
似乎随时够到天堂的檐角。／此刻远行适宜钟声，却背不起准
备一生的行囊。／和所有人相见，和所有心相通，／对少有的
河流打开闸门。／一道瀑布，只负责扬程，落差，／顾不得上
游，结局，流域。／明确的职责让它凝神。

借用韦锦言说他者的话来说，这首诗"源于日常感受却不囿于日
常秩序的平面化和易逝性，在纵深和宽度上独特而又有具象构造的人
生体验，并把这体验非常巧妙地呈现出来"。故此，他不再一味孤立
地追寻诗意，而是让诗意从盘根错节的历史之林，从遍布野草、灰烬
与荆棘的现实世界，从紧张而从容的内心脱颖而出。诗意也不再是古
典意义上的诗意，甚至不再是韦锦早年写作中所需的诗意，正如诗
人、《西部》原主编沈苇在诗剧《楼和兰》"编者按"中指出的，"是专
注于情态的探寻和延展，即多维度营建、透视和凸显生存的情状和心
灵的样态，力求诗意饱满，寓意深长，让诗歌和戏剧的古典神韵重新

归位"。

诗意的生成，既是诗人的锻造，更是自身的延展。对时空与文明状态的追问，对世界图景和人间变故的深刻省思，特别是将人的社会关切与"潜对话"提升到"存在"的境地，韦锦不少诗歌可以看作是向时间递交的"存在之证词"。这并不意味着韦锦将诗与思混为一谈，或"以理入诗"。语言，依然是诗人首先要考虑的，只是因此达到一个新的境域。与此同时，这一转变"促使并支持我时刻注意对具体诗作的结构及内生秩序的着力营造"（韦锦语）。至此，韦锦的诗歌进化史抵达"在"或"此在"的阶段，稍早一些年出于生命本能的写作，让位于一种全新的"存在"写作。

诗人与世界的关系，以及他与内心的关系应该是"同构"的。同构的意义在于：由内及外寻求并漫游，发现存在的秘密，并以现代汉语诗歌的形式呈现于人。就诗艺而言，有时属"高难度系数"，有时则平白如水妇孺皆宜，但都指向时间、空间与人性。

这正是韦锦式的"与既有（语言）秩序的对峙"，以及和解。

2019 年 11 月 22 日，初稿

2021 年 9 月 3 日，修订增补

跨越时空的爱，何以可能 ①

——评荣荣组诗《李商隐》

一

真正的诗人或哲学家，或多或少经历过某些精神或情感危机。有的人经历一次，似乎就有了终身免疫能力，从此进入稳定的创造状态。有的则不然，他们一次又一次经历危机直至精神崩溃。从荷尔德林到尼采，直至茨维塔耶娃，莫不如此。这不仅是个人气质与性格使然，更是时代因素和现代性折磨的后果。现时代的本质是什么？自然一言难尽。从根本上说，就是失重和无根，是人类精神统一体瓦解或崩溃的过程。这无疑是个悲剧。

尔后，这些精神或情感危机，在诗人或哲人那里，会变成一种思维势能或思想资源，汇入其创造的洪流之中，凝聚成艺术和哲思的琥珀。琥珀，总是闪烁着暗淡的光芒，沉默不语，却有着跌宕的身世感，十足的回敛意味，且深具审美价值。因此，真正有创造力的诗人，一定会很好地驾驭或控制种种危机，并将其转化为新生的力量。

细读荣荣的组诗《李商隐》，终于明白，这位我所熟悉的女诗人，

---

① 首次刊载于《扬子江诗刊》2014 年第 4 期。

在其精神内部，也发生过类似的危机，如果不算妄加猜测，也许还伴随着女性心理与生理的焦虑与转型，她的近作《更年期》证明了这一点。当然，凭借着她的坚韧、开阔和敏锐，女性诗人特有的耐受力，以及精神转化能力，她终于站上了又一个艺术峰巅。某种意义上，我宁可把她的《李商隐》看作一部袖珍的精神自传。

"我的心终于有了固定的落点"，在这十四首卓异的诗歌中，荣荣似乎不经意写下的这句极为重要的话，成为解开组诗《李商隐》的一把钥匙。疏离、飘忽和异化，特别是精神与情感的漂泊感，是现代人最深沉的伤痛体验。读完全诗，我们感到与千年之前的伟大诗人发生了一场隐秘的爱情之后，主人公有了一种着落感。爱，战胜了一切，包括虚无与离散。主人公通过这场旷古的恋爱，以一种跨越时空的方式，克服了精神失重和情感无归，重返坚实的大地。

诗人帕斯在他的《双重火焰》一书中，探索了爱情的真谛，认为"爱情是人类普遍存在的一种高尚感情，既是前世的缘分，又是现实的自由选择"。纵观荣荣的组诗《李商隐》，她对女主人公与唐代诗人李商隐爱情的描述，与帕斯所说的非常吻合。

诗歌结束之处正好是问题的起点。我们欣赏真正的爱，但这种爱是否可以跨越时空？在这里，需要回答一系列问题，尽管有些问题可能超出了诗歌本身所能承当的，比如：诗歌主人公为何对李商隐情有独钟，如此坚定地走向李商隐？为何这位当代女主人公执意与李商隐一起走完"遗忘之路"？在诗歌中发生的这场跨越时空的奇异恋爱，究竟是怎么开始的，又结束于何处？假若李商隐活转过来，他将以什么样的姿态出现在女主人公面前？

二

上文提到诗人帕斯，他在《双重火焰》中，引领我们认识爱情与欲望，意欲抵达爱的根本。他不断地发问："爱情是自由的吗？""恋人们能挣脱死亡吗？""时间可有裂痕？"我们看到，帕斯为情欲的商品化与娱乐化哀悼，最终他还问："在这样的世界里，爱情的位置在哪里呢？"

荣荣写作《李商隐》组诗，似乎在有意无意地回应着帕斯的发问。从根本上说，诗人既发问，又回答，答案就在没有答案的地方。诗歌的使命是呈现，而非解答与诠释。即使回答，也以发问的方式进行。

荣荣笔下的女主人公是一个典型的现代女性。她既是一个平常的女人，又渴求高远的境界。不是吗？正如第一首所写的，她活过了李商隐死去时的年龄，对"诉说之痛"深有感触，"突然"爱上了这位晚唐大诗人，喜欢上他的寂寥和缠绵，说到底，她已经在"别处"丢掉了"全部青春"。这正是人的时代症候，为了世俗事务而不惜挥霍时间。于是，这个现代女性越来越感到无法把握快乐，无论"天上人间"，因为"现实的风"，"偏将热血一寸寸吹凉"。她常常为俗世生活所累，三番五次被淹没在巨大的人流之中，挣扎浮沉，寻求突围。

也许，我们看到的是一个外表与内心有巨大反差的女人，平凡的外表包裹着充满激情的灵魂，极为开阔的视野，渴望被爱抚的心灵。希望所爱的对象，那个千年之前的爱人，"深潜我多年的污浊之体／用桀骜的明亮掩盖我软弱的幽暗"。因为这个虚荣、浮华而碎片化的时代，与她格格不入；以貌取人的名利场，与她没有丝毫的关系。她活跃、敏感、温柔，注重精神生活，但在无情的现实面前，有巨大的失落感，内心悲观到绝望的程度。作者借助于一只猫来表达一种失落，"我看见你豢养的猫狂躁地跑过黑瓦屋顶／仿佛无处存放的灵魂"。

这位女主人公，从精神到肉体都没有得到慰藉。这个孤独的人真正的悲剧在于，她若无其事的样子的背后，却是一颗绝对孤独的心。诗人笔下的女主人公，尽管生活在现代或后现代语境中，却像清末民初老照片里的女性那样，内心躁动不安，表情却麻木、呆板、单一，仿佛是一只被关在笼子里的鸟，没有一丝希望可言。自然，没有人觉察到这一点，也没有人会关注到这一点。于是，她发出了一个吁请："不要青春容颜心不在焉的爱情／不要那些陈腐的教义千年的空阔"，她需要的是一个精神转向，一场爱的远征。确切地说，这样一个现代女性，在生活中无法得到慰藉的情形下，具备了转向历史和未来的潜在可能。这就是荣荣写作《李商隐》的现实基础。

那么，主人公在决定情感上转向历史人物的时候，找到的为什么独独是李商隐？我们都知道，李商隐才情兼备、格调孤高、匠心独运，卓然为晚唐诗坛一大家。李商隐辞世之后，崔珏在《哭李商隐》中这样写道："词林枝叶三春尽，学海波澜一夜干"，又说："虚负凌云万丈才，一生襟抱未曾开"。从诗赋学问来讲，商隐为盖世之才；就政治抱负而言，他有凌云之志，却未曾充分施展。周振甫先生在《李商隐选集》"前言"中指出，李商隐的诗与骈文，"玄黄备采，音韵铿锵，善用比喻，思合自然"。特别是那首千古流传的《锦瑟》，"珠圆玉润，这是自然之美，归功于造化。但玉冷珠圆，是没有感情的。珠不会生出热泪来，玉不会有蓬勃如烟的生气。诗人使珠有情，有热泪，玉有生气，玉生烟，这是'笔补造化天无功'"。

荣荣诗中的主人公之所以迷恋李商隐，并不仅仅因为他的才华，更在于他的情感饱和度和生存姿态，在于他用情之深、之真，在于他对情感微妙之处的洞察，他变化的气质与无定的行迹。所有这一切中，极为重要、对荣荣的主人公构成极大吸引力的，是李商隐诗文里透露出来的与现代精神相当吻合的特质，比如象征、互文、朦胧性等。特别是他对细微的、玄妙的、转瞬即逝、不可捉摸的情感之捕捉能力，古往今来无出其右。极有教养、深谙诗歌之美妙的女主人公，面对李商隐，自有一种知音的感觉，生发出不期而遇的钦羡。

光是知音还不可能达到相恋地步，这里需要一种媒介和过渡。因为现代情感生活与李商隐的古典情感生活，并不能直接打通。主人公面对李商隐的身世和诗文，无比感慨与惆怅，甚至那种回荡其中的气息都令她出神。在荣荣的《李商隐》组诗中，我们看到的是一幅奇异的图景，作为现代女性的主人公，与古代诗人李商隐的精神恋爱，一拍即合，瞬间成就。当然，这里有一个极其重要的条件，就是女主人公不肯苟且的爱情观和生活态度，她宁可与千年之前的诗人发生精神层面的热恋，也不肯依照世俗的观念与那些当下的体面人物有任何情感瓜葛。

我们还应该看到，李商隐不仅是文化符号，更是活的传统。由于荣荣的《李商隐》出世，李商隐被改写了，被丰富了，也被再次揭示了。是谁的李商隐并不重要，重要的是李商隐获得了新的可能——解构与新的建构。这是组诗《李商隐》给我们的另一重惊喜。这种新的发现，已经超越了这场旷古之恋本身，揭示了人的一生得以完成的历史秘密。

三

进入荣荣《李商隐》组诗这一富于戏剧性的诗歌文本，我们可以尝试着揭示诗歌中对爱的追寻过程之一波三折，看一看诗人在叙述主人公与李商隐超越时空的爱情时，怎样呈现出爱的本质与表象，达到穿越时空之可能性。

一是爱的矛盾与悖谬。爱情的矛盾和悖谬，往往表现在相爱的人之间的不可捉摸和情感反复，爱情的二律背反：爱恨交加，悲欢难分，离合无常，还有那么一种不可思议的况味。当然，这里所说的"恨"指的是古典语境里的"怅恨"，而非纯粹的怨恨。由于一方是现代女性，另一方是千年之前的诗人，这种爱的矛盾和悖谬就更加突出了。于是，我们看到了下列情景："你的清狂和惆怅一寸一寸挨近我，一个如此糟糕的现实／一个你不得不辜负的女人""爱情仍是那根够不着的树枝　这一刻／他们挨得那么近／中间只容下千古别离的薄刃"。而对于爱的虚幻和实在之间的矛盾性，荣荣似乎有更为深切的认识："感慨嫦娥的凄凉　更热爱尘世／但天上人间的快乐 我们总无法把握／现实的风又偏将热血一寸寸吹凉"。令人击节赞赏的是，诗人以一种虚幻之物的主体，要求与另一种虚幻之物的客体相融合，达到两忘的境界："我寻求着与你融合／一种与另一种虚幻之物"。这种爱的幻象，尽管带有虚无的意味，却高于世俗的价值："并越来越显示出你／这高出现世的幻象这另类面目"，甚至在某种情景下，比真实还要强大："你要等着我　要留下／如同真正的幻象　被我固执的念想留住。"

二是爱的时空穿越。《李商隐》使我们清醒地意识到，由于爱的强烈和执着，这场爱情已经超越了时空。现代女主人公与古代诗人李商隐之间的爱，超越时空，是有原因和介质的——现代爱情的不可达，以及语言之为媒介。我们见证了现时代欲望泛化的恶果，也领教了以貌取人的世俗爱情观念，所以对爱情之不可达有了足够的思想准备，但对选取语言来作超越时空的爱情的介质，还是不胜惊讶。"只说今生不谈来世／隔着千里比隔着千年更好"，这里既有"千里"又有"千年"，空间和时间的元素都在了。为了求得爱的融合，女主人公不惜独自泅渡"阔海"，因为"此岸的我彼岸的你／中间的浩荡需要鹊桥安抚"，这里的此岸和彼岸，我们可以看作是对时间和空间的穿越，是为了爱而进行的一次时空远征。"或者没有界河只有相隔千载的悲伤／同时开枝散叶或者只有你／深潜我多年的污浊之体／用桀骜的明亮掩盖我软弱的幽暗"，显然，是爱情的神勇取消了相隔千载的"界河"。这还不够，主人公发誓："我在厌倦的时空里一再地回溯向你／求你替代我我愿意就是你／听过三生的楼钟被推到眼前"，过去、现在与未来连成一片。

三是爱的无用与大用。爱情的无用，在于它是一种从生活中提炼的超现实毒素，它是一种病，恋人之间独有的疾病。同理，爱情的大用，也正是一种感觉上的弥漫性，身体触碰和语言对谈之中分泌出来的神奇之物，让恋人变得敏锐、好奇，极端有力量，有创造世界的冲动。爱情的无用是因为爱情的大用，而大用貌似无用：并非物质和世俗的用处，而是以一种美的形式和隐秘的力量，把人的本质性力量投射出来，也就是哲学上常说的"本质力量之对象化"。在荣荣的《李商隐》中，我们看到了这种矛盾现象的并置和对比，我们读到了一个隐喻："空留一把诗歌的锦瑟"。这里的锦瑟，似乎是一种爱的象征。没有人会说：锦瑟有什么用？如果有人这样问，那么答案就是：美、愉悦和爱意。还有，"我最终要将你的伤感变成我的 / 要失落着沉湎着 / 去唤醒你一世的纯洁和无用"。看来，纯洁总是跟无用联系在一起的。爱的大用在哪里？我们看荣荣写下的这些诗行，就会明白爱的魅力："当你紧拉着我手当你说爱 / 半个月亮只为你我高悬 / 仿佛刚刚托生你眼神雀跃 / 干净的身体　不带一丝尘土的味道。"

四是爱的唯一与广博。爱的唯一性是爱的基本属性，对于这一点，诗人帕斯有着极为深刻的认识。在《双重火焰》一书中，帕斯认为，爱就是被一个独一无二的人所吸引，就是选择。《李商隐》也体现了这种唯一性，只不过主人公选择的不是帕斯说的"有灵有肉的活生生的人"。你看，"做一缕够得着你的尘埃就够了 / 做一朵落花也好 / 为你开也只落给你看"，这还不够唯一吗？的确还不够，荣荣写道："我要与你一起百感交集 / 要抱头痛哭　省得不相干的人前来哭你 / 要相视而笑只为一生中美丽的情事"。为什么这么唯一？除了爱情的排他性，内中还有这样的缘由："你是了解我全部秘密的人 / 你并没厌弃我为何我仍想伪装成 / 这一个或那一个"。除了唯一性，爱自有其广博性，爱情的广博性不等于博爱，是爱的多面性和宽广度的真正体现。荣荣笔下的女主人公穿越时空爱上李商隐，爱的是什么呢？她爱的是他的诗歌、格调、身世，甚至是口吻和语气，爱的是性情、容颜和眼神，爱与他相关的一切。

五是爱的短暂、孤独与绝望。从根本上说，爱是一种暂时性的狂欢，是合一之后的孤独，最终带来的是深刻的绝望感。也许这是爱情的附带条件，可是这种前置性的条件，常常给恋人带来颠覆性的印象，似乎爱与孤独是连体婴儿。布赖恩·博伊德在《纳博科夫传》中这样写道："《微暗的火》显示，灵魂的孤立是尘世生活的基本状态。除了私密这一必要的道德税外，我们个体的孤立还另有索价：人类孤独的负担。"荣荣的《李商隐》组诗，在渲染女主人公与古人这场爱情所造就的空灵、喜悦和无所牵绊的同时，也写出了另一种孤独。既然与古人之爱本身带有虚幻的性质，就具有难以实现的先天障碍，爱本身被抹上了一层淡淡的惆怅，且精神上的结合也难以完全实现，包括语言、感觉和不可通约的观念。荣荣这样写道："相见时难别亦难读你的诗也难／太多的晦涩总是诉说之痛"，写的是亲在的不可持久，写的是精神上的难以融合，因为太多语言的晦涩，阻挡了诉说的抵达。

四

现在，让我们尝试着以最简约的语言，对荣荣的《李商隐》进行一次总体解读，完成一次语言和精神之旅。这肯定是一次冒险，无论从"诗无达诂"的古训来说，还是就现代精神分析经常误入歧途的危险性而言。

荣荣这组《李商隐》，既包括了精神与肉体，也隐含了时间与空间，从根本上说，是一种现代的爱。诗歌中女主人公穿越时空，终于找到一个爱的对象，并透迤展开爱情，饱含着欣喜与惆怅。爱的结局是理想的，却是非现实的。现代女性与古代杰出诗人的恋爱，在灵与肉、爱与恨、分与合、生与死、唯一与众多等矛盾中，最终达到高度统一了。事实上，荣荣的《李商隐》，既展示了女主人公的精神历程，也对李商隐的人生、诗歌和情感诸多侧面，做了互文性的回应与摹写。不错，这确实是一次精神之旅，爱的寻求之路，也是语言和诗歌之境的开掘，词与物的对位。并行不悖的路途——情感、语言、精神、历史、现实，最终归于一途，即现代的爱的可能性。

荣荣的组诗《李商隐》，并无起承转合，只是分成 14 个精神瞬间和爱的诉求，仿佛无意并置的 14 个爱的画面，具有极强的戏剧性和空间感，我们甚至可以将其作一系列的自由组合和镶嵌。从"冰火""一寸""落花""替代"到"末日""依旧""晚凉""大松石"，直至"唯一""虚无""沮丧""有病"，一路下来，我们可以看到荣荣所追求的不是某些情绪的倾泻，或真情的浅近告白，而是一种情感、生命和精神的复杂组合（既有共时性又有历时性），一种织锦似的语言织体，一种与李商隐诗歌相匹配的音乐调性。换言之，她以这一系列有题的情感波折，来书写与李商隐诗歌相对应的爱的无题性。

最后我想说的是，语言之于诗歌，既是目的，又是工具。正如思与诗的关系，思不等于诗，但在某种条件下，思即诗。这就是运思与语言，对于成型的思想和诗歌来说必须具备的双重属性。前辈思想家和语言学家如海德格尔、洪堡等人都表达过这一层意思。荣荣《李商隐》组诗的语言，恰到好处地将工具性和目的性融合在一起，对今人与古人的爱情过程予以摹写传移，同时透露了语言自身之美。爱情、审美和语言，在这首诗中是混成的，也是纯粹的，达到了当代诗歌的某种极致。

2014 年，杭州

万物异殊　人心通约

——简论李少君诗集《我是有背景的人》

李少君在他的新诗集《我是有背景的人》"代序"中，开门见山地阐明了他的诗学旨趣："诗歌是一种心学"，因而"也是一种情学"，诗人"最终要创造一个有情的意义世界"。而这部收入"珞珈诗派丛书"的诗集，正好不遗余力地实现着上述诗歌主张。

在诗集中，我们不仅看到了少君在诗歌中"重新恢复自然的崇高地位"种种努力，还读到了一份诗人对生活静观默察、鞭辟入里的"沉思录"，更为重要的是，感受到了他在诗歌中强烈的"人心与天地万物合一"的精神，那就是：诗人对自然和人间万象的悲悯之心与巨大同情，以及心灵与自然、社会的交感与对话。所有这些，正应了王阳明所说的："见草木之摧折而必有悯恤之心焉，是其仁之与草木而为一体也。草木犹有生意者也，见瓦石之毁坏而必有顾惜之心焉，是其仁之与瓦石而为一体也。"

于是，我们在诗集中读到了少君"为山立传，为水写史"的诗学抱负，也见证了那片"荒漠"因为人的在场而产生的奇迹，尽管这只是一个"偶尔路过的人"。隐士一般的西山，隐秘的北方林地，乃至一块多年后"落入我心底"的石头，都具备了与人进行潜对话的可能，构建自然、社会与人之间可通约的价值体系的可能。而珞珈山的一两声鸟鸣，也是不同寻常的：带人进入"你所能体验并有所领悟的最微妙的境界"，并引领"我"进入豁然开朗的湖光山色，"一个全新的世界"。

诗集给我们的另一个印象是，诗人对隐者的内心生活与车间般轰然作响的现代生活，抱有同样的兴味、好奇和探询之心。《云国》中那个至少保留了"山顶和心头的几点雪"的隐者，"宁愿把心安放在山水间"、作为"一个灵魂的自治者"的"我"（一个潜在的隐者），"会自我呈现，如一枝青莲冉冉盛开"的"新隐士"，留下了他们在当下社会的诸多面相。而诗人对广袤生活的描绘和追寻，又如此鲜活、传神和确切，从江南小城到京都大邑，从中学教师、旅店老板娘到公司文员、黑人司机、摩托车修理工，从人们的居家、远行、争吵、爱恋、伤悲到劳作、憩息、宴饮、对立、和解，都有诗意的传达和精细的摹写。诗人时而是旁观者，时而是主人翁。诗篇里的那些社会画卷、生活场景和心理刻画，极具戏剧性和幽默感。诗人既对笔下的人物和事件抱有无限同情，也毫不留情地揭示了其中的荒谬性和疏离感。在我看来，几乎每首诗中都隐藏着一个故事，同时又有一个心灵和一片山川河流作为其背景。作为一个"有背景的人"，诗人追求的是精神的多重性和人性的通约性。天地万物既是布景、道具，又是目的。总之，少君在谢灵运以来的山水诗源流中，加入了无所不在的现代性和当下元素；在杜甫悲天悯人的诗史传统中，叠加了现代隐士的意趣和心境，并且在自然、社会和人之间保持了必要的张力。

少君在这部诗集中，对故土、父母、友朋、青春、心境、"神灵"和其他个人经验，竭尽书写和表现之能事，并时常触及集体无意识，或提升到形而上的高度。这些事物既是小写的，具象的，亲切的，也是大写的，抽象的，严峻的。那些欲望、财富和不可餍足的贪求，既带有舶来的现代性，更可以看出它们在本土情境中的生长、形成、断裂和扬弃，所谓"唤起欲望又克制欲望"只不过是表象，或是某种误读。这些诗篇中出现的男男女女，绝对是红尘中的人物，又时常逸出情境，带来意外。而市井味和空灵感之兼备，使得某些诗篇妙不可言，仿佛是宋词与宋话本小说的并置。

孤独与喧嚣、黑暗与明亮、山水与人物，在少君的诗歌中是互为背景的，也是因果连贯的。诗人写父亲与"我"之间关系的那首《傍晚》，足可列入百年新诗不可忽视的作品行列：

　　　傍晚，吃饭了
　　　我出去喊林子里仍在散步的老父亲

　　　夜色正一点一点地渗透
　　　黑暗如墨汁在宣纸上蔓延
　　　我每喊一声，夜色就被推开推远一点点
　　　喊声一停，夜色又聚集汇拢了过来

　　　我喊父亲的声音
　　　在林子里久久回响
　　　又在风中如波纹般荡漾开来

　　　父亲的应答声
　　　使夜色明亮了一下

从诗歌艺术的角度看，少君在继承了陶渊明之自然和王维之空灵的基础上，拓展了我称为渗透性的艺术手法。正好《傍晚》这首诗中的"夜色"也是"一点一点地渗透"的。在不少诗篇中，诗人擅长营造氛围，引领读者进入某种特定的情境。少君特别善于运用时间、场景、色泽、印象、声音和对话，烘托核心意象或意蕴，常令意义自显，水落石出。少君的诗，画面感尤其出色，有的如中国水墨，讲究勾勒写意，逸笔草草；有的却是英国水彩，层层叠叠，色彩斑驳。更有些诗篇，如那首《神降临的小站》，带有蒙太奇和电影镜头由远到近推进的效果。据此，我将之称为"行进中的影像"。这当然是少君在诗歌创作中对绘画、摄影和电影艺术予以借鉴吸收的结果，而他的诗在在是语言艺术的结晶，精确，清晰，富有弹性，有着强大的表现力。

与此同时，少君的诗歌创作，在节制与充盈之间，取得了很好的平衡。少君是个有内在激情的人，有人说他偏于理性，在我看来实在是皮相之论。总体上看，诗人的词汇体系和象征系统是南方的，湿润、温和、精致，气韵生动，具备生殖力。在这部诗集中，我们既看到了《楚辞》对诗人的影响，也看到了波德莱尔以来的现代性印记。

当代诗歌也和小说一样，需要处理各种关系。在少君的这部诗集中，我们看到了诗人对人与自然、人与神、自然与神明等多种关系的恰切把握。这是一个对自然、社会和人物具有广阔视野的诗人。他对神灵、女巫式人物和神秘事物，有种种亦真亦幻的描绘；对现实的关注和现代、后现代的镜像反观，产生了一种切肤之痛，一种如鲠在喉的感觉，一种不可抑止的表现欲望，并抱有巨大的现实感和忧患意识。

而这，正是当代汉语诗歌的主流和值得更多期待的新目标。

"眺望自己出海" ①

（一份四手联弹式编辑手记）

【主持人语】

这一期《幸存者》中的诗歌作品，2021年7月中旬开始大范围征稿。着手编辑时，我们很高兴地发现稿源丰沛，大多质量上乘，还有一些令人惊喜的作品出现，屡屡让我们得意忘形。

本期开设了五个栏目，包括:《向死而生》《说吧，记忆》《现实种种》《新山水诗》和《新咏物诗》。用意有两个方面:一是继续欢迎围绕永恒母题的诗歌作品，包括生死、爱欲、疫病、苦难、生存、超验等题材，以凸显诗歌这一古老文体于文明基座上的新超越。二是鼓励诗人们关注自然与物层面上的当代诗意，激活中国古典诗歌传统，并赋予其新的意蕴和形式。

事实证明，我们这样设置栏目，不仅对实现编辑方针和板块规划有好处，也为诗人创作和选稿提供了若干意向。我们无意倡导什么，

---

① 这是一份由王自亮和余刚撰写的混合型编辑手记，既有主持人语，又有为专栏而写的编辑手记，其中，主持人语、《向死而生》栏目编辑手记、《现实种种》栏目编辑手记为王自亮所撰，《说吧，记忆》栏目编辑手记、《新山水诗》栏目编辑手记、《新咏物诗》栏目编辑手记为余刚所撰。这些编辑手记和主持人语，是为《幸存者》2021年第2期所作。这份诗刊创办于1988年，现由杨炼、唐晓渡主编，芒克担任顾问。"眺望自己出海"为杨炼的一句诗。

刮一点什么风，更不敢引领谁，只是对征稿原则做一点善意的提醒。

以下是设置这些栏目的基本构想：

"向死而生"，是关于死亡、存在与生命的诗歌，包括对死亡的认知与思考，对战争、危机与不确定性（包括疫情）的书写，对救赎与拯救的书写，以及对生命、人生和为何活着等题材的书写。

"说吧，记忆"，源自纳博科夫的同名回忆录，主要征集有关记忆与回忆的诗歌，包括社会记忆、历史记忆与个人记忆，集体无意识，心灵史，以及附着在物之上的记忆。

"现实种种"，征集富有现实感的诗作，包括场景、人物、事件与现象学意义上的现实，工业时代和后工业时代的临场写作，特别欢迎基于个人经验的无意识探索。

"新山水诗"，源于鲁迅说的"愿乞画家新意匠，只研朱墨作春山"。在中国传统山水诗之上的传承、激活与创意，书写当代诗人对自然与人关系的新感悟。形式新颖、短小、有禅意的新山水诗，或斯奈德式的生态诗歌，都受到青睐。

"新咏物诗"，重在新意匠、新写法、新形式。我们既欣赏中国式的咏物诗，更欢迎里尔克式的"物诗"，具有强烈的客观性，不着感情地描摹外物，实则通过一种特殊的方式，在面对精神—物质双重危机之时重构内外关联，在关注、描摹外部的同时重返内心。

在编辑过程中，既充满发现新大陆般的欣喜，也有来回往复的斟酌。诗歌分类与评析，对一些作品的抉剔，对一些著名诗人作品的节选，或组诗的处理，都有着舍弃与保留之间的踟蹰。好在，大部分作品是高水平的，亦有熟悉的陌生之感：既看到了匠心新意的涌现，也从中听到了诗人朋友们熟悉的语气，驾驭题材和运用汉语的高超技艺。

这一期诗歌作品，不仅数量可观，而且形式多样。这不是陈词滥调，而是实情。形式上有组诗、长诗，也有短制、截句，不惟如是，诗人在诗歌创作上进行很多实验，给我们带来了"文本的快感"，包括叙事元素、戏剧性和跨文体写作。一切都在变化。这是一次文本展览，诗歌形式和文体的展览，种类、选题与诗意的展览，也是诗人自身变化标志的展览。

诗歌的分化是必然的，进而，总趋势中的碰撞与歧见也很正常。

整齐划一的时代过去了，摇曳多姿的时期已到来。进入后现代、后后现代，自由度既体现在碎片化写作中，也可以是汲取以往所有主义（古典主义、现代主义等）之优点，从而发展出一个新的主义。象征主义和意象派就不值得回顾与再造？其实后现代也不是一成不变的，更没有什么定规与戒律。中国当代需要赋，也需要比兴。人们可能会对隐喻心生厌倦，但不妨碍我们把诗歌作为整体性隐喻来看待；口语写作早在100多年前就开始了，只不过此口语非彼口语；我们欢迎短制，但并不反对长调；反对观念上的复古，但对作品形式的复古，却采取宽容的态度。试问唐宋以来的复古思潮还少吗？却往往复出一种全新的"古"。

这一期的诗歌作品，证实了多样性、实验性和探索性何等重要，更说明诗歌本质上是自由的。自由，既是诗歌的目标，也是途径。揭示存在，建构虚无，在无意义中呈现诗的真义，应该是当今汉语诗歌的一个新指向。

期待读者的评鉴，期待更多的好诗。

【《向死而生》栏目编辑手记】

本栏目标题的指向，正是诗与思的焊接点——向死而生。

与死亡的确定性联系在一起的不确定性，已明显地进入我们生命的视野，甚至生存本身。疫情、全球化及其反动，战争的阴影等等，这样一来，就构成了诗人与哲学家眼中的新镜像。它的 A 面是当代生存状态的悖谬与驳杂，逻辑断裂，真相被屏蔽，常识失落与人的异化，B 面则为死亡、疫病与黑洞般的未来。

诗人何为？自海德格尔至今，这一问题一直盘绕在诗人头上。尽管难以回答这一噬心问题，但诗人们依然上下求索，对此做出了自己的回应。本辑诗歌中，他们就以个人经验融入广阔视野，以复杂感触汇进历史激流，进行了一系列诗与思的书写。

杨炼以他长期流寓海外的刻骨铭心感受，身处"边缘的中心"带来的新认知，"眺望自己出海"的切身体验，为我们奉献了这组以"海上家书"为总标题的诗歌。这不仅是他的思想记录，也是心智与感知的熔铸，更是从世界看中国的视角调校。收到他刚刚完成的《巴黎街头寻老高不遇》，此诗标题借自旧典，内文嵌入老高的诸多作品，穿插了情义、生死、对话、场景、遭际、时空，多神来之笔。写作品实质是为了写人，"印证一个人的精神历程者，唯有作品"。这首诗的本质，是传统文人间情义的现代性转换，而在特定情境下尤利西斯成为一个复数、一个事件，并被赋予语境的拼贴、还乡的复调。感人至深的是，杨炼在翻译奥威尔《1984》之后写就的相关组诗，在预言与事实、洞察与温情、客观摹写与人性呈现之间保持必要的张力，给我们以怅惘中的巨大慰藉。

　　而欧阳江河，这位我称为当代文体家的杰出诗人，这些年贡献不少卓越长诗之后，又写出了《庚子记》。这部小长诗，对 2020 年疫情肆虐、全球化逆转、局势动荡和日常生活的变化，做了全景式的摄入与反思，既保持了他一以贯之的反讽、戏仿、互文和悖谬交替使用的调性，异质混成的娴熟手法，独一无二的知性音调，又发展了寓悲愤、惆怅于客观叙述之中的文本力量，给 2020 年这一关键性年份涂上了浓重的不确定色彩。面对台风过境之后一片狼藉的景象，欧阳江河竭尽描绘、揭示与预见之能事，他仿佛是在书写一个神话，实则勾勒出一组连续性的当代史诗片段。

　　读赵野的这组诗歌，令我眼前一亮。无法估量赵野这些诗歌会产生什么样的精神能量，却能预计诗歌本身给人带来种种满足感：古典与后现代的混合，意识与言辞的交融，现实与虚拟的彼此穿透，寓言、神话与史实穿插之时的强大调度能力，视界的多重性与意志力的无可置疑，都构成了文本的内在力量。在这辑诗歌中，我们也看到了柏桦的悠游江南，人物之神奇，氛围之灵异，令人挥之不去。柏桦截取了各个年代的生活片段，将传奇、掌故与技艺予以蒙太奇式的剪辑，简洁而又富有意味，时时升华为境遇、寓言和提示，并获得了哲思的转换，诗意的回旋。在廖伟棠这里，我们看到了他对人、鬼、兽世界的清晰揭示、悲愤书写与情不自禁的悲悯，鲁迅当年"心事浩茫连广宇"之感慨今又重现。在小布头的这组诗中，则读到了一种对亲人与熟悉者的念想与牵挂，既惊惧又放松的语调，充满悬念的转换，出生入死的场景，都给人留下难忘的印象。

　　伊甸、路也、鲁亢、孟醒石、储慧、燕越柠、沿山河等人都奉献了他们的好作品，特别是伊甸的悲怆、路也的知性、鲁亢的奇异与储慧的灵动，都给我留下深刻印象。

应对现实是一回事，写作则是另一回事。语言，毕竟是诗人的目标，诗美创造是诗人的使命。面对突如其来的灾祸、变化多端的现实、乖谬的生活情境，诗人们的回应是有限的。作为一种精神能力有其局限，而语言疆域的扩展则是无垠的。这是关于死亡、存在与生命的诗歌，包括对死亡的认知与思考，对战争、危机与不确定性的书写，对疫情及其次生、衍生灾害的书写，对救赎与拯救的书写，尝试回答为何活着的书写。

无论世界变得如何令人骇异，如何怪诞不经，文明的基石依然受到卫护，且如荷尔德林所言，"哪里有危险，哪里就有拯救"。写作正是一种貌似无用、实则根本性的拯救。

请记住，诗歌写作绝不是一次次徒劳的行动。

【《说吧，记忆》栏目编辑手记】

诗是什么，有太多的说法。其中有一种说法很独特，说"诗是记忆术"。是不是"术"可以讨论，但记忆却是处处可见。例如，有人认为基因是有记忆的，有人觉得历史是有记忆的，很能唬人，也给人以深刻的认识。至少，把历史说成大记忆，应该确定无误，我们对很多历史和社会现象似曾相识，这就是记忆在起作用了。因此当记忆落入诗歌，就会激发诗歌，让诗歌无所不能。可以说，诗是记忆的一部分，记忆也是诗的一部分。诗歌之所以有趣，是因为它的确保存了过去的密码。

我们不妨把诗歌也视为有记忆的。但这些记忆，有赖于潜移默化地吸收，包括自先秦以来，历朝历代的发展史、心灵史、诗歌的演变史，以及新诗发展的过程。小的记忆包括了诗人个体的写作史、写作风格和诗艺的发展。这就在无形中构建了一个标准和参照物。顺便讲一句，在现阶段，诗歌讲究的是，做新，做旧。那么本次秉持的编辑理念也就简单了：着眼过去，形成有意味、有深度的文本，为未来的诗歌提供能源和新的可能性。

简而言之，要为未来的诗歌提供一些启示。按照一位捷克诗人的说法，他的诗不过是为世界诗歌增添了几行。那么我们又增添了哪些新的几行，实在值得关注。首先来看一下于坚，他这次提供的作品内容丰富，内涵深沉，新的气韵呼之欲出。这组近作，均与历史有关，例如有博物馆里的印第安人面具，有历史人物，有对描写 16 世纪一个磨坊主的作品的节录和改写，趣味盎然，可看作是对历史大记忆的记忆和书写。而当作品完成，或许又将在新的循环中循环。

臧棣与于坚一样，是一位多产的诗人。他以擅长写系列诗作而著称。例如他的"简史"系列，记得切入点是一事一例，一草一木，通过摹写的方法，予以生动的表现，极具张力。印象深刻的一首写实地寻找洛尔迦的诗歌，不知道是不是"简史"系列里的，最后一句出人意料，他说他在找射向洛尔迦的那颗子弹，诗就此得到升华。在我看来，出人意料和摹写是一种高级的写法，里面奥妙无穷，乐趣也无穷。这次他提供的《思想的肖像》，实际上也是一个系列，写了不少思想家和哲学家，属于高难度动作。这里仅指出一点，这组诗通向或属于思想和哲学的记忆。

这次读到的作品，令人感到耳目一新的是胡桑的《在孟溪那边》。这样的题材其实是十分难写的，但作者以高度艺术化的手法进行写作，有点像江南农村的史诗，读起来十分华丽。这是有关社会和当下的记忆，当然也是个人的记忆。诗人的眼光十分敏锐，技术的运用十分娴熟，十分有冲击力，有唐代诗人孟郊的影子。

严力是"星星画派"的成员、诗坛老将，其主编的《一行》诗刊当时吸引大批国内的作者。当年他的一首《还给我》，我至今仍有很深的印象。他的诗具有超现实的高品格和冲击力，看似直白，但用意很深。这次他的诗作，我理解是有关现实和生活的记忆，更有关生活的品味，如尖刀般直抵本质，表现力极强。他在题为《渔夫》的诗中说，"年后／我每天都甩出一个鱼钩／结果是／精神与物质／轮番咬钩"，"我一般是早上放钩／晚上收钩／这样算下来／一年三百六十多次／收获与一无所获／刚好糊口"，看似不长，但逼迫你停下来思考。好诗。

戴潍娜的诗具有极强的表现力，也很具先锋性。她的最后一首诗是一个近乎于游戏的文本，如果说超现实主义者曾经以多人的方式完成过作品的接龙，那么她则是以一己之力完成这种接龙，展现了激情和语言镶嵌的技术。

其实应该对每一个人都写下感想，麦城、贺中、阿九、伤水、陈依达、卢辉、黄葤、微紫都是优秀诗人，有的成名甚早。此次所收的诗作，有些构建了十分了得的场景，有些探索或实验的意味很浓，有的自成一格。他们以各自的方式展示了才华，令人回味。最后引用勒内·夏尔的诗作为结尾："穿行，恒星的铁锹"，"积累，然后分发"。

【《现实种种》栏目编辑手记】

开辟这个栏目，意在为诗人提供一个多元而坚实的书写平台，以呈现他们富有现实感的诗作，包括场景、人物、事件。这里的"现实"，是现象学意义上的"现实"，是工业时代和后工业时代的临场写作，特别是基于个人经验的无意识探索。有多重现实，包括经验、场景与人物，涵盖大地、时空和趋势。所谓"无边的现实主义"，应该包括现代主义、后现代主义。

这一辑中，我们首先推出萧开愚的《暴流》第二卷《七亿猛志》之四，其不同凡响之处，是开创了新的叙事方式、新的语言状态。叙事动力，来自生活本身的词的源泉，汇合成一股洪流，间或分叉、袭夺与汇聚；通过事件、人物与对话，语言的溪流淙淙，掩映着两旁的精神景致。在浓烈如酒的时代氛围下，借助于人物性格、口吻和行动，满足了我们的全部感官。诗歌造成的精神餍足，并不带来昏睡与惰性，而是带来好奇与省思。我们不仅是在阅读诗歌，而且在面对超文本的情景剧。一个大卡车司机，一个知青，一个尘世女人，一群为生计奔忙的人，一个高人或酒徒，都显示了激情、意志和生存能力，而这种情感、行动与意识构成了全息时代。昔日场景中挖掘出与今日迥异的新诗意，逝去的时间中留下了不可磨灭的航迹，生活的天空升起了人性的星辰，日常对话里隐含了新的元素，甚至隐藏着日后撼动整个时代的新事物。我们需要辨认的，不仅是生活要素的从属性，更是人的精神新基点。

这一期刊出的陈东东《地方诗五首》，具有不同寻常的意义。地方诗绝非地方性写作，而是借助于人文地理与当代群体的诗性书写。这些地点、这些城市、这些人物，既被东东刻画得栩栩如生，入木三分，又予以折合、镶嵌与穿插，完全打破了时空与语境，给大都市注入了更多的后现代元素，还保留了不少旧时痕迹，音调也是多变的，沉潜又飞扬。语汇与引语都与这些城市的现实状态、精神遗存高度吻合：土得掉渣，洋得出格。这都是陈东东这些年开发出来的新技艺，也是他冷幽默本性的大暴露。我们有理由说，东东诗艺之拓展，正在完成一次革命性的变化，完全打破了古典、现代与后现代的疆域，达到更为自由的境界。据说他有可观的"地方诗"系列写作计划，相信会有更多的"全球型地方诗"出现。

这些年来，翟永明的语言风格不断变化，甚至是幻化。语言炼金术士、生活调酒师和艺术沙龙女主人，在她身上是三位一体的。性别、黑夜和身体，依然是她一以贯之的延展。《狂喜》写艺术家置身舞台的时空感，触及了西斯廷穹顶、仪式与躯体，进入艺术状态的巅峰感觉，目光、惊异与阴影，睡莲以及身体周围的光。她写出了身体、幻觉与艺术的关系，男性艺术家与女性艺术家时而分开时而合一的变化，提示了女性艺术家对身体、舞台、造型的敏感。这种近乎自恋或梦幻的感觉，正是身体与灵魂的双重觉醒。《去莱斯波斯岛》写艺术家一路上思绪与感知的变化：分裂与保留，欲望与性别，飞行、航行与裸泳，所听、所见、所感，已达到一种超感官的敞开。重要的是，"去往蓝色海水簇拥的岛／去探访我们的元诗？元性别？"谜底露出了一角，探求仍在路上。《少男之殇》通过对三岛由纪夫的几个定格，特别是诸多生死幻觉的贯穿，探询艺术与死亡、自我的关系；同时对存在、审美、身体进行多层面剖析，暗示了艺术的本质是时间。《致蓝蓝：神奇的梦引起反响》，则以耀眼的红色建立了南美、梦境与弗里达的联系，对艺术家的故事、四分五裂的人生，既寄予同情与哀痛，又看到了弗里达的破碎人生与身体灾祸，恰恰成就了杰出的艺术。"我们都是弗里达"，道出了女性艺术家命运中的乖谬；"血液中的猖狂"，分娩了无数个自我，则写出了创造者与毁灭者的同一性。简洁与繁复，命题与无题，动机与变奏，身体、灵魂与艺术，在翟永明那儿是浑然如一的。

郁雯这些年的诗歌写作渐入佳境，有点一览众山的味道。这一期刊出的《微物之旅》颇具代表性。她做了一个人生的"反题"：不需要什么。这个"不需要"，涵盖了食物、衣服、睡眠、性欲等等，那么爱呢？诗人的回应不是非白即黑的蛮横逻辑，而是对爱的沉潜式思忖。这组诗的最大魅力在于，对生存与生命的诸元素，既进行功能开掘，又做了形而上提升，甚至包括某种偏离与倒置。总之，诗人将贴近与远离交替进行，精确观察与抽离变形同时操作，使用了经过淬炼的日常语言，又加入了传神的诗意语汇，予以混合熔铸。郁雯在这组诗中，经常做一些惊险的语言跳跃，间之以审美的陌生化处理，合乎法度又不乏奇异、梦幻与驳杂，玄学思考与具体呈现难解难分，极大地拓展了诗歌的表达力。

晏榕的《后诗学》，既是他以诗论诗的思考结果，也关涉作诗法以外的更大语境与个人性。这是他30年前以诗论诗的一组专稿，除涉及现代诗歌内部的一些前沿问题，也对时代和个人的悖谬性境遇，做了多维度的诗意介入，当是后来所谓"呈现诗学"的滥觞。晏榕告诉我，90年代以后他的写作，基本上是在这些思想维度上展开的。

在这一辑里，我们也听到了更多的声音。韦锦、古冈、李曙白、旺忘望、陆地、马叙、李浔、马越波、张典、周珺、张珏、娥娥李等人，都奉献了他们的佳作。

【《新山水诗》栏目编辑手记】

新山水诗的构建，需要付出巨大的努力。自谢灵运以来，许多诗人沉溺于山水间不能自拔，他们寄情于山水之中，寻求人生的真谛，留下了众多的名篇。唐诗重意境，对山水诗的发展起到很大的推动作用，特别在边塞诗方面独树一帜。新山水诗应该与古人不同，在今天，人们的视野前所未有地开阔，由于技术条件的成熟，真的可以"一日看尽长安花"。同时，由于人类过度的开发，由于自然规律的不可转移性，引发了人们对大地、天空、海洋、生活所在地的忧虑。那么，新山水诗的走向，一定有更多的选择，带上对生存境况的极大关注。

事实上，由于诗歌容量的扩大，长篇诗歌的盛行，以诗行代替游记的方式层出不穷，于是我们看到，以长江流域、楼兰古城、河西走廊等为题材的长篇诗作或组诗不断出现，为这些奇异的、连绵不绝的山水地形注入了强大的生命。如此广袤的、大范围的描写，是以前所没有的。有的借助一幅黄公望的画或一篇古文字，在古与今之间来回穿越，为富春江等山水注入了不朽的灵魂，也表现了人性的光辉。这种文本与诗行、文本与文本之间的叠合、结合、组合，是诗歌也是山水诗新的表达方式。更多的作品，则是对数量巨大的废墟、遗迹、景观的扫视和体悟，既是对人类文明的反思，也是赞扬。

本期的新山水诗既有上述的特点，更有新的发展。周瑟瑟的诗不长，但他的题材其实是很大的，例如死海、黄河、飓风。他并不去直接描绘已知事物，而是通过一个又一个细节，展示了人与自然的各种关系，包括相处、应对、改造、体验，最后达到和谐。《死海》是一次深刻的体验，而那么多的体验其实来源于自然，这就是死海存在的意义。立意很高。《黄河》无疑有很深的寓意，就不在这里过多介绍了。《飓风》也给人留下深刻的印象，"只因为飓风／以缓慢的速度移动／我往门窗上／每天钉一块木板"。每天钉一块木板，这就是世世代代的人类所做的事情吧。极富动感的是《丹霞山》，里面有顿悟、禅意，最后达到物我合一。这类山水诗其实是一种升华。

上官南华的《樱桃园记》是一种新的文本。这首诗让人想到了陶渊明的《桃花源记》，但主旨和写法不一样，开掘和用力的地方不一样。可以说写得很有感情，特别是写作时注重了时辰，通过不同时间段的观察或领悟，与樱桃园进行对话，表明作者全身心地沉浸在大自然的馈赠之中。在一个地方反复观察、沉思、领悟，这难道不就是斯奈德的做法吗？这当然更是我们自己的传统。

王君的诗特别有意思，也是引人注目的新文本。他开辟了山水诗的一个新领域，感觉他所写的地狱是道家的地狱（也许不是），将我们领入一个神奇的意境当中（这使我忽然想到了但丁的《神曲》）。他的诗其实深浸于传统文化之中，又及时走出来，他会走向何方呢？感觉他会取得更好的成绩。

颜梅玖、亚楠、石人、秦风、杨雄、卜寸丹、王子俊等的诗都达到相当水准，其中有的作品让我很是叹服。他们同时也是很活跃的诗人。

在设想中，新山水诗的主要标志之一就是气韵生动。翁贝托·艾柯说："进入一部小说，就像去山中远足：应该一鼓作气，否则就会马上停下来。诗歌就是这样的情景。"

他说的不仅仅是方法。

【《新咏物诗》栏目编辑手记】

新咏物诗，既是咏物诗，更是物诗。在题材上可以无限扩大，在手法上可以任意变化。收到这些诗后，感到眼前一亮。如果说用超现实风格、后现代风格来形容还不足以说明其新、猛，那我想到的是诗歌的新物种。诗歌到了现在这个阶段，应该进入一个新的领域，应该有更多的表现力。

王敖的新作是一大收获。他的诗游走于各种历史之中，但又不是真的历史，有许多虚构，题材混搭，风格新颖，极具张力，创造了新的传奇和文体。他把人们带入奇特的意境中，很多时候，直接在虚构中展开。他不描写现实，但人们读后获得的肯定比现实更多，认识也更为深刻，这就是诗歌的功能。作者肯定有他自己的分类和归类，但这里不妨将其看作物诗或新的物诗。请看其标题，《一个山东皇帝拒绝反思历史》《真正的巴扎尔城覆灭之歌》《螃蟹的牺牲与永劫轮回》《杨失衡的九流转战纪事》，某种意义上，提供了新的历史线索，而诗歌的品格依然贯穿其间。事实上，新物种的想法是在接触这些诗时得到的。

骆家的《塔可夫斯基顺序混剪》似有异曲同工之妙，但其作品的语调更为缓慢，更耐人寻味。这组诗的语言锋利而精准，飞扬的想象力和出其不意的描写对其进行了支撑。内容与其说庞杂，不如说宏大，关键是他建立了新的秩序。总之，这组作品的特点作者已经点明——混剪，指向性也很明确——现实。

杨小滨的诗则是从大处着手，他写海峡，写岛链，轻松自如，似乎是把海峡写成了沙滩，把远洋写成了近海，这当然是深厚的功力起了作用。与他一段时间后推出的后现代主义色彩很浓、甚至有点怪异的诗作相比,《跨过台湾海峡》这组诗显得十分清纯,又不失高度。

聂广友的《闵浦大桥》有很强的叙事性,保持了戏剧性的张力,又穿插了歌吟的片段,围绕着桥娓娓道来,令人感慨不已。而诗人秦晓宇、汤养宗、南野、孙谦、泉子、李浔、野梵、莫卧儿、桑子、李之平、野苏子、钟磊、卢艳艳、墨菊等,更是各显神通。这些作品或信手拈来,或深度沉思,或构思别致,语言的驾驭能力很强。其中一些作品,可视为大作。

新咏物诗的写法有太多的可能性。即使从现有作品的质量看,收获也是惊人的。不久的将来,相信一定会形成新的诗歌景观,甚至有可能形成一种新的诗歌潮流。

现代性、先锋性与超越性的嵌合 ①

（一份中国当代诗歌的样本分析）

一

"现代性就是过渡、短暂、偶然，就是艺术的一半，另一半是永恒和不变。"波德莱尔在 1863 年发表于《费加罗报》一篇题为《现代生活的画家》的文章中，以一种不容置疑的口吻，写下了上述这句话，几乎是为现代性定了调子。接着他还说，"这种过渡的、短暂的、其变化如此频繁的成分，你们没有权利蔑视和忽略"。

在现代性的问题上，马克思走得更远。在分析商品和资本主义特征时，他认为，旧时代"一切坚固的东西都烟消云散了"。可是他并没有指出，一种新的理性却应运而生。这种理性就像竖立在人类面前的一座新的高墙，带着蒺藜和火力防护，还有借尸还魂的僵化传统。马克斯·韦伯对这种理性给出的隐喻"铁笼"，与福柯笔下形容冷酷权力充斥其间的"环形监狱"，可以互为印证，都是描述现代社会组织和机构特性的深度意象。

① 此文是在作者为当代诗歌群体"北回归线"起草的文集序言、编辑手记基础上改写而成的文字，刊载于大型诗歌丛刊《星河》2021 年秋季号。

现代艺术和诗歌的主流，就是建立在过渡、短暂、偶然和它的反面永恒这两种基础之上的。这里的永恒，是指某种神性和超越性，这就构成了现代性赖以存在的时间意识悖论。进入现代社会之后，永恒变得模糊了，而过渡、短暂和偶然却那么清晰可感，扑面而来。于是就有了未知、不确定和迷惘，浑朴的时空感出现了裂隙和虚空。艺术、戏剧与诗歌首当其冲，影响深远。自然，有诸多自我因素开始加入，正如斯蒂芬·斯彭德说的，"现代人的写作是意识到环境活动的观察者观察他们自身感受的艺术"。

艺术、戏剧和诗歌的先锋派，是在现代性之上发展起来的。没有现代性，就没有现代意义上的先锋派。考察包括中国在内的世界艺术史、戏剧史和诗歌史，我们发现，先锋派以现代性作为基础，然后借鉴了它的要素、观念和形式，并予以变形、抽象和分离，取得出人意料的效果。尽管如此，现代性却不等于先锋性。关于这一点，马泰·卡林内斯库说得很确切，"没有一种得到充分发展的显著的现代性意识，先锋派几乎是不可想象的；然而，这么说并不意味着可以将先锋派同现代性或现代主义混为一谈"。

那么，诗歌的先锋精神意味着什么？

"Make it new!"（日日新），庞德的这一诗歌宣言可以看作是对诗歌先锋精神的最好诠释。自波德莱尔以来的诗歌，先锋派们自觉或不自觉地，都在体验和实践这一重要的主张。诗歌的先锋精神，就是占领制高点，直面变化，挑战平庸，从而拥有未来。换言之，就是风格上的超前，形式上的实验和语言上的炼金术。这种新，不仅仅是诗歌意蕴上的更新，还在于形式上的实验，甚至不惜走点极端。从某种意义上看，"新"就是超越与穿透，"新"就是实验。

先锋诗歌不仅刺穿荒谬，还建构真正的存在。在现时代，固然需要不竭的语言裂变和形式更新，但先锋诗歌最终要确定的，是对现象、存在和人性的建构，以及在此之上的持守。先锋性不惟破坏，更在守护。有时，沉默也是语言，先锋诗人借助于沉默这一最高意义上的语言，向世界进行发问与诘难，所谓"天问"是也。雄辩和沉默，是语言的双重性，也是先锋诗歌的双重性。与此同时，先锋诗歌特别关注自我和他者、时间和空间、词和物之间的关系。就主体间性而言，正如拉康所揭示的，无意识的主体是主体性存在的根本维度。作为先锋诗人，总是要在言语主体和欲望主体中，与无意识的创伤性内核相遇，从而尽可能多地获得真相，并赋之以诗的形态。

一言以蔽之，先锋诗歌既揭示，又消解；既呈现，又隐遁。既强调主体间性（intersubjectivity），又引入他在性（alterity）。这就是先锋诗歌左右逢源之处，也是它的怀疑论所在。

"所谓先锋派，就是自由"，尤奈斯库如是说。

二

20 世纪 80 年代以来现代汉语诗歌的再出发，既承接中国新诗发轫期以来的"呐喊"与"彷徨"，延展 20 世纪三四十年代穆旦、冯至和艾青等人开辟的现代主义诗歌创作道路，也赓续了《诗经》以来华夏民族诗教和韵文创作的伟大传统，在文人诗赋和俗文学中寻求古典的现代性。

更为重要的是，诗人们关注曾与之长期脱节的国际诗坛的流变与态势，与金斯伯格、特朗斯特罗姆等直接接触，经受波德莱尔以来西方现代主义诗学观念的洗礼，从象征主义、超现实主义这两个最主要的国际诗歌运动（以及各国的变种），再到后现代主义，都有所涉猎。而大量超越诗歌主要流派的诗人们（如奥登、策兰、弗罗斯特、拉金、沃尔科特、阿米亥、达尔维什等），同样滋育着中国当代诗歌。逐渐地，诗人们与当代国际诗坛接轨，甚或同步发展。无论是诗歌创作实绩，还是诗歌批评、文学活动和社团发展，均为百年新诗史上最有建树、最值得嘉许、最具标杆意义的时期。

20世纪80年代以来，中国诗坛就出现了先锋诗。90年代以来，更是形成了一种不可忽视的力量。唐晓渡所使用的90年代先锋诗概念，就将80年代中后期实验诗中的一部分作为其源头，将个人写作、综合意识、反讽、叙事性等作为其重要特征。周瓒在《当代中国先锋诗歌论纲》中认为，中国先锋诗歌是指80年代中后期以来，少数意识到并仍然坚持一种以个人性的立场写作的诗人的诗歌实践，是那些始终重视和保持纯粹的精神价值关怀的诗人写作。在当代中国文学的发展中，先锋诗歌体现了介入现实生存和把握个体经验相结合的综合意识。

按照桑克的说法，可以将先锋派分为旧先锋派和新先锋派。前者以破坏性和突破性为印记（"外破诗歌专制之壁垒，内破诗歌语法之累赘"），后者以反对异化、有序实验、提倡建设性为标志。当然，这也只是一种分类方式而已，但从中我们可以看出中国当代先锋诗歌的发展线索和谱系。从中国先锋诗歌流派的实践来看，先锋诗歌的写作，从一开始就呈现了突破和建设并重的气象，并不完全是由初级的先锋进阶到成熟的先锋，旧的先锋演化为新的先锋。

于是，一些先锋诗人群体的出现，带来了一种新的诗歌建设姿态。他们不仅独立，而且包容，如浙江的梁晓明、余刚、南野、伤水，上海的陈东东、王寅，北京的西川、臧棣，四川的欧阳江河、翟永明、张枣、柏桦等人。他们始终是一个动态的先锋群落，一次连续的集结；所要从事的建设是面对新世纪的诗建设。梁晓明在 20 世纪 90 年代就拿出了《开篇》这样一部讨论存在与虚无、死亡与新生的杰出作品（更不要说他的充满现代性甚至具备后现代感的《玻璃》和《各人》了）；余刚从 20 世纪 80 年代就开始了探索性诗歌写作，而且运用了超现实主义的手法，取得了很多成果；刘翔也从那时开始进行了具有前瞻性的诗歌批评和诗歌创作实践。如梁晓明所言，以"重现和提升人的根本精神"为方向，他们在众多作品中所发出的声音，更多的是一种希望、一种引领与上升。从美学上分析，他们坚持了一种"节制而优美"的品质。

就诗歌翻译而言，在这几十年中也取得了巨大成绩。远的不说，不久前阿九重新翻译了艾略特的《荒原》，就是一个令人瞩目的行动。起意重新翻译艾略特的《荒原》，事出偶然，却又有必然性。他是在网上读到傅浩《〈荒原〉六种中译本比较》一文后，才萌生了"第七种中译本"的念头。他认为，《荒原》被经典化之后，对它的解读和批评越来越学术化，逐渐脱离了对一个诗歌文本应有的审美直观。他在"译后记"中说："我们面对的是一个同时具有整体性和碎片性、一个文化广原和断裂带交错出现的艾略特。全诗有十几个可辨认的声音，兼有不同阶层口语和书面语的表达特点，是一个多声部的叙事，在希腊罗马古典主义、基督教信仰、印度佛教和小市民文化之间转换。译文如果未能抓住，甚至完全忽视这些语言和风格学特征，都是对翻译使命的背离。"最后阿九说出了重译《荒原》的真正原因："在中文之内重构原文的诗歌品质，才是译者真正的野心。"

三

这些诗人的开放性和活力是非常值得注意的。至今为止，他们中的佼佼者仍然坚持诗歌创作与批评的包容性和建设性，尤其坚持它的出发点——先锋性。正是在这个意义上，诗人自觉地与当下把玩口语、日常生活，标榜反文化的诗歌写作拉开距离，开拓了抒情诗新的领域和境界，增加了现代抒情诗对当下生活的感受力。

他们始终是警醒的。诗人南野一针见血地指出，"我认为中国当代先锋诗歌目前的话语症候，在于普遍丧失追寻自由的意愿。内驱力意向的转移，其原因不外乎现实世界规则效应的日益凸显。一切尽由于'自由的代价是高昂的……'"。诗人晏榕则认为，面对着庞大无边、荒谬纷乱的时代景观和文化语境，如何保持高贵和清醒，恪守艺术信条和诗歌理想，绝对是一个原则问题。他还提出了"回归先锋"的概念，事实上就是如何坚持先锋精神，持守当代诗歌创作的实验性、前卫性和交融性，以更好地坚守我们的初衷：包容性和纯粹性的结合，历史感和现代性的结合，南方抒情诗传统与现代多元诗学的结合，诗歌创作与诗学理论建设的结合，以及先锋前卫姿态与对现代诗歌传统之尊崇的结合。

纵观中国当代先锋诗歌创作，我们觉得有必要对先锋性进行如下几个方面的思考，兹开列如下：

先锋性究竟意味着断裂还是扬弃？

先锋性是毁坏还是建设？抑或兼而有之？

先锋性是抽离还是在场？有无中间路线？

有没有原始主义的先锋性，或先锋意义上的原始？

中国当代先锋诗歌与西方先锋诗歌的异同点如何？

上述问题，应该是非常值得讨论的。唐晓渡和张清华关于先锋精神和先锋派的对话，或许对我们有一定的启示性。唐晓渡是这样说的：

> 重要的或许是：放弃那种从一个只能是虚构的"原点"或核心生发开去的一元的、线性的、本质主义的眼光和思路，而尝试一种多元的、交叉复合的，从根本上反"历时性"的眼光和思路，以把人为设定形成的成见及其影响减至尽可能小。……当代先锋诗的谱系如同艾略特所说的"秩序"一样，是一个动态的概念，处在不断的变化和调整之中，其契机是创新，但也包括人们的重新认识，而重新认识往往根源于前在的写作作为范型对后起者所产生的影响、启示，甚至激起的反抗。

四

考察现代诗歌史，现代主义崛起本身就熔铸了先锋精神和诗歌与生俱来的品质。先锋不是虚无，先锋也不仅仅是新的未来观。我们也看到，未来主义和达达主义曾经盛极一时，但最后仍丧失其先锋性。为何？就因为时间、历史和风尚，并非先锋精神的全部要素。

我们坚持认为，尽管先锋性与时代、叛逆性和未来有关，但从根本上看，先锋性是人类的批判意识、威权质疑和超越精神的综合。先锋精神是对这个不完整世界的弥合，也是对破碎而分裂的世界文化命运的救赎。在一些特定时期，先锋精神恰好可以与启蒙意识结成神圣同盟。而我们这里所说的启蒙，与康德的定义密切相关："（启蒙）就是人类脱离自己所加之于自己的不成熟状态。不成熟状态就是不经别人引导，就对运用自己的理智无能为力。"

中国当代先锋诗歌进入 21 世纪之后，并没有失去它应有的地位，反而再一次显示了其优越性。诗人们认为，在当下的语境中，我们所秉承的诗歌先锋精神，更有其持守和发展之必要。说到底，当前中国先锋诗歌就是要像史蒂文斯所说的，"重新去审视人的感情尚未触及的世界"，更要如艾略特所坚持的那样，"尝试形成新的整体，而且将不同文化和不同历史时刻融合在一起"，最后完成一个看似不可能完成的使命，"把形式与意义赋予一幅表现无聊与混乱的巨大全景图"，也包括内心的全景图——绝望、挣扎和梦魇。人，必须一次次重新站立。这种站立，更多是指思想精神的，也是指本体诗学的。我们深知，诗歌虽然"没有让任何事情发生"（奥登语），但确实是人的慰藉和精神版图之扩展，哪怕只是"一种临时性的整体意识"。

几十年的诗歌创作、翻译和批评实践，使我们深刻地意识到，批判与超越是先锋精神的根本，回归与前行是中国当代诗人的命运。作为一个有影响力的诗歌群体，仅仅凭着勇武、刚毅和策略是不够的，更需要智慧、眼光与胸襟。技艺是重要的，语言更具有本体意义，但道与技的结合，才是诗人成熟的标识和诗歌创作的不二法门。中国新诗诞生已有百年多了，需要我们以再出发的勇气，与更多的诗人群体一起，共同将汉语诗歌写作和批评、翻译推进到新的境界。

请允许我在这里借用策兰的诗句作结："是石头让自己开花的时候了。/ 是不息的时间有跳动的心脏，/ 是时间如它所是的时候了。/ 是时候了。"

2021 年 9 月 1 日改定

第三辑

高贵与剽悍

《神曲》两题

一、《神曲》，诗人的"福音书"

早上随手抓到一本《神曲》，读将起来。王维克译，作家出版社1954年版，竖排。扉页有一幅但丁头像，非常愤怒的样子，眼睛圆睁，嘴巴噘起，正对着放逐他的政敌喷射火焰，或者盯着他们如何下了地狱。那只著名的鹰钩鼻，也许是但丁的精神栖息地，那些思想、形象和意象随时起飞，奔向那高耸的巉岩与无尽原野。据薄伽丘说，但丁"肤色黝黑，发须卷曲，厚密乌黑，表情永远沉郁多思"。

但丁，巨匠中的巨匠。《神曲》是诗人的圣典。手头的这个版本，30年前我原原本本读过，后来书架上增添了很多其他版本，如朱维基、田德望、黄文捷、黄国彬等人的译本，我基本上都读过。记得有一次，一位本科生给我打电话，问我《神曲》哪个中译本好，我就推荐了上面这五个版本，而且满心喜悦：这年月还有青年人向我询问这等事，岂非快哉！

我年轻时读《神曲》，常常被贝亚德（又译贝亚德丽齐或俾德丽斯）这个永恒的女神（她的美丽和微笑的动人，自从载入《神曲》之后，世上便无人不晓了）打动。尽管但丁一生中与她只有瞬间的接触（甚至谈不上接触，是"一瞥"，还很小的时候），却永远不能忘怀，这就教给我一个认识：爱是天堂里的事。还有，瞬间即永恒。

那些世界性的大诗人，几乎没有一个不受《神曲》影响，从庞德（最近几年，我的手提包里永远有他的《比萨诗章》）、艾略特到奥登、叶芝、曼德尔斯塔姆、洛威尔，可是，没有一个诗人能说得清，但丁如何影响了他，到底哪些地方受到但丁的影响。这就是但丁，他的永久的、难以条分缕析的魅力。也有人说，屈原堪比但丁，这话我既同意，又不同意。就上下求索、神奇瑰丽、悲天悯人这些元素来说，他们之间确实有很多相似之处。而但丁的《神曲》所传达的人与诸神的关系、拯救与上升、人类的普遍情感和人性的弱点，以及令人惊讶的心理描绘，结构的均衡、宏大与精美，语言和用典的杂糅又统一，都是世界上其他诗人不能望其项背的。再说，屈原与但丁所处的时代相差甚远。

下面这样的描述，此前何曾有过？

我听见此言，俯着头，眼看着清流；其中有我的影像，耻辱重重地压在我的额上，我只好把我的目光移向草地上来。一个母亲有时对于她的孩子恼怒，我看贝亚德那时对于我也是这样，因为她的话在怜悯之中含有辛酸之味呢。在她静默以后，那些天使立即唱道："上帝呀！我有望于你。"但是他们并不超过"我的脚"这一句。

好比意大利背脊的活柱子上面所积的雪，遇到斯拉夫风而冻结凝固，假使遇着无影子的地方吹来的风，他便溶解流下，如烛之遇火了；同样，在我未听见那与永久的天体相和谐之歌声以前，我没有泪水，也没有叹息；但我听见了那甜美的歌声以后，我知道歌声里对我表示同情，胜于他们这样说："贵妇人，你为什么这般羞辱他？"那时围绕着我心的冰块，融化为水和气，伴着痛苦从胸中向口中眼中发出来了。

我到佛罗伦萨之时，感到最奇怪的是，这么一个并非宏伟的城市，居然为人类贡献了四大巨匠——但丁、米开朗琪罗、达·芬奇和拉斐尔。这实在不可思议，也标明上帝不是以公平立身的。但人们发现一个秘密，那就是世俗化和市民社会的形成，特别是美第奇家族的特殊作用。整个美第奇家族酷爱艺术，在其保护和资助下，当时集聚在佛罗伦萨的艺术家众多，他们创造了大量杰出的建筑、雕塑和绘画作品，佛罗伦萨成为文艺复兴运动的发祥地，成为欧洲艺术和文化思想的中心。

特别值得注意的是，但丁既是个伟大的诗人，也是一个政治家。当时佛罗伦萨政治局势复杂，一派是效忠神圣罗马帝国皇帝的齐伯林派，另一派是效忠教皇的盖尔非派。由于教皇势力强盛，盖尔非派取得胜利，将齐伯林派放逐。盖尔非派掌权后，教皇卜尼法斯八世想控制佛罗伦萨。一部分富裕市民希望城市独立，不愿意受制于教皇，分化成"白党"；另一部分没落户希望借助教皇的势力翻身，成为"黑党"。但丁热烈主张独立，因此成为白党的中坚，并被选为最高权力机关执行委员会的六位委员之一。

1301年教皇派遣特使前往佛罗伦萨调停政治斗争。特使到佛罗伦萨后立即组织黑党屠杀反对派，控制了佛罗伦萨，并宣布放逐但丁。从此，但丁再也没能回到家乡。

但丁于1321年客死他乡，在意大利东北部的腊万纳去世。

今天（9 月 14 日）是但丁的忌日，从一大堆书中抓出一本《神曲》，恐怕也属于天意，可以借此表示对但丁的无限敬意。但丁是人性的"肉中刺"，但丁从窄门给我们带来令人目眩的光芒。但丁的"建筑"和所划分的圈层：内心、地狱、炼狱和天堂，体现了精神、事物和宇宙的对应关系，至今岿然屹立，又运行不止。

"但丁是光"，对于这一点，造物主大有欢喜。

2013 年 9 月 14 日，杭州

二、《神曲》与数学

数字经过炼狱抵达玫瑰，而大地的测量，则为天堂的非欧几何之投射。

对于数学家高斯，贫穷是一种事实，但精神标高不会因此降格。他用直尺、圆规画出正十七边形，解决了困扰数学家 2000 多年的难题，从而使自己免除了成为园丁或泥瓦匠的命运。经济拮据，妻子去世，祖国又处于被奴役的境地，心灰意冷的高斯在一篇讨论椭圆函数的手稿中，突然插入了一段细微的铅笔字："对我来说，死去也比这样的生活更好受些。"

但丁，则因黑白两党之争被放逐：从 1302 年 3 月起，假使佛罗伦萨土地上有但丁的影子，就要把他活活烧死。13 年后传来消息说，这些逐臣只要肯付一笔赎金，再头上顶灰，颈下挂刀，游行街市一周，就可以返国。但丁的朋友写信把这件事告诉他，但丁马上回一封信说："这种方法不是我返国的路呀！"放逐之旅就是炼狱历险记，写作《神曲》则是对世界和自我的双重拯救，这是"天和地都加手其间的、使我消瘦了许多年的神圣的诗"。

从上述日子开始，数学和诗歌两个王国就射进一道强光。

王的抵达，不，王者回归使得数与诗生机勃勃。硕大的植物，起伏的丛莽，毒蛇与乌鸦，屋子与悬崖，还有蝎子在砂岩上的足迹，谜语、算术与图形编织成人类的心灵史诗：贝亚德的引领就是愉悦、信念与美，而如何发展精确的复数理论则高于世俗的爱。还有维吉尔，高斯的维吉尔是谁？欧拉还是洪堡？人类有福了，诗歌与数学先后得到拯救：但丁的神思像神灵运行于大水之上，深入无边的黑暗；而高斯以数学阐释并推动几何，在另一个纯粹领域发动了一场解放运动。

如果说高斯是"数学王子"，那么但丁则是"诗歌国王"。你看，高斯驰骋于数学领地，又涉足天文学、大地测量学和电磁学的激流，就像一个口含金钥匙而心不在焉的王位继承者；但丁则是高傲、坚忍而勤勉的老国王，用他的意大利语，历尽艰险、困顿、恐惧与饥寒，"行深般若波罗蜜多"，正如一位论者所述，"在最高、最深而又最精、最微处潜行，穿过凡智无从穿越的大寂静，最后到达至辽至复的彼岸"。

地狱是惨烈的。所有的颓废与衰败，恶行与堕落，都汇成浊水，起初它们也激荡，也有冲刷力，甚至有极大的美感。倒映在水面的灯火歪斜无力，因为没有风的吹拂。水流最后会窒塞，没有落差的河流就没有活力。平庸的竞赛，欲望的涟漪，僵尸与嫉妒的对峙，使得救赎变得渺茫。在高斯看来，无望的、僵死的生活，奴役与丧失创造力的生活是地狱；诗人但丁则更敏锐些，认为把灵魂从肉体中抽出来，把信仰从诗歌中抽出来，等于地狱与真正的死。

地狱是卑微的。浊气冲天，幽暗惨淡。刑具不拘一格，灵魂不堪其扰。痛苦在于复述失去的幸福记忆，烦不胜烦地比较、论证与重复，代数与几何不能转化与互相表述，一律被贬为没落者的意象。这使得高斯沮丧，天才的意志受到亵渎，他的使命就是拆毁代数与几何的藩篱。他对谷神星着迷，决定解决这个捉摸不透的星体轨迹问题，独创了只要三次观察就可以计算星体轨道的方法，最后极准确地预测行星的位置，不慌不忙地算出了它的轨迹。

地狱是移动的。但丁的语词、想象力与音律在三界回响：真正地狱的开始，第二圈，色欲场中的灵魂，在狂风中飘荡；第三圈为犯了饕餮罪的，躺在臭雨冰雹之下；第四圈为贪吝者和浪费者，他们推着重物，互相挺撞；第五圈为斯提克斯河，愤怒的灵魂在河里相斗；第六圈为邪教徒；第七圈为强暴者所居；第八圈为欺诈者所居；第九圈是个冰湖，罪人都冻结在其中，中心为万恶所归的撒旦。根据高斯的曲面论，一个曲面的特征，只要通过测量曲面上曲线的长度就能确定，那么我们能否确定：地狱的特征既是漏斗型的，又是楔子型的？要计算的是，欲望的长度是多少？贪吝者的吸附力有多大？伪君子脸皮和内心的连接线是虚的还是实的？谋杀者收回匕首之前，对血滴和暴力的几何形状作何感想？

炼狱是什么？正如高斯的函数图形，在形状上像一个倒悬的钟。炼狱是大钟倒过来般的一座山。此山非彼山。但丁这样写道："虽然突如其来的逃遁迫使那些亡魂在平原上四散，奔向正义使我们经受磨难的山去，我却靠拢着我的忠实旅伴：没有他，我怎么走呢？谁带我上山呢？"炼狱是什么？炼狱就是希望之路，绝望的希望。于是我们看到了在炼狱中因忏悔而被赦罪的灵魂，在升天前所必须经受的磨练。

神奇的旅行，灵魂的修为，奥义的揭示，转世的论证，都必须有人引导与明示。智慧若没有勇气与意志的配合，不过是个装饰而已。维吉尔并非智慧不足，厚重不够，广博不济，而是在信仰与神学知识方面勉为其难。这个时候贝亚德出现了，她不是一种令人惊骇的美，而是一种轻盈、洞彻和至善之美，不是容纳而是引领，不是跋涉而是飞升。贝亚德与永恒有关，与瞬间无涉，将但丁在瞬间引入永恒之境。但人毕竟是人，除了瞥见、凝神观照和得救之外，不可能与神同在。炼狱是什么？炼狱是善恶转换的动因与能量。"世界确实像你对我所说的那样，一切美德荡然无存，内外充满了邪恶"，但我们无法把一切原因归之于天，仿佛诸天运转必然带动一切。试问：我们的自由意志到哪里去了？辨别善恶的能力、行动的能力到哪里去了？

而高斯却在汉诺威公国测量大地，用脚步丈量真理及其边界。内心的精准与空间的确切计量高度吻合，眼睛、工具和灵魂形成一个角度或一条直线。没有思维的到达怎能有工具的出现？高斯发明了日光反射仪，用一面镜子把太阳光反射到遥远的地方，这能够为测量员标记位置。想一想，当他在测量的时候，不远处教堂的钟声响了，高斯必定放下手头工作凝神聆听，每一声都入耳入脑，并在内心刻画出图形。声音的图形。爱的灰烬留下了图形。仇恨没有图形，但有边界——狂暴的边界。对上苍的祈祷，等于播种精神种子于厚朴的大地，还有思念、亡灵之歌和爱情的咏叹。没有一个几何学家，如高斯那样，能同时涉猎天空、大地和星球；没有一个数学家，能对数论、统计、微分几何、大地测量学、地球物理学、力学、天文学和光学都有如此杰出的贡献。

数字的玫瑰，象征的玫瑰，共同构成了纯粹的玫瑰。

但丁和高斯，分享着象征与数字，联合了数字与象征。《神曲》分为《地狱》《炼狱》和《天堂》三部，象征着神学上的三位一体。每部各三十三篇，《地狱》前增一篇作为序诗，共计一百篇。十表示完全，一百是完全中的完全。地狱中的罪恶，炼狱中的过犯，天堂中的德性，无不按照三、七、九、十等数字分类。三部的末尾都以"群星"结束，指示着但丁所向往的秩序：由黑暗趋向光明，卑下趋向高尚，罪恶趋向至善。某种意义上看，数字就是象征。二意味着敌对双方：穷人与富人，肉体与灵魂，现世与彼岸，人与神。"三"是和解、超越和新生。毛色斑斓的豹子，明暗不一，深浅不同，散发着三大类二十四种罪恶，在阳光下蒸腾出梅列日科夫斯基所说的赏心悦目之效果，说不定但丁喜欢这种明暗相间，天上与人间混同，飞升与堕落合一。

高斯呢？他首先迷恋上的是自然数。高斯曾说："任何一个花过一点功夫研习数论的人，必然会感受到一种特别的激情与狂热。"是的，狂热与激情。玫瑰染上了热病，世界就是象征的数字。也许狂热到失常的地步，燃烧到数字与象征双重火焰合一的地步，才能成为"数学王子"。高斯推导出非欧几何的定理，还深入研究复变函数，发现了著名的柯西积分定理，发现了椭圆函数的双周期性，但这些工作在他生前都没发表。看来玫瑰并不是自动绽放的，而是数字与象征之焰锻造的。高斯告诉我们："微小的学识使人远离神，广博的学识使人接近神。"

贝亚德！她就是天堂本身。

这句话并没有亵渎神，只是让人们更加知悉人所向往的天堂，见识天堂之前的天堂。美丽与痛苦升华了女性，微笑、神秘与爱在一个人身上造就奇迹。让我们看看天堂元素：球面形，永久的轮盘，数中之数，形中之形，光芒内核与边缘的无理数。此时，玫瑰的芬芳、色调和形态合一，女性、接纳与爱发生联系，上帝、数与球面同构。唯一的女神是贝亚德，但她最后剩下的，只是气息和形体之幻象，转身消失后却精确地进入了但丁与我们的灵魂，她的爱里包含着痛苦的怜悯。死亡的意义在于，"我的死亡给你指出了一条正确的道路"，人类在自然与艺术中都找不到任何欢乐。而经过炼狱升至天堂的，则是一种肉体与灵魂的双重运动。瞬间的秘密，或秘密的瞬间。一瞥解千愁。在诸天之中，水晶天是何等令人欣慰，瑰丽之至：水晶天的每个分子都希望轮流地接触上帝所止之点，因此水晶天有眩晕的运动，此种运动又牵引了原动天。玫瑰就是数字，高斯的数字转化为但丁的玫瑰，爱与死亡眉目传情。《神曲》的结尾是动人心魄的——

是爱也，动太阳而移群星。

2018 年 12 月 31 日，上海

阿根廷：诗与真

——博尔赫斯漫议

　　最能使孤独而学富五车的博尔赫斯着迷的是高乔人和罗盘、匕首。1942 年，他把布宜诺斯艾利斯这座城市"像噩梦一般"写入《死亡与罗盘》，一些发生在南部郊区的往事被搬进小说中。

　　博尔赫斯提到了北方旅馆和那条"狮子皮色的大河"拉普拉塔河，而隐去了那个遥远又平静的迷宫，名叫阿德罗格的小城，据说那儿有围着铁栅栏、大门口立着石雕像的别墅，有公园和从许多广场辐射开来的街道，全城充满了无处不在的蓝桉的香气。这些足以使我迷恋阿根廷了，而且这位图书馆馆员（馆长）还能随意地把历史像泥团一样捏在手里，弥合他那颗因失明而破碎的心。

　　至于他笔下的高乔人，他们是印第安人和欧洲移民的混血后裔，漂亮而粗犷，放荡又不羁，自由自在地纵马四处流浪，最后却不知去向，消失在草原和城市的暗影里。

　　博尔赫斯竭力回忆他光荣的祖先，时常为他优雅的欧洲血统和南美洲战场上与高乔游击队厮杀的弗朗西斯科·博尔赫斯上校感到骄傲，并预感到血管里的衰败迹象，就独自一人持戟走进历史。正如他所说的："在我的整个一生中，事物被写进书里后我才理解。"他若有所思。他母亲时常在晚上阅读一本引人入胜的巨著，半是自娱，半是为儿子排遣因失明而不能读书造成的痛楚。在这种情形里，博尔赫斯听着听着就发生了幻觉：在布宜诺斯艾利斯的烤牛排餐馆，感官上被撕开一个裂缝，六角形手风琴声与牛肉的香味混合着，间或有一些古老的移民故乡的小调飘出——

现在他陷入肉眼的黑暗中，爱情和危险也在等待着他。

总的来说，博尔赫斯的爱情是非肉欲的。他想象着，他把爱情作为一种神秘的事物，有时就嵌入中世纪某个黎明辰光那头豹子的欲望之眼中，或编织成花环放在庭院的那只深沉的承雨桶边上。他只字不提性和肌肤之亲，有人考证他有一些隐痛，暗示他年轻时曾因秘密潜入某个不名誉的地点而毕生感到内疚。我并不这样看。他在书籍、镜子、迷宫和柯尔律治之花中找到了性。一种无比宽广的满足感统治着他。

有一次我的朋友说，《阿根廷，别为我哭泣》这个曲子，连名称本身都有旋律。

我赞成这个丝丝入扣的感受，正如博尔赫斯说的："因为他已经隐约听到光荣和六音步诗行，听到人们维护神明挽救不了的寺庙的声息，在海中寻找一个向往的小岛的黑色船舶的声息，听到他注定要歌唱的、将深深留在人们记忆中的《奥德赛》和《伊利亚特》之类的史诗的声息，这些声息已经向他走近。我们了解这些情况，但不了解他沉浸在最后一抹阴影时的感觉。"

1999 年 3 月 21 日，杭州

"大雨将至"：漫谈鲍勃·迪伦

鲍勃·迪伦老了，70 岁的鲍勃·迪伦看上去更有精神。这使我想起他的那句名言："昔日我曾苍老，如今我却风华正茂。"

这使我想起了鹰。在生物界，老了就意味着衰惫，意味着蹲伏，让死亡来收拾自己。鹰也会老去，但鹰却是人们仰慕的对象，它在树梢或巉岩上盘踞的神态，它高居于死亡之上的样子，是力量的延展，更高的俯视。

鲍勃·迪伦，还有老鹰乐队那几个家伙，都已渐渐老去，一种共时性的感觉开始笼罩着我，因为人都会这样老去，而他们这种老，恰好增添了一些先前未知的活力。鲍勃·迪伦写出了自传《编年史》，还在各地巡演，还是那么带劲（虽然脸上的皱纹更多了）。老鹰乐队呢？四个半老不老的家伙，又重新露面了，倚老卖老，斜背着吉他，携上贝斯，外加一支口琴，"加州旅馆"的神秘灯焰似乎更为炙热了。

但鲍勃·迪伦与老鹰乐队成员不同，他是一只孤独的鹰。

2011 年 4 月 8 日，我在上海见到了鲍勃·迪伦。他给我的感觉，不再是叛逆与呼喊，而是洞察一切，高度呈现。鲍勃·迪伦并没有老去，就在他开口唱出第一句歌词，或弹拨吉他、吹奏口琴时，我觉得他并未老去。似乎他与这个世界取得了新的和解，而某种内在的激情依然健在，并在空气中震颤不已。在上海大舞台，在密集人群的应和声中，他的"精神之鹰"在灯光闪烁中，飞向户外。

鹰就是死了也有精神，何况此刻还在高空逡巡，俯察大地。

上海大舞台从未出现过如此简陋的幕布，白色纱幔将舞台的三面遮挡了起来，灯光变幻不同的背景色调，以蓝色为主。和流行明星演唱会截然不同的是，现场没有多媒体大屏幕，没有多余的布景，只有舞台前的射灯不时将鲍勃·迪伦和乐手们的身影打在背景布上。"高大而神秘，仿佛在向遥远的 20 世纪 60 年代招魂。"一位记者这样描绘鲍勃·迪伦演唱会的现场。

鲍勃·迪伦的上海演唱会，成了一个盛大的节日。入场时，我看到了这么多不同年龄和身份的人鱼贯而入，整个上海注视着他的到来。这么多的中国人，还有在上海的印度人、美国人、欧洲人，还有日本人，都在陆续入场。因为我们期待的这个人，曾经是时代的晴雨表，是汽车仪表盘上的指示器，告诉我们这个世界是否还在转动，油箱是否滴漏。疯狂的人心呵，衰颓的迹象，还有对拯救的拯救……这个人是鹰，还是滚石？我们曾经陷入判断上的混乱。

开场歌曲是 1979 年专辑《慢车开来》(*Slow Train Coming*) 里的《将改变我思考的方式》(*Gonna Change My Way of Thinking*)，也许这是一首冷门歌曲，"我将改变我思考的方式，我要建立不同的尺度"。鲍勃·迪伦在每一个时代都留下自己不同凡响的声音，从越战到民权运动，从核战阴云到 60 年代的反叛，他都留下了自己的踪迹。

对于变化，迪伦是有预感和准备的，不，其实他很明智，但事到临头，他仍然会站出来。他告诉我们："有些小事情预示着将来，但你可能一时看不出。而接着就会马上发生一些事情，世界就已经变了，你跃入这个未知的世界，对它有一种本能的理解，你就自由了。"

不同的是，过去那种或尖锐或饱满的声音，现在变得锉刀般粗砺，如此老辣苍劲，给人一种烈酒穿肠的感觉。在 90 多分钟里，他或是弹吉他，或是吹口琴，或是弄键盘，一首首地演唱着他的谣曲，还配合一些幽默的表情和动作。每次口琴声响起，场内就会发出阵阵疯狂的尖叫声。

当他唱起那首经典代表作《像一块滚石》（*Like a Rolling Stone*），全场沸腾，所有人跟着欢快地摇摆起来，"海啸"——狂热的性质的确有点像海啸，巨大的灾难也是这样——总在这个时候发生。有人说，这是界定一个世代的歌，也是每一代人的共同感应："这是什么感觉？这是什么感觉？/独自一人无依无靠/找不到回家的方向/像个无名氏/像一块滚石。"

自然，我们希望他继续唱下去，直到东方破晓。这不可能，不符合迪伦的风格。我周围的人还如痴如醉，一个年轻人，一个女孩，还有一个闭着眼睛跟着鲍勃·迪伦节奏哼起来的美国中年人，都继续沉浸在迪伦为我们营造的氛围里，在一种魔咒里，谁也不愿意离开。演唱结束后，鲍勃·迪伦和乐手们一起鞠躬谢幕，然后转身离开，任凭歌迷怎么哭喊、敲打座椅都不再现身。这就是迪伦，就像同样身为迪伦歌迷的美国总统奥巴马说的，如果他多做一点什么，他就不是鲍勃·迪伦了。

你能让一只鹰多做些什么呢？除了搏击和嘶喊，向着阳光下的腐尸俯冲。

这只鹰，鲍勃·迪伦，既不是杜甫笔下"何当击凡鸟，毛血洒平芜"的鹰隼，也不是塔特·休斯的"穿过骨骼""分配死亡"的"栖息着的鹰"，而有点像奥克塔维奥·帕斯那只站在时间源头或黑曜石之上的鹰，朝着太阳笔直飞去，浑然不知身后黑夜业已降临。

多年来，我对鲍勃·迪伦的好感始终如一，哪怕他做错了什么。也许错不在他，我经常这样为他辩护。

几乎在知道这个人的名字之后，这一点就没有动摇过。我热爱他。我很少对演艺界的人——不，他是诗人——抱着这样的敬意。不管他在哪里，隐匿还是张扬，愤怒或者忧伤，总是那么呼应着我生活的节律和灵魂的舞俑。他对时代的呼应和对人心的呼应，总是那样吻合。这就是鲍勃·迪伦的不凡之处。

在相当长的时间里，鲍勃·迪伦是我的诗歌兄长、思想知己和假想的对谈者。我时常在家里听他的唱片，不是什么点缀性的歌声，是一种坚实的对话，或一只雨中的鹰，朝着你的窗户飞来。我能在他的声音里听到一切——死亡、上帝和宇宙，所有的一切。在我看来，他不仅是诗人、歌手或社会活动家，他是一代人的总和。鲍勃·迪伦是时代情绪和精神气候的预报者，一个在世的烈士。

当然，他有过失落，有过疑虑，也有过彷徨和隐匿。十岁时，从明尼苏达州铁矿区的一个小镇出走，他从那时开始就是一个浪游者。他可以爱得死去活来，也可以迅速调转船头。我们清楚地知道他对活力的崇尚和对一些奇异事物的迷恋，包括街头、地下室和格林尼治村。他说，"到目前为止我都是在另一种文化谱系里长大，这种文化谱系让我的思想变得如煤烟般黑暗"。简明扼要地说，他经历过的事，所见过的人，简直可以编成一部时代的百科全书。鹰永远不会变成走私贩子，更不会成为变色龙。

这是一只预言之鹰，反抗之鹰。1963 年 5 月，鲍勃·迪伦推出了最具代表性的专辑《放任自流的鲍勃·迪伦》(*The Freewheelin' Bob Dylan*)，其中《大雨将至》(*A Hard Rain's A-Gonna Fall*) 是最具里程碑性质的诗歌作品。在一唱三咏的句式中充满了密集的意象和出色的隐喻，超级大国的穷兵黩武和非理性政策，几乎将全球推至核战争的边缘。你听到了什么？你看到了什么？你碰上谁了？你准备干什么？全是不祥的、紧迫的语气，而且那些景象都是令人畏惧的，可怕的，带着强烈的死亡气息的。正如鲍勃·迪伦本人所说的，每一句诗行都可以成为一首独立诗篇的开始，而每一组诗节都洋溢着一种生命的紧迫感和恐惧情节，这是一部谣曲式的启示录。

对鲍勃·迪伦来说，反叛不是一种政治需要，或斗士的姿态，而是骨子里透露出来的东西，或者说，是一种命运的安排。美国和世界的一些大事件都让他碰上了。碰上了就碰上了，在别人那里是不会影响轨道运行的，至多是一段恶劣的心情，烦恼如一条狗一样跟上几公里，但他却偏离了，倾斜了。鲍勃·迪伦血液里的火一下子点燃起来。精神漫游者的气质，诗人的内里，加上歌手的姿态——反叛。正如他自己说的："在歌里一些可爱的东西突然被颠覆了，……反叛对我来说更为响亮。反叛是鲜活的，好的，浪漫的，值得尊敬的。"

鲍勃·迪伦带有颠覆性的叛逆和反抗，不仅表现在他多次举行了吸引包括金斯伯格和肯·凯西在内的垮掉派作家的音乐会，参加反主流文化运动和民权运动，也体现在他的极端生命体验之中，发现其中有欢愉与超验的新世界。他一度沉浸在"思想吐出的烟圈"中，"沿着时间迷雾笼罩的废墟"行走，看到了"布满宝石的天空"，这些都是典型的幻觉。自 1964 年开始，鲍勃·迪伦厌倦了领袖或旗手的称谓，在《鲍勃·迪伦的另一面》（*Another Side of Bob Dylan*）这一专辑中，流露出他内心的种种另一面，大部分是其个人生活体验，包括幻想般的超现实感、布莱克式图景、美国社会的林林总总。

这是死亡、梦幻和爱之鹰。鲍勃·迪伦20世纪60年代发表了三首爱情歌曲："我给了她我的心／但她却索要我的灵魂""难道鸟儿能摆脱苍穹的枷锁？""是你的美丽身影使阳光暗淡／如水的月光在你的眼前流动"。

爱与死是一个硬币的两面。鲍勃·迪伦深受"紧迫的迪伦"（即诗人迪伦·托马斯）"死亡意识"的影响——"我憎恨生命的毁灭"，"死亡的痛苦却会产生最美好的情感"。鲍勃·迪伦也一直为死亡沉重的意象所困扰，在其诗歌和谣曲中，有多首反映"死亡与毁灭"这一永恒主题。而孤独也是他竭力摆脱的，虽然孤独可以成为他抵御世界罪恶的利器。他感到，混乱、无意义和被抛弃，具有压倒性的力量，感到"我们周围的一切都很荒谬"，用工作上的疯狂和爱的奇异力量来推拒死亡和异化。迪伦的孤独感，带有绝对和弥漫的性质。

这也是一只忧伤之鹰。因为这个世界的荒诞和异化，充满了血腥和暴力，"他们在出售绞刑的明信片／他们把护照漆成棕色"，鲍勃·迪伦在他的谣曲、诗歌中，书写了他的忧虑和愤慨，不安和抗拒。鲍勃·迪伦也是极度矛盾的，经常处于彷徨之中。一方面，他反抗、蔑视权贵；另一方面，他又坚信人类摆脱异化是人类反对权威的最基本方式，消极遁世是唯一的出路。

鲍勃·迪伦眼前的世界充满忧伤和恐惧，有时他借助于他的诗句和歌声，去凭吊这个矛盾的、迷乱的、渐行渐远的社会，有时却是如此愤慨，发出一声呐喊，他要"说出真相"："堕落的走私酒商，淹死亲生孩子的母亲，只开了五英里的凯迪拉克，洪水，工会大厦的火灾，河底的黑暗和尸体，我唱的民谣绝不轻松。它们并不友好或者成熟甜美。它们可不会温柔地靠岸。"

在相当长一段时间里，他自嘲，他负疚，他沉默。20 世纪 70 年代初期开始，他的个人情感出现了危机。与萨拉离婚后的迪伦，作为负心人发出了哀婉的祈求："萨拉，噢，萨拉，/ 穿着印花布衣的神秘女郎，/ 萨拉，萨拉 / 你一定要宽恕我的卑鄙。/ 你是手持弓箭的优雅女仙 / 萨拉，萨拉 / 请不要离我而去。"

在上海大舞台，我看到他扭动的身影，粗砺、苍凉而略带怀想的歌声，特别是狂放宣叙之后，那只口琴吹出的那种悠扬的生之气息，知道这只鹰不会"温柔地靠岸"。

不是他的宣言，而是他的声音，泄露这一切。

2011 年 4 月，杭州

但丁的后裔①

——获诺贝尔文学奖部分诗人述评

1. 朝圣者的灵魂（叶芝）

叶芝（1923 年获奖） 1865 年生于都柏林，代表诗作有《茵纳斯弗利岛》《利达与天鹅》《白鸟》《天青石雕》《驶向拜占庭》等，1939 年在法国南部凯帕玛汀去世。获奖理由：始终富有灵感的诗歌——并以精美的艺术形式表达了整个民族的精神。

叶芝不仅伟大，而且令人着迷。从照片看上去，他显得俊逸又深沉，全身心地是个诗人，没有一点刺目的地方，尤其那双眼睛，既像孩子，又像老人，兼具学者的风采。艾略特称他为"这个时代最伟大的诗人"，一点也没有过分。叶芝几乎没有失败的作品，许多诗篇是如此饱满圆熟，又不失活力。在诺贝尔文学奖得主家族中，像叶芝这样深入人心、具备永久魅力的也不多见。

叶芝的与众不同，在于他的执着的爱，对一切神秘事物抱有宗教

---

① 本文除最后一篇外，均首载于《孤独的慰藉：百年诺贝尔文学奖回眸》（浙江文艺出版社 2002 年版）。写作这些篇什时，漓江出版社"获诺贝尔文学奖作家丛书"成为我的案头常用的参考书，那些译者序言对我很有帮助，文中有不少引述，恕不一一标出，在此深致谢意。严格地说，这是一组属于"编写"性质的文章。

般的情怀。他对爱尔兰民族主义者毛特·岗的追求，拼却一生，铸成
了一朵玫瑰，是何等感人肺腑。1889 年，他与美丽的女演员毛特·岗
相遇。关于他第一次见到毛特·岗的情形，叶芝后来是这样写的："她
伫立窗畔，身旁盛开着一大团苹果花；她光彩夺目，仿佛自身就是洒
满了阳光的花瓣。"她不仅风采动人，而且是世纪之交爱尔兰自治运动
的领导人之一，这在叶芝的心目中自然平添了一轮特殊的光晕。叶芝
在一首诗中赞美她"有着朝圣者的灵魂"。但在现实生活中，毛特·岗
却一再拒绝了叶芝，她在 1903 年嫁给了爱尔兰军官麦克布莱德少校。
当这场婚姻出现灾难性的波折时，她依然拒绝了叶芝的追求。他对她
的一番痴情得不到回报，"真像是奉献给了帽商橱窗里的模特儿"。

尽管如此，叶芝对她抱有终身不渝的爱，有诗为证：

> 多少人爱你青春欢畅的时辰，
> 爱慕你的美丽，假意或真心，
> 只有一个人爱你朝圣者的灵魂，
> 爱你衰老了的脸上痛苦的皱纹。

叶芝最后与乔治·海德－利斯结婚。婚后，叶芝在离庄园不远的
地方买下了一座倾颓的古塔，把它修复之后，和妻子住了进去。黝黑
而浪漫的古塔，在叶芝诗意的想象中，与其说是一处栖身之所，还不
如说是一个象征。残破的塔顶仿佛象征他的时代和自己的遭际，塔的
本身却体现着往昔的传统和精神。叶芝攀着塔内的旋梯，从塔顶向下
俯瞰，沉入冥思。后来，美国著名女诗人西尔维娅·普拉斯在给母亲的
信中，说她最大的愿望是去看叶芝的神秘塔堡，"也许在爱尔兰我可以

找到我的灵魂"。就在这样的地方，叶芝不懈地致力于形成他的整体生活观和诗学，把个体与历史、艺术与政治、激情与反讽、信仰与智慧等融铸在一起。

的确，叶芝的信仰和智慧是多方面的，他甚至对神话、魔幻达到了着迷的程度。他写了《幻象》，相信"我们那些最精致的思想、最精致的意图和最精致的情感，常常并不真正属于我们，它们仿佛猛然从地狱浮现出来，或从天国飘然降临"。但是我们应当知道，在叶芝那儿，幻象只是一种心智状态，是诗歌的一翼，而在现实中的抗争（他后来也参加了爱尔兰的政治斗争），承受精神洗礼，经历绝望和爱情，以及由此带来的哀痛，却是叶芝诗歌的另一翼。

2. 火焰与玫瑰（艾略特）

艾略特（1948 年获奖） 1888 年 9 月生于美国圣路易斯市，代表作有《荒原》《四个四重奏》等，1965 年病逝于英国。获奖理由：因为对当代诗歌做出的卓越贡献和所起的先锋作用。

《荒原》问世于 1922 年，当初曾在好些方面显得令人费解，那是因为它复杂的象征性语言，镶嵌艺术品一般的技巧，博学的隐喻运用。这部交响乐式的作品引起了巨大的反响。它反映了战后西方世界整整一代人的幻灭和绝望，旧日的文明和传统的价值的衰落；它的成就正是捕捉住了一片荒原般的时代精神。

而诗人这个时期的精神危机也在这部长诗中投下了阴影和轮廓。1915 年，他和英国姑娘维芬·海渥特结婚。维芬聪颖、活泼，是艾略特最早的崇拜者和支持者之一。但她体质娇弱，经常苦于神经衰弱，给他们的家庭生活添上了烦恼。艾略特羁留英国，只能在一所中学任教，年薪仅 140 镑，因此常为生计焦虑。"我常常感到《普鲁弗洛克情歌》是我的天鹅之歌，但我从不对人提，因为维芬十分渴望我能写一篇可与《情歌》媲美的诗，而我如果做不到，她会万分失望的……从某种角度看，这一年充满了人所能想象的最可怕的噩梦般的焦虑。"

1917 年，艾略特转入劳埃德银行工作，同年加入《利己主义者》杂志编辑部。第一次世界大战渐渐暴露的残酷性和非人道，更给艾略特的精神世界涂上悲观和怀疑的色彩。"每个人的个人生活都被这场巨大的悲剧所吞没，人们几乎不再有什么个人经验或感情了。"艾略特在一封信里这样写着。庞德和美国著名的艺术资助者约翰·奎因曾筹划秘密地给艾略特一笔钱，使他能专心致志地创作，但他们的努力未取得成功。到了 1921 年，维芬的精神疾病愈发加剧，艾略特身心交瘁，面临着精神崩溃，只得去瑞士一家疗养院。就在疗养院里，艾略特创作了《荒原》的大部分。

从《荒原》到《四个四重奏》，艾略特实际上一直在重建这个废墟一般的世界，尽管在相当程度上诗人是徒劳的，但他的心血并没有完全白费：他对灾难的预见、对未来的洞察、对人性不可测的深刻理解都是非凡的。在这片荒原上，建起了另一个惊心动魄的扭曲世界，革命、摇滚、立体主义、学生运动、游击战和放纵，成了战争之后的补偿。极权主义土崩瓦解了，思想上的冰山尚未沉没。艾略特在《四个四重奏》中，仿佛达至沉思冥想的音乐境界，还有几乎像是礼拜仪式的合唱，细腻而精确地表达了他的心灵。超验的上层建筑在他的世界图像中更加清晰地竖立了起来：他在追寻时间的意义，力图找到宗教和哲学上的安身立命之所，也为了这个支离破碎的世界。

《四个四重奏》中最后一个四重奏《小吉丁》的创作颇为耐人寻味。小吉丁是英国一个有历史意义的村庄。第二次世界大战中，艾略特曾是监视德国空袭的民防队队员。诗描绘了一次空袭后的情景。艾略特走在巡逻路上，遇到一个"熟悉的，复合的灵魂"——他的领路人——由维吉尔和叶芝的灵魂复合而成，带着诗人走过那炼狱一般的巡逻历程，重新认识自己的职责，"使那部落的方言纯净"，而不是去追随一面古色古香的鼓。艾略特在《荒原》和《四个四重奏》中都提到火焰，而火焰是富有象征意味的——毁灭的力量和净化的功能，他请人类做出抉择，这是诗人心目中唯一的希望。

破碎的世界能否重新合拢？火焰与玫瑰会合而为一吗？这是艾略特的期待，也许是全体人类的期待。

3. 只有孤独者能感受孤独（希门内斯）

希门内斯（1956年获奖） 1881年生于西班牙西南部韦尔瓦省，代表著作有《精神的十四行诗》《空间》《一个新婚诗人的日记》等，1958年病逝。获奖理由：由于他的西班牙语抒情诗为高尚的情操和艺术的纯洁提供了一个范例。

希门内斯一生的诗歌徘徊在悲哀与欢快两扇门之间，然而孤独却是他的基调。1900年，拉美现代主义诗歌创始人、厄瓜多尔诗人卢文·达里奥来到西班牙，希门内斯去马德里见了他。达里奥的诗作和诗论深深吸引着他，对他的创作产生了重大影响。这一年，他父亲去世，这使他的身心受到极大打击，数度进疗养院疗养，忧伤的心情长期困扰着他，也影响到其诗歌风格。这一时期他出版了一些诗集，如

《悲哀的咏叹调》《远方的花园》《挽歌集》《悲歌》等。

时隔 12 年，希门内斯再次从故乡莫格尔来到马德里，一住四年，直到 1916 年去美国。他生活的转机出现了，这期间他结识了诗人加西亚·洛尔迦、画家达利，视野为之一开。特别值得一提的是，也在这时候，他认识了后来成为他夫人的塞诺薇娅·坎普鲁维。这是一位家在波多黎各的女诗人，也是一位翻译家，她父亲是工程师，母亲是美国人。希门内斯和塞诺薇娅在马德里合作翻译印度诗人泰戈尔的诗歌。他们的结合使希门内斯从精神到生活面目一新，诗人的天平向着明亮和欢快倾斜了。

1916 年春天，希门内斯离别故土，坐轮船横渡大西洋前往美国纽约。先期去美的塞诺薇娅正在那里等着他。是年 3 月 2 日，他们在纽约结了婚。在极其愉快的心境中，希门内斯写出了《一个新婚诗人的日记》。在这部以大海和爱情为主题的格调全新的诗体日记里，诗人向我们描述了他的海上旅行和新婚夫妇的恩爱深情。他运用的自由体形式，诗句的流畅随意，整体结构的严谨和谐，都是与他难以抑制的喜悦和明朗的心情相配合的，其愉悦的基调是他以前的诗作中极为少见的。然而第二次世界大战和西班牙内战的爆发，又使希门内斯陷入长期的痛苦和忧虑之中。战后他的杰作是长诗《空间》，充满对生命和死亡，对自然和宇宙，对过去、现在和未来的长期探索，被誉为 20 世纪最杰出的象征主义代表作之一。

希门内斯给友人的信中每每流露出他的审美意识和诗学。他认为"诗歌最终只有一种作用：深深地沁入我们精神的圣殿——那里有最亲最彻底的隐情和孤独——帮助我们实现在内心深处揭示人生本质的愿望。在这个意义上，诗歌是公开的而不是隐蔽的，是神秘中的清晰"。

他在给何塞·路易斯·卡诺的信中说："的确，当我在自己的书的前面写上'一向献给少数人'的时候，我寻思这少数人是在各个角落，在他们自己'经营'的村庄里，同样也在城市书籍的'文化熏陶'中，或者二者相比，前者更甚。后来我坚信，自己的诗句证实了没有什么'修养'的乡下人对诗歌亦有兴趣，于是，我接受了另一句献词：'献给广大的少数人'。"

这位把诗献给广大的少数人的诗人，终于在1956年被授予诺贝尔文学奖。消息传来时，他正在波多黎各首都圣胡安的一家私人疗养院里陪伴着病危的妻子，境况颇为凄凉。虽然希门内斯获奖的消息使她发黄的脸上露出一丝欣慰的微笑，但三天之后她还是与世长辞了。等待着希门内斯的又是孤独与死亡。这一情境，正如他在那首名为《辽阔的大西洋》的短诗中所描述的：

孤独啊，孤独。
只有孤独者才能感到
孤独的波浪
沉入孤独的海洋。

4. 黄昏即将来临（夸西莫多）

夸西莫多（1959年获奖） 1901年生于意大利莫迪卡镇，代表作有《廷达里的风》，诗集《日复一日》《生活不是梦》，1968年因脑溢血在那不勒斯去世。获奖理由：他的抒情诗以古典的激情表现了我们时代的悲剧性生活经历。

　　一生跨越两次世界大战的萨瓦多尔·夸西莫多，于 20 世纪初出生在西西里岛的小城莫迪卡。这似乎很能说明问题：西西里岛，两次世界大战，小城与海岸。诗人总是时空交织的产物，天才的性质往往由此而定。

　　不难想象，生活在那个充满了对往昔的回忆的地方，与他日后成为隐秘派诗歌的重要人物具有非同小可的关系。岛上的古希腊庙宇，爱奥尼亚海附近的剧场，阿瑞托萨的喷泉，这些古迹与传说一起进入了夸西莫多幼年的心灵，而吉尔琴蒂和斯利南特的巨大遗迹对于一个孩童的想象力来说，又是多么神奇的场所！他前期的诗集总名为《黄昏即将来临》。这些诗充满隐喻，晦涩朦胧，缅怀故乡和童年的生活。对亲人的思念，因无法觅得幸福而产生的痛苦，都交织在一起。他把故乡的风光景物和友爱亲情看成幸福的象征，但是对童年和家乡的回忆仅仅带来短暂的慰藉和甜蜜，现实生活只能使他感到孤独和忧伤。不过，这种回忆和爱自他到意大利北部生活，经历种种职业转换之后，便在深度和广度上与日俱增：多风的岛屿景色，希腊庙宇的支柱，孤寂的庄严，贫穷的村庄，在橄榄树丛中曲折蜿蜒的土路，海浪拍岸的刺耳乐声，以及牧羊人的号角。

　　但是夸西多莫不应被称为地方诗人，甚至隐秘派的桂冠放在他的头上似乎也过于轻巧了。他汲取主题的范围在逐步扩大，他心中的人类情感也突破了最初束缚过他的严谨的诗歌形式。最主要的是，战争的痛苦经历为这一转变提供了动力，将他造就成本国同胞道德生活的阐释者，他们生活在日常生活的无名悲剧和不断要面对死亡的环境中。这位西西里诗人藏而不露又充满激情的诚挚传达着一种富有个性的特殊音调，同情、哀伤、反抗构成其诗歌的基本品质。他的诗歌获得了广泛的认同。他对文学的最后声明是澄澈而富有感染力的：

> 正如诸位所知，诗歌诞生于孤独，并从孤独出发，向各个方向辐射；从独白趋向社会性，而又不成为社会、政治学的附庸。诗歌，即便是抒情诗，都始终是一种"谈话"。听众，可以是诗人肉体的或超验的内心，也可以是一个人，或者是千万个人。相反，情感的自我陶醉只是回归于封闭圈一样的自我，只是借助于叠韵法或者音符的、随心所欲的游戏来重复那些在业已退色的历史年代里他人早已制造的神话。

5. 远征：外交官与诗人（佩斯）

佩斯（1960 年获奖）　1887 年 5 月生于西印度群岛的法属瓜德罗普岛，代表作有《阿纳巴斯》，1957 年 9 月在吉尼斯病逝。获奖理由：由于他诗歌中展翅凌空、令人激奋的形象以幻想的形式反映了当代社会的场景。

法国外交官阿列克西·莱热于 1920 年 6 月至 1921 年 3 月躲在北京西北郊的一座道观内，创作了一部引起国际诗坛轰动的史诗《阿纳巴斯》。《阿纳巴斯》又名《远征》，它以含蓄的、冷若珐琅的形式，叙述了一次深入亚洲沙漠的神秘远征。在极其晦涩的形式中，诗歌与散文汇集成一条庄严的溪流，《圣经》的词句与亚历山大诗体的节奏融贯在一起。诗歌发表时，署名却是圣–琼·佩斯。圣，代表他对苦行、没有上帝的神圣境界的向往。琼是个英文名字，也许表达了他对说英语的美国人的喜欢，佩斯则含义丰富，既是古拉丁语中诗人的意思，又是波斯的国名，还代表深蓝色，希腊神话中的雅典娜的眼睛正是这种蓝色。

圣－琼·佩斯的一生像个钟摆，不停地在外交官与诗人之间摆动。1914 年，他通过了外交考试，开始职业外交官的生涯。1916 年他被派驻北平，一住五年。1921 年回国时，行李箱中装了一些手稿，其中就有开头说的《阿纳巴斯》。此后，他奉调前往华盛顿担任法国外交部长的亚洲事务顾问，1922 年离美回国先后担任外交部办公室主任、政策司司长、外交部秘书长等职，多次参加重要的国际会议。1940年，因反对政府与纳粹德国妥协，反对《慕尼黑协定》，他被政府撤职，流亡美国，不仅在巴黎的寓所被盖世太保洗劫，存在那里的手稿丢失一空，再也无法找回，而且被通敌的维希政府取消国籍，财产被没收。对于世界诗坛而言，这又未尝不是一件幸事。自担任外交部官员以后，他就退隐文坛，不发表任何作品，也不将过去发表的作品重印，因为他认为此时的任何文学活动都与他的新职务不相容。流亡美国后，外交官的生涯便告终结，诗人的生涯得以重新开始。自此他陆续发表和出版了《流亡》《风》《海标》和《纪年诗》等，创造力再次得到高度发挥。

佩斯的诗是错综复杂、宏富而目光远大的，每一处都洋溢着想象力。他的诗波及一切人类事物，而他的愿望却总是单纯——不屈不挠地创造。他有着完整如一的诗歌立场，使其得以实现自己的意图，即找到一种孤傲而总是切中肯綮的形式。他的叙事诗变化无穷的别致风格，要求人们在心智上付出很大努力。这可能会使读者感到厌倦，而诗人要求于他们的，正是做出全神贯注的努力。他从一切学科、一切时代、一切神话、一切地域撷取隐喻，用宇宙或海洋比喻他的诗歌恐不为过。这是一个奇异的天地，蕴藏着令人精神为之一振的宝藏。他的力量就在于这种浩瀚的想象力。流亡、隔绝等所唤起的情绪的无声絮语，给了他的诗以基本的格调；通过人类力量和无助的双重主题，可以觉察到一种勇武。

而佩斯瑰丽的一面当然与他童年的生活有关，瓜德罗普岛上棕榈婆娑摇曳，在这个热带乐园里躲藏着一个孩子的小小身影，这个法国家庭里的早慧少年，显然已开始用心打量这片天空湛蓝、雨林连绵、涛声夺魄的伊甸园式世界了。

6. 时代无言沉没（奈丽·萨克斯）

奈丽·萨克斯（1966 年获奖）　1891 年生于德国柏林，代表作有诗集《在死亡之屋》《星光黯淡》，1970 年病逝于斯德哥尔摩。获奖理由：她的出色的抒情诗和戏剧作品，以感人的力量阐释了以色列的命运。

奈丽·萨克斯，一位瘦小的年近八旬的老太婆，一个时代的见证人，登上 1966 年诺贝尔文学奖授奖台，以微弱得几乎听不见的声音，用简短而隽永的话语，讲述着她貌似平淡的生活经历。她的逃亡生涯的间奏曲里，隐含了令人心碎的以色列的命运。她的结语是一首诗，其语调出人意表地强硬："我掌握着全世界的 / 而非一国度的蜕变。"这句话的口吻，完全比得过凯撒大帝和亚历山大大帝，抵得上一切英雄人物。

她的一生，说起来也像这番话那样简洁而意味深长：一次失败的初恋，一次永离故土的逃亡，以及时时面对死亡的写作状态。初恋发生于 1908 年，萨克斯跟随家人去一个疗养胜地，邂逅一个 40 岁的男子。初恋之后即失恋。17 岁的萨克斯为此自杀，未遂，终身未嫁。1930 年，身为柏林犹太工厂主的父亲去世，家境日趋贫寒。1933 年起，萨克斯在纳粹排犹的恐怖中煎熬七年之久。在女友和瑞典女作家拉格洛夫的帮助下，她于 1940 年 5 月带母亲逃离德国，到了瑞典的斯德哥尔摩，1970 年 5 月 12 日病逝。萨克斯抵达斯德哥尔摩时，举目无亲，做过洗衣妇、抄写员，1943 年 8 月得悉 17 岁时的恋人在纳粹集中营惨遭杀害的噩耗，她终于拿起笔，迎来了创作的第一个高潮。她的诗，展现了苦难、迫害、流亡和死亡的历程。诗人把受难的犹太人扩展成了受难的人类这一更广泛的概念，以滴血的沙漏和蓝天下的绞索为背景，倾诉人类的痛苦和并非无望的命运。

奈丽·萨克斯的生活中有一些空白。不知道她有没有过许多年无所事事的日子，但没有人见到她到处发表演说、做访谈，也没有人见到她上街剪彩、会见名人、出席宴会，她的事迹似乎并未见诸报端。再说，没有风流韵事、宏言谠论，其生平也难以改编成一部叫座的电影或剧本。奈丽·萨克斯是一位忠实的人，她面临死亡和"那么多的别离"，即使灵魂战栗，也无所畏惧。奈丽·萨克斯目睹黑夜降临，如同这个星球出现"可怕的沉舟的墓地"，"时代无言地在你里面沉没——／带着它标志：／坠落的石头／和烟中的旗帜"，她又何尝有一丝的怯懦和犹豫？尽管她没有孩子，但她写了那首最著名的《哦，哭泣的孩子们的夜晚》，堪称全世界最勇敢和伟大的母亲：

哦，哭泣的孩子们的夜晚！

现出死亡迹象的孩子们的夜晚！

再没有通往睡乡的入口。

可怕的女看守

代替母亲来了，

她们把诡诈的死亡夹紧在双手的肌肉里，

她们把死亡撒在墙上和梁上——

到处，在恐怖之巢中都在孵着什么。

喂哺小儿的不是母乳，而是恐惧。

昨天，母亲们还像

白色的月亮一样带来安眠，

面颊被吻得失去红色的布娃娃，

抱在一个孩子手里，

在爱抚之下已经变得

栩栩如生的布制动物玩具，

抱在另一个孩子手里，——

如今，吹来死亡之风，

把孩子们的衬衣刮到他们

不再有人来梳理的头发上。

奈丽·萨克斯的世界在逃亡之中分裂为双重的，一边是"土地，让牧野升到不可见的世界——／饲水场，让缥缈的小鹿过夜"，另一边是死亡的魔影在摇晃，"死亡已开始自我们的骨骼削修它的长笛，／并在我们的肌肉上轻敲他的弓——"。而她的声音是镇定而宁静的，她以石头的威严说话："举起我们／就等于将数百万的记忆高举于手中

/那些不会像黄昏在血中消失的 / 记忆。"充满了对人类悲剧的巨大同情："你的忧伤像一颗钻石切割我们的坚硬 / 直到它粉碎成一颗温柔的心—— / 而你却成了石块。"

奈丽·萨克斯以她特有的威严警告人们：

> 有人扔掉我们——
> 他就扔掉伊甸园——
> 星光的葡萄酒——
> 爱人的眼睛和一切背叛——
>
> 有人怒冲冲扔掉我们
> 他就扔掉破碎的心
> 和绸蝴蝶的永劫。

7. 一个大陆的命运和梦想（聂鲁达）

聂鲁达（1971 年获奖） 1904 年 7 月生于智利帕拉尔镇，代表作有《二十首情诗和一支绝望的歌》《西班牙在我心中》《诗歌总集》，1973 年病逝于圣地亚哥。获奖理由：他的诗作具有自然力般的作用，复苏了一个大陆的命运和梦想。

聂鲁达在接受《巴黎评论》记者采访时曾经说过，像博尔赫斯这样一位世界性的作家，在拉美大陆是很难找到的。事实上，从生平和作品的各个不同侧面看，聂鲁达与博尔赫斯堪称两极。

　　聂鲁达是典型的诗人兼社会活动家，一生走世界，历经革命、困厄、流亡，遭受追捕，目睹西班牙内战，担任智利驻几个国家的外交官，在苏联、东欧和中国受到热烈欢迎，被智利共产党推选为总统候选人。被人称道同时也遭人诟病的是，他走到哪里就写到哪里，有些时期几乎年年出版诗集。而博尔赫斯，除了早期投入一些文学社团活动，在一个时期加入反独裁主义行列之外，基本上是一个终生与书籍为伴的人。中年之后，失明"像夏日的黄昏徐徐降临"，他更是长时间地沉浸在内心的孤独之中，像一个嗓音沙哑的国王。怪不得聂鲁达承认，他与同处美洲大地的博尔赫斯相距十万八千里，"如果他像一只恐龙那样思维，嗯，这与我的思想方法毫不相干。他对当今的世界正在发生的事一无所闻，他认为我也一点不懂"。

　　聂鲁达最为杰出的作品当数《漫歌》（又译作《诗歌总集》）。20 世纪 80 年代得到这部沉甸甸的砖头一般的诗集时，心想：里程碑不愧为里程碑。它气势磅礴，共有十五章，248 首诗——在他壮阔的诗歌大江中，这是一次大波澜。这些奔涌而出的诗，令人感到涨潮与退潮之间的巨大差距。狂放的节奏，却不乏缜密的构思。跨度是巨大的，从 15 世纪到 20 世纪中叶拉丁美洲的历史都有涉及，倾注了诗人的"全部情感、全部经验和全部理想"。按照著名翻译家赵振江先生的说法，"当他要表现通过自己神秘、原始的视觉所观察到的日常的、自然的现实世界时，他的语言是形象的、朦胧的、模棱两可的；而当他要表现通过非个人的、客观的视觉所观察到的历史的、进化的、社会的现实世界时，他的语言则是清晰的、规范的、不容混淆的。这两种倾向在《漫歌》中交替出现，或在一首诗中同时并存"。①

《马楚·比楚高峰》和《伐木者，醒来吧》是诗集中两首特别著名的长诗。马楚比楚是秘鲁印第安民族的古城，位于2400米的高山上。诗人在凭吊这一古迹时悟出：美洲大陆古老的历史文化并不比欧洲古老文化逊色。在这首举世闻名的长诗中，他将印加文明与新的文明、奴役与反抗、暴力与牺牲、石头与雕像、黑暗窒息与自由之光做了高超的嵌合与混成处理。全诗在对峙、紧张之中又穿插了对马楚比楚高峰的自然、人文的描绘，被侮辱者、被损害者与统治者、入侵者的形象，如此不可思议地叠加在一起，在时间中激起巨大的漩涡与险恶的暗流，其调性是忧伤、狂暴与抗拒相混杂的。更重要的是，诗人与他笔下的人物始终是站在一起的，也是血脉相连的（"亚美利加的爱，请和我一起攀登""请上来和我一起出生，兄弟"），诗人身上的历史激情与现实命运感、痛惜意识与哀伤感如此深沉，反抗死亡的拯救性力量在诗歌内部不停地搏动，使得这首诗超越了语言的边界，获得一种永恒的魅力。《伐木者，醒来吧》是一首脍炙人口的长诗。伐木者指美国总统林肯，诗人呼吁"林肯"重新出现，恢复民主和自由。全诗充满抗争与希望的元素，将美洲事物与人以及大自然汇流成诗句之河，交织着爱和恨、柔情和愤怒、反抗和不屈，其风格颇似惠特曼的《草叶集》。

其实，聂鲁达也是多面的。他说，从儿时起，他就一直保持着对鸟儿、贝壳、森林和植物的爱。在诗人里面，对大自然保持如此热切而长久的热爱，并将它们与语言结合得如此完美的，并不多见。他曾

---

① 见赵振江《聂鲁达与〈漫歌〉》（代序）。聂鲁达：《漫歌》，江之水、林之木译，云南人民出版社1995年版。

去过许多地方寻找海里的贝壳，而且已经有了大量的收藏。他写过一部诗集，名叫《鸟的艺术》。他还写过《动物寓言集》《海啸》和《植物标本集的玫瑰》，是献给大自然的。他说自己不能与自然隔绝而生活，对旅馆的兴趣只有几天时间，只喜欢坐飞机旅行一个小时，可是在树林中、沙滩上，或乘船旅行，在与水、火、土壤和空气的直接接触中，却感到心旷神怡。他的回忆录和诺贝尔文学奖受奖演说，充满对大自然那种宏阔、神秘力量的由衷赞叹，对美洲大陆上的种种奇遇的激越叙述。

总的来说，聂鲁达的诗歌是布满光明的。只有诗集《地球上的居所》代表了一生中阴郁而又危险的时刻。"它是没有出路的诗。我为了从中解脱出来，差点不得不重新出生。西班牙内战以及那些促使我深思的事件把我从绝望中拯救出来，我至今仍说不出那场绝望达到了怎样的深度。"这部诗集却是他一生中最优美的诗集之一，证明了他并不是一个"专写欢快与乐观感受"的人。聂鲁达的诗歌观念是单纯的，他对马雅可夫斯基有过拔高了的赞叹（固然是个杰出诗人），却把艾略特和卡夫卡无所不在的影响斥为"文化殖民主义"。当然，这并未影响他喜欢改变作品的基调，寻找各种声音，追寻各种色彩，寻找生活的力量："创造性的力量或毁灭性的力量，无论它们在什么地方。"客观地看，他对《地球上的居所》的批评是有失公正的："那本书把生活中的感受夸大成一种痛苦的负担，夸大成一种致命的压迫。"

与聂鲁达交往最深的中国诗人恐怕就是艾青了。诗人的心往往是相通的，艾青关于聂鲁达的篇章《在智利的海岬上》，成为他一生中最瑰美的诗歌之一。他唱道：

房子在地球上
而地球在房子里

壁上挂了一顶白顶的
黑漆遮阳的海员帽子
好像这房子的主人
今天早上才回到家里

我问巴勃罗：
"是水手呢？
还是将军？"
他说："是将军，
你也一样；
不过，我的船
已失踪了
沉落了……"

8. 一个特立独行的人（蒙塔莱）

蒙塔莱（1975 年获奖） 1896 年 10 月生于意大利热那亚，代表作有《乌贼骨》《境遇》《暴风雨及其他》，1981 年逝世于米兰。获奖理由：他杰出的诗歌拥有伟大的艺术感，在不适合幻想的人生观里，诠释了人类的价值。

蒙塔莱始终是特立独行的人：在他人生道路刚刚起步的时刻，便遇上了法西斯专政压制言论自由、强迫实行统一行动的环境。蒙塔莱拒绝奉命写作，因而逐渐变成了自由主义作家队伍中的冒尖人物。这些自由作家们不顾一切，披着神秘主义的外衣我行我素。他的个性由于艰苦的经历而磨练得坚强了。第一次世界大战期间，他作为一名步兵军官在提罗尔地区的阿尔卑斯山地一带服役，后来成了佛罗伦萨市有名的维耶欧萨斯图书馆馆长。1939 年他被粗暴地免去职务，因为没有加入法西斯党，他竟不能被视为意大利公民。直到 1948 年，他才被任命为米兰大报《晚邮报》的编辑。在这家报纸，多年来他作为一名出色的文化问题作家，作为一名音乐评论家，为自己赢得了声誉。他始终是清醒的，尽管这种清醒带有黑暗阴郁的背景和悲剧性质。

他的诗歌，多年来回响着音乐的汹涌波涛，他个人的命运与地中海那威风凛凛、美丽庄严的特色交相辉映。

蒙塔莱于 1925 年完成的成名诗作有一个奇特的名字——《乌贼骨》，它表达了人在支离破碎的生存中得不到喘息与安宁的状况。人在现实中不可能维护幸福，乃至无法存留哪怕对往昔的片刻回忆；痛苦与恶是无时不在的，一步步蛀蚀着世界，缓慢而无情地吞噬着一切生命的血与肉，只留下一副骸骨。1939 年出版的《境遇》进一步挖掘了《乌贼骨》的主题，阅历的丰富，手法的圆熟，使他的诗歌变得光彩熠熠，《别了，黑暗中汽笛声声》《我为你拭去额上的冰霜》《重新见到你的希望》《卢加的浴场》《剪子，莫要伤害那脸容》都堪称名作。而 1956 年出版的、汇集蒙塔莱 1940 年至 1954 年期间作品的诗集《暴风雨及其他》，则是一部多声部的作品。虽然有些作品写得颇为隐晦曲折，毕竟把抨击的矛头直指向代表死神和毁灭的法西斯主义，幽深警峭，落笔惊风。《萨图拉》是诗人晚期创作的最重要的一部作品。"萨图拉"（Satura）一词源于拉丁语，意即配有各色菜肴的拼盘，或曰大杂烩，暗喻这部作品的多样性和兼容风格。主人公是荒诞、离奇和矛盾的时代，诗人表达了对它的千情百感，展示了它的千姿百态。

对这个时代，蒙塔莱做过精确的预言。他在获奖演说中这样说："我深为焦虑的是，一种普遍的世界末日即将来临的气氛，却伴随着一种日益广泛的享乐自得的风气；同时也深感不安的是，幸福（存在幸福的地方，也只是在世界上有限的一些地区）却带有黑黄色的自暴自弃的特征。在当代幸福文明的黑暗背景衬托之下，各种艺术有互相交错混合、丧失其同一性的趋势。大众传播工具，无线电，特别是电视，试图灭绝各种可能产生独立思考、沉思反省的途径，也并非没有取得成功。"

蒙塔莱的问题是："明天的人，也许是不远的将来的人，能否解决自从混沌初分之日以来一直陷入的各种悲剧性矛盾？"

9. 病与诗（阿莱克桑德雷）

阿莱克桑德雷（1977 年获奖）　1898 年生于西班牙塞维利亚，代表作有《轮廓》《毁灭或爱情》，1984 年在马德里逝世。获奖理由：他那些具有创造性的诗作继承了西班牙抒情诗的传统并汲取了现代流派的风格，描述了人在宇宙和当今社会中的状况。

文学史上有一个主题是"病和诗"。诗是诗人的一种病痛，病使诗人敏感。西班牙诗人阿莱克桑德雷就属于这种情形。

当 20 世纪 20 年代生气勃勃的诗人，以洛尔迦为首，冲击西班

牙诗坛时，阿莱克桑德雷也正用他的笔忙碌。当时他在写关于西班牙
铁路实行合理化计划的必要性以及有关抚恤和保险问题的文章，因为
他在铁路部门供职。但是在 1952 年发生了一件决定他整个一生的事，
他患了重病，是肾结核。后来他回忆说："不得不放弃其他所有我关心
的事，放弃那可以说是消耗体力的事，隐居到乡下，远离我先前所从
事的活动。这样造成的真空很快就被另一种活动所占据了，它并不要
求消耗体力，能够方便地与医生嘱咐我的安心静养结合起来。这种难
忘的、压倒一切的活动就是写作，诗歌填满了生活中的空白。"

　　这位高个子、长脸盘、动作缓慢、声音沙哑的诗人性格内向，不
苟言笑，却平易近人，机智而风趣。他的身体一直很差，他的诗几乎
都是在病榻上写成的。内战爆发时他经受了磨难，倾听着炸弹的爆炸
声。洛尔迦被害，其他诗人死在监牢中，幸存者流亡国外，当年的灿
烂群星离散四方，他们不得不把这位病弱者留下。然而，阿莱克桑德
雷在精神上经受住了那个政权的统治。他从来没有屈从于它。他继续
写作，虽然虚弱，却从未中断，因而成了西班牙精神生活中的力量集
结点和源泉。

　　一种无法解释的力量，一种精神，通过这位身患重病的诗人的口
说出来：他的民族的精神，他特有的传统的精神。他两脚牢牢地站在
地面上，他的脚下汇集了一股有力的急流并且不断增强，流经他的身
体，通过他的舌头涌出来。在另外一些场合，他以一种星星般的声音
讲话，带着宇宙的共鸣，同时他感到来自星空的风掠过他的胸口。一
切都是博爱与交流。微小的蚂蚁，他的脸颊有时贴及的柔软的草叶，
这些都跟他没有什么不同。他能够理解它们，探出它们的秘密声响，
在隆隆的雷声中听见其纤细的声调。

这就是阿莱克桑德雷。

他的一本重要的诗集题为《毁灭或爱情》。这个题名的确意味深长：没有爱情，留给我们的一切便是毁灭。他说："人是宇宙中的一个要素，在其生活中与宇宙并无不一之处。"他的诗把这些都融合在一起了，包括一些极端，如生与死，黑暗与光明。唯其有了死，生才获得意义，才完满，正如他后期的一本诗集《最后的诞生》所言，这是最后的生。阿莱克桑德雷的病痛使他趋于成熟，对生命的打量让他发出这样的浩叹："人并不存在。"换句话说，只要他活着，他就实际上并没有生。他深知自己正奔向何处——"两个黑暗之间的一道闪光"。

10. 形而上的太阳（埃利蒂斯）

埃利蒂斯（1979 年获奖）　1911 年生于希腊伊拉克利翁城，代表作有《英雄挽歌》《理所当然》，1996 年在雅典去世。获奖理由：他的诗以希腊为背景，用感觉的敏锐和理智的力量描写了现代人为自由和创新而奋斗。

希腊诗人埃利蒂斯自称喜爱谈论"形而上的太阳"。

他说，希腊语不适于对生活进行悲观主义的描写，而且它没有可以用来写诅咒性诗歌的措辞。对于西欧人而言，凡神秘主义都是与黑暗和夜晚相连的，而对于希腊人，光明才是伟大的神秘，每个光辉的白日是反复出现的奇迹。埃利蒂斯心中的太阳是人类最高理想的象征物，它具有无限的穿透力。在太阳、大海和爱这些基本元素里，太阳居于核心的地位。我们可以看到埃利蒂斯诗篇中的阳光成分，如《畅饮科林斯的阳光》《在小晒场》《光辉的日子》《日子正当少年》《我不再认识夜》《逆流而上》等等。

埃利蒂斯以严肃的语言努力摆脱琐屑的日常生活，获得一种飞翔的姿势。埃利蒂斯，人称"饮日诗人"。

然而，他对现实的关注又是如此深切，那种细节中的高贵感、摹写日常经验的深长意味使我们过目难忘。1945年他的长诗《英雄挽歌——献给阿尔巴尼亚战役中牺牲的陆军少尉》问世。这首长达300多行的抒情诗，从战火在"太阳最早居留的地方"点燃写起，以复活节的钟声在获得解放的国土上回荡结束，全诗描述了一位青年军人平凡而短暂的一生。他对人、生活和战争都有令人服膺的出色描绘，比如，"仿佛上帝在叹息，一个阴影延长了""痛苦弯下了身子，以骨瘦的手／将鲜花一朵朵摘下，毁掉""岛屿像一些头发冰凉的僧侣""荒野的面包""兀鹰在上空分配苍天的面包屑"，都非常富有象征意味。"而他躺倒在烧焦的斗篷上／让微风在寂静的头发间流连／一根无心的嫩枝搭在他的左耳／他像一所庭院，但鸟儿已突然飞走／他像一支歌曲在黑暗中钳口无言／他像一座天使的时钟刚刚停摆／当眼睫毛说着'孩子们，再见'／而惊愕即变成石头一片"，对死亡来临时刻的描绘，可以说是打通了一切关节，无人能出其右。假如有人问，岁月是什么？时间的状态是怎样的？埃利蒂斯会这样说："周围的岁月黑暗而凄冷／与瘦狗们一起向可怕的沉默发出吠声／而那些再次变得像石鸽的钟点／都来注意倾听。"当年我们一再读着《英雄挽歌》里的这些诗句。埃利蒂斯在二战爆发后曾以陆军中尉的身份参加在阿尔巴尼亚的反法西斯战争，这使我们想起另一位杰出的诗人、法国抵抗运动的领袖之一——勒内·夏尔。

"无论我是否有权这样做，我都请诸位允许我为光明和清澈发言，因为这两种状态概括了我的生活空间的特征和我所能达到的成就，同时我也渐渐感觉到它们在我身上已同表达自我的需要融为一体了。"在1979年诺贝尔文学奖的受奖演说中，诗人如是言。

11. 人被逐出天堂之后（米沃什）

米沃什（1980年获奖）　1911年生于立陶宛维尔诺附近，代表作有诗集《圣日钟声》《僵冻的时代》《白昼之光》等。获奖理由：他的不妥协的锐利的笔调，把人们在一个充满严重冲突的世界中的处境淋漓尽致地表达了出来。

在敏感、洞察与想象力方面，诗人与预言家并无二致。诗人保存了想象或回忆中所经验到的惊异，以及他使用母语（甚至试图拯救母语）时的那种敬若神明、小心翼翼的态度。用切斯瓦夫·米沃什的话说："尽可能使它们明亮而纯净，因为在灾祸中所需要的正是一点点秩序和美。"

米沃什的生活一开始就以分裂和瓦解为标志。1911年6月30日生于当时属波兰版图的立陶宛维尔诺，成长在原始的民俗传统与复杂的历史遗产并存的环境里。童年时听拉丁文圣餐祷词，高中时翻译奥维德，接受罗马天主教教义的良好训练。米沃什度过童年的城市维尔诺的确是一座奇妙的城市，巴洛克建筑移植到了北方的森林，历史写在每一块石头上，有许多天主教堂和犹太教堂。这是各种文化的会合处，被称为北方的耶路撒冷。在这样的世界成长起来的人，本应是通过冥想来追求现实的人，但突然间这一切为历史恶魔般的行为所否定。一些使人日夜心灵不安的迹象出现在生活中，一个真正的幽灵在欧洲游荡，米沃什以他敏感的心灵觉察到了危机的逼迫。

20世纪30年代初，米沃什跟朋友创立了火炬社，这是一个相当激进的文学团体，号称"灾难主义诗派"，他们年纪轻轻，却预言全世界将面临一次空前的浩劫。波兰几经列强侵略、并吞、瓜分的情景，始终萦绕着这位20多岁的青年诗人的心，米沃什的痛苦是无可名状的。他在1933年出版的第一部诗集《冰封的日子》里，预言波兰人民将遭受大屠杀，中欧文化将经历大破坏。第二次世界大战证实了这一卡桑德拉式的预言。他从战争一开始就参加了波兰的抵抗运动。预言的真实植根于心灵的真实，而现实的残酷使米沃什深感意外。有一次，他在一户人家的门道上爬行时，眼见那地上的鹅卵石被机枪的子弹打得蹦了起来，像豪猪身上的刺那样直竖。他在惊骇中突然感到："真实事件的悲剧使臆想出来的悲剧黯然失色。"

经历短暂的光荣与梦想之后，是无尽的流亡生活。尽管米沃什一度属于知识界的名流，并成为在国外代表他的国家的受信任的文化人物，但冷战期间的政治气候变幻使他感到严重不适。由于坚持要求艺术的诚实和人的自由，1951年他离开波兰，申请在法国政治避难。在法国流亡10年之后，1960年移居美国，在加利福尼亚州伯克利分校斯拉夫语系任教。用他自己的话说，是"选择孤独，并给自己一个奇怪的职业，即一面住在法国或美国，一面用波兰语写作"。流亡多年，米沃什过的是一种与城市大众隔离的生活。他认为流亡是一切不幸中最不幸的事，"我简直坠入了深渊"。他唯一可以凭借的就是母语，"你就是我的祖国"，米沃什伤感地写道。打开他的那些"拆散的笔记簿"，注视他的"梦痕集"，倾听他的"赞歌"，我们不知道是母语拯救了他，还是他在拯救母语。

我们可以看到，米沃什笔下所描绘的世界，正是人被逐出天堂之后所居住的世界。破坏的背叛的势力同善良的创造力量混合在一起，两者同样是真实的，现存的。米沃什认为，作家重要的职责就是"给读者创造出一个将日常生活变得极其惊心动魄的境界"。他告诉我们这样一个事实："始终如一地做人是多么困难。"他身上有传教士式的或帕斯卡式的热情，力图使读者强烈地意识到，我们四下散居着，没有什么天堂，只有邪恶和浩劫是需要对付的力量。紧张、激情、对比——既是自由地被承认的，又是被强制执行的——就是人类的生存方式和真正意义。

在米沃什的诗歌中，有一种无比动人的力量和独特的美：它是在多种文化的交会处派生的，也是在"两个欧洲"的投影下繁衍的。灾祸的预言和哀婉的牧歌，生活的戏剧性一面和内心的不安，动荡年代的人和事，大自然出人意表的寓意，灵魂的复归宁静，在米沃什这儿是浑成一体的。他时常在时间和空间上特立独行，他的诗歌椎心泣血，又很日常化。沉郁与明朗、精确与空阔在他身上不再紧张冲突，它们和平共处。米沃什有这种本领——他的诗是和谐的象征，真实的统一，达到最高意义上的真实。他路过笛卡尔大街，"暧昧的省份抛到了身后／走进了万众的、眩晕的、渴望的地域"。有时觉得"像一条河流，因云和树的倒影不是云和树而受苦"。他也害怕过，"我害怕单身留在这里，我只有我的身体／它在黑暗中闪光，一颗又着手的星星，／因此，我现在恐怖地望着自己。大地／请不要抛弃我"。他也可以幽默地对鸟儿说："把你羽毛的手掌放在身后，以你灰色的蜥蜴腿支撑着，／戴上挨着什么就抓住不放的／控制论的手套。"他在生活中收获"纯粹的美"，并予以祝福："嘴唇用自己的嘴唇赞美过，脚用自己的脚奔跑过；//心房激烈跳动过；舌头宣布过它的敬慕。"他描写爱："爱之夜苦得像云层的灰烬／黎明跟着云层起来，在湖上红成一片。"他巧妙地谈论季节："季节闪耀而消退，但像在一个我们不再走进的花园里一样。"他的失落是永恒的："你的话语后面的你，和所有沉默了的人们，和一个虽然曾经存在过而今沉默了的国家，又在哪里呢？"

米沃什在童年时代有一本极其喜爱的书，那是塞尔玛·拉格洛夫的《骑鹅旅行记》。书中主人公有双重眼界——既可以飞在高空观望世界，同时又能够事无巨细地观察世界。这种双重眼界可能是诗人的隐喻，是眼睛的贪婪和描写所见一切的欲望。真实要求一个名称，要求语言，对于这种欲望，真实却又是不可忍受的，如果它被接触到，如果它离得很近，诗人的嘴巴甚至不能发出一声约伯式的喟叹：所有艺术都不能同行动相比。行动与写作，米沃什摇摆在新的天平之间。新近和久远的事件在诗人头脑中具有一种轮廓分明的准确形式。记忆便是作家的力量，它使我们避免采用像常春藤在树上或墙上找不到支撑的时候便将自身缠绕在一起的语言。"看见"不仅意味着置于眼前，它可能还意味着保存在记忆中。"看见而描绘"可能意味着在想象中重新构造。一种由于时间的神秘而完成的距离，决不会把事件、风景、人物变成一团越来越淡的影子。相反，它能把它们表现得一清二楚，以至每件事、每个日期都变得富有意味，并且永远能够提醒人们认识人的堕落和人的伟大。

在反复阅读中，米沃什在我们心目中有了一幅肖像，我曾在札记中这样描述过他："他的下巴颏富有中欧民族特征，那双手强壮有力，又不乏手指关节的灵巧。眼睛是灰蓝色的，看上去既神秘又单纯，兼有沧桑老人与孩童的神态。一个真实的人物，却具有梦想家的气质。"

我们要向瑞典文学院深表敬意，评委们在 1980 年选择了米沃什这样一位伟大的诗人。米沃什所使用的语言本来不过是一个古老的小语种，不为大部分世界所知；米沃什的存在方式是带着流亡状态的。正是诺贝尔文学奖评委会的发现，使米沃什在全人类面前焕发出宝石般的光泽。我们同样感激的是，获奖后的米沃什推荐了布罗茨基，布罗茨基获奖后又推荐了沃尔科特，这是 20 世纪文学史上意味深长的多米诺骨牌，一次著名的"诗歌回旋"。不管有多少人对诺贝尔文学奖评委会颇有微词，不论多少大师为评委会所疏漏，多少获奖者名不副实，我们对米沃什获奖表示欣慰：它造成了当代诗歌史上的一道壮丽的景观，上述三位诗人对我们来说太重要了，也太难得了。

12. 白银时代之后，谁来发言（布罗茨基）

布罗茨基（1987 年获奖） 1940 年生于列宁格勒，后移居美国，代表作有诗集《短诗和长诗》《驻足荒漠》等，1996 年因心脏病突发在纽约去世。获奖理由：在创作上超越时空限制，无论在文学上或敏感问题方面，都充分显示出他广阔的思想和浓郁的诗意。

凶兆与缪斯的声音伴随着约瑟夫·布罗茨基的一生。

娜杰日达·曼德尔施塔姆曾这样描述布罗茨基："他是……一个优秀的青年，只是恐怕结局不妙。"结识了著名女诗人阿赫玛托娃之后，他也听到类似的预言。布罗茨基历经苦难——审判、国内流放、流亡异国；又得到"神助"：结识奥登等著名诗人，并获得他们的赏识，声誉鹊起，直至登上诺贝尔文学奖的领奖台。他的一生，应该说是厄运与幸事结伴而至。他自己的说法也许是对的："人只把凶兆记在心里……能提防的是可能的坏事。"

流亡之前的布罗茨基生活在一个"卡夫卡的世界"。他是一个早熟的孩子，当所有的人对周围的一切——包括那一片可怕的荒凉，生活的三角形原则，意识形态上的僵硬划一——见怪不怪的时候，他突然醒过来。后果当然是可以预料的。但再有想象力的诗人也没有料到他的三部曲会是——"学校—工厂—监狱"，而且他还发现了三者的内在联系（尽管形式上千变万化）。

他记得自己在一个冬天的早晨，并无明显的原因，在一节课的半中间站起身来，走出学校的大门。当时他清楚地知道，再也不会回来了。在那一时刻支配他情感的，仅仅是由于自己老是长不大、老是受身边的一切控制生出的恶感。另外，还有那种由于逃跑、由于洒满阳光的一眼望不到头的大街所勾起的朦胧却幸福的感觉。然后，15岁时开始在一家工厂里做铣工，在那些凌晨，他用几口淡茶将早餐冲进肚子，跑去赶街车，觉得自己像一枚浆果添加在街车踏板上那深灰色的人的葡萄串上，驶过粉色、蓝色、水彩画般的城市，来到他所在的工厂那间狗窝式的木头门房。两个门卫在检查工人的徽章，工厂大门的正面有几根古典式装饰壁柱。他注意到，"监狱、精神病院和集中营的大门也都是这个样式：它们都具有一种古典式柱廊或巴洛克式柱廊的意味。的确是一个回声"。这个"回声"越来越巨大，终于把他吞没：布罗茨基辞掉工厂的工作后，就在医院的太平间工作，因为他曾有过做医生的理想。在他改变了做医生的想法、开始写诗后不久，十字监狱的囚室就向他敞开了门。他的罪名在今天听来有些刺耳，十分荒唐——"社会寄生虫"。蹲在监狱里，他恍然大悟：考试得了低分，操作铣床，审讯时遭到毒打，在教室里大谈卡利马科斯，这一切实质上并无差异。

这种惊人的联系使布罗茨基具备了发现事物之间联系的惊人能力。

布罗茨基1972年被苏联当局驱逐出境，一直过着流亡的生活。"在阳光的环境中可以更好地表现自我，你脱离了原先的制约，有如遭到流放。好处之一是你可以摆脱幻想，不是对世界的幻想，而是对你自己的幻想。你仿佛扬谷子一般把自己扬一遍，到美国——孤独的环境——以后，我对自己有了比以往任何时候都更加清醒的认识。"接着是写作，而且用俄语和英语交互写作。对他来说，俄语和英语是观察世界的两种方法。他说过，掌握这两种语言有如坐在存在主义的山巅，可以静观两侧的斜坡，俯视人类发展的两种倾向。从那时起，他更为忧郁地沉思爱情、友谊、死亡、孤独、苦难以及其他生存之谜。"写作的过程是将现象深化、推进的过程。你会发现若干你先前无视其存在的东西。"布罗茨基的清醒有点可怕："对于一个作家来说，真正的危险，与其说是来自国家方面的可能的（时常是实在的）迫害，不如说是他可能被硕大畸形的，或似乎渐趋好转——却总是短暂的——国家面貌所催眠。"

布罗茨基不含糊地声明过他的立场，政治争论决不是他的主要兴趣所在，他提出的问题具有更加普遍的意义，是更大的"政治"：人的责任是过自己的生活，而不是那种由别人的类型或模式所规定的生活。作为一个作家，他感到了流亡生活中的悲喜剧因素。由于他先前的生活，他远比民主制度下的居民更强烈地体会到民主制度的社会优势和物质优势。然而，恰恰由于同样的原因（其主要的副产品是语言上的障碍），他发现自己无法在新社会中扮演任何一个有意义的角色。对往事的回忆在他的存在中起着过重的作用，回忆笼罩了他的现实，使他的未来暗淡了，比常见的浓雾还要朦胧。

有一年冬天，布罗茨基在维也纳的一个有关流亡作家处境的讨论会上，充满睿智地说："对于从事我们这个职业的人来说，我们称之为'流亡'的状态，首先是一个语言事件：他被推离了母语，他又在向他的母语退却。开始，母语可以说是他的剑，然后却变成了他的盾牌，他的密封舱。他在流亡中与语言之间那种隐私的、亲密的关系，变成了命运，甚至在此之前，它已变成一种迷恋或一种责任。活的语言，就定义而言，具有离心倾向，以及推力；它要尝试去覆盖尽可能大的范围，以及尽可能大的虚无。所以才有了人口爆炸，所以才有了你们向外层空间的自发过渡，过渡到那望远镜或祈祷词的领域。"可见，布罗茨基式的孤独是双重的孤独，他这样写道：

> 立陶宛的暮晚。
> 人们从群体中流散回家，用手捂成括号
> 遮住逗点般的烛光

13. 所有世纪仅仅是一个瞬间（帕斯）

帕斯（1990年获奖）　1914年3月生于墨西哥城，代表作有长诗《太阳石》《向下生长的树》《孤独的迷宫》等。获奖理由：他的作品充满激情，视野广阔，渗透着感悟的智慧，表现了完美的人道主义精神。

帕斯的长诗《太阳石》于1957年发表，在当时的文坛产生了石破天惊的效果，不少论者认为它可以与艾略特的《荒原》相媲美，"它是用西班牙语创作的最伟大的诗篇之一"。诗人和评论家拉蒙·希劳说："我有三本《太阳石》。一本为了阅读，一本为了重读，一本将是随葬品。"

《太阳石》共584行，结尾的6行不算在内，因为与开头的6行完全相同。这样看起来，全诗并未在那里结束，而是重新开始。环形的结构，恰好容纳他在神话中寻觅，在历史中求索，在个人记忆中思考。在诗歌中，帕斯力图使爱情、诗歌、革命这三个燃烧着的词统一起来，使人类被现代文明扭曲和分裂的本性得到恢复。全诗站在太阳石的高度，以无人称开始，然后出现了"你"，太阳石才有了交流的对象。这是一个女性的形体，世界由于她的晶莹透明才变得清晰可见。接着"我"便出现了，并"从光的拱门进入了晴朗秋天的长廊"。在诗人的想象中，女性的"你"与世界融为一体，"我"沿着她的躯体行进，直至跌成碎片，仍在继续搜寻，然后便进入了"记忆那没有尽头的通道"。在这个记忆通道中，事物与人得到了充分呈现，并表现出变奏的特性。战争与和平、奴役与解放、公正与偏狭的对峙，民族、语言与事件的复调，人类普遍情感的折射，以及澄澈的精神与阴郁的乡愁在现实窘境中的合成，预示着新的希望在微茫中、期待中展现。这时诗中的"我"脱离了自己，他在寻找一个"瞬间"和一张"面孔"。这个瞬间应当是充分展示人的本性的瞬间，这张面孔应当是具有"想象、爱情与自由"品格的人本来的面孔。在这寻找的过程中，诗人打破了时间和空间的界限，将神话、现实、回忆、憧憬、梦幻融为一体，充分表现了自己汹涌的激情、深邃的思考和丰富的想象力，也给全诗披上了扑朔迷离的神秘色彩。《太阳石》的要义就是对时间的追寻与回溯，也是对时间充满芬芳又混合着异味的描绘，究其实质，就是借助于现象学，借助于现实中那些活生生的人物与事件，揭示瞬间与永恒之间的关系。在空间建构上，《太阳石》是交错的、跳跃的、非线性的。这是一部时间的"变形记"，也是太阳与人的新史诗。

帕斯的一些短诗同样令我们吃惊，不知那些关于时间和空间的广大形式是如何浓缩至三言两语之中的。正如卡洛斯·富恩斯特指出的那样，帕斯是一位焊接艺术大师。在似雨飞落的火花之中，他的奇思异想把形形色色的存在之物联结在一起。

帕斯在最后的著作《双重火焰》中认为，爱情是我们情感生活的中心，爱情形象的死亡将带来文明的终结。虽然爱情不能征服死亡，但它把死亡变成了生命的一部分。情人们可以勇敢地直面死亡。这样的思想，早在《太阳石》中就凸现了出来，那就是 1937 年在马德里的安赫尔广场上发生的惊心动魄的场面：一对情侣在轰炸时做爱。这是诗人永难忘怀的时刻，可能是他亲眼所见，也可能是听到的传闻。这个"瞬间"成为永恒：只有打上爱情这个"死结"，才能把命运和自由捆绑在一起。只有经历对爱的追求，迷失方向的人类才能重新获得自由，而这本是人类生存的最原始的条件。同时，帕斯在另外一些场合——譬如 1949 年在意大利名城那不勒斯写成的《废墟中的赞歌》一诗中——描绘出现代世界的种种堕落景象："男孩们在金字塔顶抽着大麻 / 沙哑的吉他鸣响"，面对现代世界的毁灭性灾难发出充满疑惑的提问："万物都必须在这死水的飞溅中结束么？"帕斯诗歌中这两种截然不同的景象，恰恰是世界现时性的必要张力。

帕斯不仅是一位语言大师，也是一个勇敢的行动者。他在一些关键性的时刻敢于说"不"：1968 年为抗议本国政府在三文化广场镇压学生运动而愤然辞职。这一举动激怒了政府，从此他再也无法从事外交活动。短诗《墨西哥之歌》正是抒发了诗人对枪杀学生的墨西哥政府的蔑视和愤慨的感情。他认为，这次暴行是仍在我们中间持续的一种危险的过去的爆发。久远的时代和气氛现在依然存在。如果说帕斯在50 年代自驻外使馆返回墨西哥时的创作主要是为了表现自己的祖国，那么 70 年代返回时则主要是为了解剖和改变自己的祖国。在这个时期，他的杂文主要讲的是政府，这是白昼的活动；他的诗歌主要表现的是怀念，这是夜间的思考。过去—现时，死亡—爱情，东方—西方，斜坡—海洋，光芒—面具，这些都是他笔下的疆域。在 1990 年发表的《伟大岁月小记》中，帕斯这样写道：

> 我生于 1914 年，在一个暴力思想占主导地位的世界上睁开眼睛，后来借西班牙内战颤抖的光辉开始政治的思考，希特勒上台，欧洲民主的失落，卡德纳斯，罗斯福及其新政，伪满洲国以及中日战争，甘地，莫斯科的发展和斯大林的神话，后者曾是欧洲和拉丁美洲无数知识分子崇拜的对象。有些思想开始时使我感到光辉耀眼，渐渐又变得混浊不清；于是我的内心一次又一次变成斗争的舞台，这些辩论没过多久便公开化了。对那些争论我既不高兴也不后悔。

在文学家和知识分子当中，帕斯属于热衷于政治的一代、满怀激情又屡遭挫折的一代，也是生的乐趣没有被愤怒完全摧毁的一代。在其他人身上分裂成两半的，在帕斯那儿得到了永恒的重合。追寻现时成为又一个不可忘却的瞬间："所有的名字是一个名字 / 所有的面孔是一个面孔 / 所有的世纪仅是一个瞬间。"

14. 包围着我的一切都很美（沃尔科特）

沃尔科特（1992 年获奖） 1930 年生于加勒比地区圣卢西亚的卡斯特里，代表作有叙事长诗《奥梅洛斯》《另一种生活》，剧作《猴山上的梦》。获奖理由：他深具历史眼光，他的作品大量散发光和热，是多元文化作用下的产物。

在所有诺贝尔文学奖获得者的受奖演说中，我以为，沃尔科特是最不同凡响的。

他的演说词，简直就是一部小型的史诗，语调与音节的铿锵有力，气势的一泻千里，对安地列斯群岛部落文化描述的斑驳陆离，都是无可比拟的。听他的演说，就像面对一位来自圣卢西亚的沧桑老人，操一把六弦琴，讲述他部族的历史；又像跟随一位熟悉加勒比地区往事与现实的娴熟歌手，边走边唱，慢慢介绍他所经历的一切，正如他在主要诗作中所充分展示的令人目不暇接的历史全景画面和现代加勒比风情。而沃尔科特则谦虚地表示："假如我掌握了特立尼达岛所有的四分五裂的语言，我也许能成为八倍于现在的我的作家。"

沃尔科特对于艺术、爱和美别有一番理解，他说过："花瓶打破之后，把碎片拼凑起来时付出的一片爱，要比它完好时把它的完整视为当然的爱更强烈。粘合碎片的胶水是它原来形状的保证。这种爱把我们非洲和亚洲的碎片、破碎的传家宝拼凑起来，但修复后仍露出白色的疤痕。……安地列斯群岛的历史就是修复我们破裂的历史和我们词汇的碎片；我们的群岛成了脱离原先大陆的碎片的同义词。"

沃尔科特的出身就是碎片的弥合，多声部的合唱。

他的父亲是英国人，画家兼诗人，母亲是教师，也是业余剧作家。他的祖母和外祖母是非洲黑奴的后裔。用沃尔科特的话说："我的祖父是白人，其他家庭成员均是黑人。"沃尔科特来自一个喜欢能言善辩、口若悬河，面部表情丰富，善于打手势的地方，那是一个既爱修辞又注重修饰的社会，是一个文体优美的社会。他自身就是一个矛盾的综合体。在他看来，一个人的心声向来都是所有声音的汇合。

沃尔科特的痛苦并非来自现实的反差、精神上的错落，而是来自语言。他认为种族冲突基本上都是愚蠢的，他表白自己："我忠诚于语言。"他说："我是一个信徒，我向来怀有一种诚挚的感激，我为某一种才能深怀感激，也为大地之美深怀感激，大地之美，亦即围绕我们的生活之美。对于我来说，诗是一种天赋，是一种祝福。我们不能不信宗教，我们也不能没有诗。"他有时甚至到了六神无主的地步：在语言、人民、土地的撕裂中生存，是一件颇为困难的事。他在一首诗中写道："我诅咒过 / 大英政权喝醉的军官，我该如何 / 在非洲与我爱的英语之间抉择？ / 是背叛这二者，还是把二者给我的奉还？ / 我怎能面对屠杀而冷静？ / 我怎能背向非洲而生活？"

沃尔科特声称，作为诗人，我们所能做的便是索性在至多20英里的范围内写作，"这是我们的诚实所决定的"。他从小就感到自己有一种本领，能将周围所见的一切，而不只是个人经历，有机地联系起来："我知道包围着我的一切都很美。"在他的戏剧集序言里，我们读到一个十分贴切的沃尔科特词语——黑白混血风格。迥然不同的两种传统孕育了沃尔科特的艺术。其一是他后来也跻身其间的欧洲传统，从荷马、但丁、伊丽莎白时期作家、弥尔顿到奥登和狄兰·托马斯，这是一种精雕细刻的传统，大量采用寓意手段，讲究声音与韵律。其二是古老的本土传统，语言简朴，诗人犹如初降伊甸园的亚当，给各种事物冠以名称，并体验话语、声音的形成——正像他在自传长诗《另一种生活》中所描述的："我注视着元音从木匠的刨舌下卷滚而出／松香般黏稠，花草般香馨"。沃尔科特的风格是欧罗巴精湛手法与加勒比原始美感相结合的产物。

更为重要的是，我们在他的作品中还找到了另一个线索——新爱琴海传统。在他的笔下，加勒比海群岛可以说是爱琴海群岛的转世再生——希腊的古代文明在加勒比的今日风采中得到自然的体现。

德里克·沃尔科特，这位诗人出现在瑞典文学院的颁奖台上，他的优美的演说词打动了在场的所有听众，许多人把讲稿带回家去反复阅读，体味它的深长韵味和饱含的历史感。当我们读了他的诗篇，再去读他的小型史诗般的演说词，顿时觉得眼前一派明亮：这位来自圣卢西亚籍籍无名的小岛上的诗人、教师、记者、文艺评论员兼剧院导演，从充满魅力的群岛向我们走来时，给我们带来了何等的想象力和快慰，又造成了什么样的充满律动和感性的世界呵！

15. 直起身来（希尼）

希尼（1995 年获奖） 1939 年生于北爱尔兰德里郡，代表作有诗集《通向黑暗的门》《在外过冬》《北方》等。获奖理由：具有抒情美和伦理深度，使日常的奇迹和活生生的往昔得到升华。

北爱尔兰的那片泥炭沼地不时挖掘出大角鹿的骨架或被水浸泡的

巨杉，拓荒者掀起每一层，都好像从前有人在上面居住过。这个被称为德里郡的乡间，人们一直保持原始的生活方式，世世代代默默地咀嚼着从冻土里挖出的土豆。一言以蔽之，这片黑暗的土地，诗人希尼的故乡，德里郡毛斯邦农场，蕴藏着一个动词，那就是"挖掘"。不管你把它称作一个意象，还是一次暗示，反正它意味深长。谢默斯·希尼的确曾经把自己比作一个"挖"者：

> 土豆发霉的冰冷气味
> 轧碾潮湿泥炭的噼啪咔嚓声，
> 锋刃在活的根茎上
> 草率地切割在我头脑中苏醒。
> 可是我没有铁锹，不能跟他们一样干。

> 在我的食指和拇指之间
> 停歇着矮墩墩的钢笔。
> 我要用它来挖掘。

坐在窗前写作的诗人听见窗外老父亲掘地的声音，回忆起童年时看父亲挖土豆和祖父切泥炭的情景。他意识到传统的农家生活渐渐离他远去，但是他要用笔继承祖业，去挖掘另一种财富——过去。他发现了与父辈共同的存在，从而把自己与家庭乃至民族的历史联系起来。他声称："我写诗是为了看见我自己，让黑暗发出回声。"

作为当代爱尔兰诗人，必定在内心对那场漫长的噩梦般的动乱给予反响。

1966 年到 1972 年，希尼在母校女王大学任现代文学讲师，亲历了北爱尔兰天主教徒为争取公民权举行示威而引起的暴乱。他的诗歌观念不再是单纯的"自我对自我的显现，文化对其自身的回复"了，他说："从那一刻起，诗的问题便从简单地获取令人满意的文字图像转向寻求足以表现我们苦难境遇的意象和象征了。"诗集《托伦人》反映了古时候以青年男子投入泥炭沼向大地女神献祭的风俗。《泥炭沼地》则描写泥炭沼能够保持落入其中的物体（包括人的尸体）长久不变质的特性。希尼的诗也和泥炭沼一样，成为贮存北爱尔兰苦难历史的记忆库。处在动荡的政治漩涡之中，诗人不愿宣称自己属于哪一派，而是坚持以艺术家的身份，克制地目击着这"盲目的土地"（叶芝语）上所发生的一切。然而这种态度旋即为一个可怕的场景所颠覆：

北爱尔兰心灵痛苦的全部历史中最令人痛苦的时刻之一于 1976 年 1 月的一个傍晚到来。当时一辆载满下班回家的工人的面包车被一伙武装的蒙面人拦阻。车上的人在枪口的紧逼下被命令在路边站成一排。然后，蒙面的刽子手之一对他们说："你们中间的天主教徒，出列到这边来。"碰巧，这特定的一群，除了一个例外，都是新教徒，所以推断必定是，蒙面人是新教徒准军事组织成员，只要一站出来，就将对天主教徒实行一次针锋相对的宗派主义屠杀。那对他来说是个可怕的时刻，陷于害怕和证实之间，但他还是向前迈了一步。当时，据说，在那决定的一瞬间，在冬季傍晚相对黑暗的笼罩下，他感到相邻的新教徒工人的手抓住他的手攥了一下，意思是说，别动，他们不会出卖你，没人需要知道你属于哪个教派或党派。然而，一切都是徒劳的，因为那人已走出了队列。但是，他并未发现一支枪顶在他的太阳穴上，而是被向后掀到一边，同时那些枪手向剩余的人们开了火，因为他们并非新教徒恐怖分子，而很可能是暂编的爱尔兰共和军成员。

有一种思想时时难以压制，即历史差不多就像屠宰场一样给人以启发，塔西陀是对的，和平不过是无情权力的决定性运作之后遗留的荒凉空寂。……我们所想要的未来肯定在于那惊骇天主教徒在路边所感到的另一只手紧攥他的手的收缩之中，而不在于随后的枪声——那么绝对，那么凄凉，如果还是所发生事件的伴奏音乐那么显要的一部分的话——之中。

这一幕场景，与其说刺激了诗人希尼，不如说使他变得更沉静。

多年来他伏身于书桌，就像某个修道士俯身于祷告台前，某个负责任的沉思者平衡着他的理解，试图承担世界重压于他的那一部分，知道自己没有英雄品德或无法取得赎罪效果，因而服从自己的规则，被迫重复那努力和姿态。"为一点点热量而大吹着火星，忘却了信仰，拼命追求着好作品；然后终于快乐地，不是服从于我故土的悲惨环境，而是置之不顾，我直起身来。"

在这个世界上，诗人应该"直起身来"。

16. 嘲弄荒谬是她的天性（辛波斯卡）

波维斯拉瓦·辛波斯卡（1996 年获奖） 1923 年出生于波兰的

女诗人，被誉为"诗界的莫扎特"。获奖理由：由于其在诗歌艺术中警辟精妙的反讽，挖掘出了人类一点一滴的现实生活背后历史更迭与生物演化的深意。

这是一个不折不扣的"小女人"，同样不折不扣地，她的诗歌"部分地拯救了"这个世界。她并不雄辩，对"崇高"的事物避之唯恐不及，但她"拥有一种奇异的天赋，即经由对日常事物的沉思，精妙地揭示出人类的普遍命运"。她信任个体、弱者、渺小、寂寞和偶然，反抗强权、漠视、必然和杀戮。她认为，没有一个存在，没有任何人的存在是寻常的。

对于生活，她既惊奇，又忧伤，更采取一种嘲弄荒谬的态度，但她的诗歌总是交织着洞察、幽默和同情，有时犹如一道清澈的泉水，默默地清洗着人类的创口，有时只是一支短笛，唤醒人性中温情的一面，对这个并不美妙的世界报以粲然一笑。由于她专注于日常生活中微小的事物，另一位诺贝尔文学奖得主、同是波兰人的米沃什，虽很欣赏她诗歌的某些特质，却惊异于她的"小"，他曾经说过这样的话："她在诗歌中是弱小的。她的诗只是一句碎语。"

对于我们这个时代，辛波斯卡足够伟大。

辛波斯卡说过这样的话："我偏爱写诗的荒谬，胜于不写诗的荒谬。"人们以各种方式理解这句话，而我的诠释是：世界的荒谬是本质性的，在所有抵御荒谬的武器中，诗歌也许是最好的，虽然诗歌不能消除荒谬，但诗歌可以使人类变得更为隐忍和勇敢，从荒谬中得到相当程度的拯救。

于是，我们看到她的诗歌中充满了对荒谬的嘲讽、戏弄和与之周旋。辛波斯卡是热爱生活的，感受力极强，但她并不因此陷入盲目乐观和浪漫主义的泥淖，而以其带有鲜明标记的幽默和自嘲，精微的细节刻画，貌似平凡的不凡，往往给荒谬事物以致命一击。

辛波斯卡那首《剧场印象》写的是谢幕的那一刻，剧中人物经过战场鏖战之后，不管是死者还是伤者，此刻都要重新站在观众面前，向列位看官鞠躬致意。死者复活了，伤者精神抖擞，调整假发长袍，自胸口拔出刀子，把绳套自颈间解下，面对观众；自杀的女士屈膝行礼，被砍落的头点头致意。她认为演员的鞋尖足以践踏永恒，帽沿能够扫除道德寓意，而这一切都积习难改，随时打算明天重新开始。真正的荒谬就在后头——

> 但真正令人振奋的是布幕徐徐落下，
> 你仍能自底下瞥见的一切：
> 这边有只手匆忙伸出取花，
> 那边另一只手突然拾起掉落的剑。
> 就在此时第三只手，隐形的手，
> 恪尽其责：
> 一把抓向我的喉咙。

这真是惊悚！演员们忙于谢幕，一只手匆忙取花，另一只手突然拾起掉落的剑，却出现了第三只手，隐形的手，居然一把抓向"我"的喉咙。神秘、荒诞，一种新的杀机在谢幕的掌声中渐渐酝酿成熟，直逼诗人眼底。辛波斯卡写的是观剧时谢幕的场景，却在貌似客观的叙述中，冷静的调子里，写出了历史与现实的巨大落差，运用极具讽刺性的环节——演员谢幕的种种细节，对荒谬做出反讽式的描述，并对这个不安宁世界隐伏的危机做出了令人佩服的戏剧性安排——一双似幻似真的、抓向诗人喉咙的"手"。

事实上，对于这个荒谬的世界，辛波斯卡有着足够的警醒。她在诗歌中，娴熟地处理各种生活场景和题材，不露声色，<u>丝丝入扣</u>。她的《博物馆》写的是那些陈列物——王室成员和贵胄们使用过的物件——正在交头接耳，希冀重返现实生活，而当年的风流人物，却无形无踪;《金婚纪念日》写的是一对正在庆贺金婚的老夫妻的彼此远离、互相提防又须臾无法分离，表现了老年夫妻间那种疏离、微妙、体谅和无奈的关系;《记一次不存在的喜马拉雅之旅》通过与雪人的对话，反观人类的生存状态，其中那句"你会看到，我们如何 / 在废墟中生儿育女"具有一种颠覆性的力量;《自杀者的房间》中的戏剧性，具备了"阴谋与爱情"和权术之魅的一切元素。

在《恐怖分子，他在注视》一诗中，辛波斯卡以令人难以置信的冷静笔触，分分秒秒地再现定时炸弹爆炸前四分钟酒吧门口的动态，对即将发生的悲剧予以纪录片似的交代。在这里，沉默里有爆破的效用，而叙述具有比抗议与反击更强大的力量。她的《墓志铭》别具一格到了令人难忘的程度，其自嘲的口吻和对命运的嘲讽，直抵苏格拉底。

辛波斯卡不是预言家或女巫，没有卡桑德拉的神奇，却看出了历史的裂隙和重建生活的可能性，而这一切都建立在对荒谬性的呈现之上。

第四辑

另一些声音

"另一种声音"

（北岛、王自亮对话录）

王自亮：我们上次见面应该是 2003 年初夏吧？一晃又过去将近 10 年了。记得当时你的那本《北岛诗歌集》出版不久，还送了我一本。记得你带着母亲来到杭州，在我的印象中，你母亲是个很硬朗、神清气爽的老太太。我、潘维、黄石与你有几天的亲密交往。我还清楚地记得，在杭州的一家酒吧，我们边喝朗姆酒或科罗娜黑啤，边朗诵你早年写的诗歌，一直闹到下半夜。

北　岛：记得。2001 年年底我父亲病重，回到了阔别 13 年的北京。此后我又有几次回去的经历，直到父亲去世。那次我是和母亲到杭州来，与你们在一起很放松。说起来，我祖籍还是浙江湖州呢。我母亲前几天又回北京了。你和潘维经常联系吗？黄石情况如何？他还写作吗？说起来，他曾经给《今天》组过一辑小说，相当不错。

王自亮：和潘维有时在一起，探讨诗歌和艺术，也组织一些诗歌活动。最近我们还与音乐人、电视人共同策划，准备搞一场"诗歌与民谣"的活动。黄石与我的交情更深些。我们在浙江台州工作时就结识了，过从甚密，经常在他家或我家小酌一番，有时他还亲自掌勺。20 世纪 80 年代后期，他是黄岩变电所的工人，在《收获》杂志上接连发表几个小说，势头很健。我曾戏谑地称他为"伟大的电气工人"，他为此深感骄傲。他现在更多的精力花在经营上，在杭州创办了一家广告策划公司，经常搞不清自己是甲方还是乙方，生意却很好。我称赞过他的巴洛克式语言和钟表般精确的事物与内心描绘。最近几年黄石沉迷于雅克·拉康、斯拉沃热·齐泽克和让·波德里亚，宣称小说已经死亡，诗歌是唯一有生命力的文体。黄石还声称要写箴言式的新《论语》。

北　岛: 歆菊的印象画廊办得好吗？伤水最近在忙什么？你和他们是什么时候认识的？

王自亮: 歆菊的印象画廊已经很有影响了。她是一个异常沉静而具备内在激情的人，很实在也很注重精神。我们二三十岁时就认识了，一直保持了精神和尘世的友情，诗人间的真正情谊。最近歆菊和陈子劲他们在印象画廊搞了一个"醒墨·杭州跨年展"，是6个画家连续的独立个展，也称得上是6个由艺术家策划的公众活动，非常别开生面。说到伤水，我和他的联系一直很密切，在他学生时代就认识了。伤水最近写了不少，有很大变化，更成熟了。在杭州、厦门等地我们经常见面，春节后我还在他家住了几天。包括余刚在内，我们这些人也算是构筑了"精神堡垒"。外地朋友来，我们会制造各种见面的理由，聚在一起谈论事物，探索诗艺。我还开玩笑说："见面才是硬道理。"这次我来香港之前，杭州几位朋友都要我捎口信给你，向你致意。

北　岛: 谢谢。你刚才说要出版一本诗集，唐晓渡给你写序。据我所知，晓渡这些年很少给人写序之类的文字了，殊为难得。最近你写得很多吗？有了这些年的生活经历之后，写诗对你意味着什么？

王自亮: 我的这部诗集算是我进入所谓第二个创作高峰期的记

录，也是我诗歌写作的一次转向。这对我很重要。自1982年参加第二届"青春诗会"后，特别是90年代以来，我写得很少。有好多年基本不写。当然内心还是在运转的。职业改变、俗务缠身是一个原因，更重要的是对诗歌的认识在变化，诗学观念在变化。当然这也有好处。最近两三年我却一反常态，写了不少，我那将近120首诗，就在一种既从容又紧迫的状态下问世了。说起来也有点偶然因素。我的忘年交、诗人兼批评家洪迪先生，有一次突然问我："你的天命是什么？"我一下子愣住了。年近八旬的他说出了两个字："诗歌。"这使我猛醒，一种很深沉的情感被搅动了，那就是生命与诗歌的内在关系。当然，经历也很重要，认识的人和事物多了，显然对写作很有作用，包括需要什么样的生存姿态和写作状态，如何超越所谓的"题材"，事物和内心如何转化等等。于是，探究语言与存在之间关系的兴趣被唤起，新的写作欲望被深深地激发了。

北　岛：确然。我们当下的写作自有其特殊意义。我们正在经历另一场深刻的危机，那就是语言的危机。对此我们应该有一种自觉，保持应有的警醒。对我们这个民族来说，语言的危机可能是更大的危机。充斥各种文学杂志的小说、散文和诗歌，再加上网络上泡沫式的写作，几乎是一场语言的灾难。商业化与意识形态的博弈和合谋，造成了词与物的严重脱节。与此同时，我们又生活在一个"行话"的时代，学者的行话、商人的行话、政客的行话等等。在全球化的网络时代，这种雅和俗的结合构成最大公约数，简化了人类语言的表现力。也许这样的时刻，诗歌应该站出来，担当重要的反抗角色。我最近出版了《古老的敌意》，还出了一本诗歌自选集《守夜》（1972—2008），我带来了，各送你一本。

王自亮：谢谢。我看到里面有一篇你的访谈《越过王朔向老舍致敬》，很感兴趣，你能具体谈谈这个命题更深的内涵吗？

北　岛：我始终觉得王朔小说具有双重性，而老舍属于另一个伟大传统，是书写北京的大师。王朔在相当程度上摧毁了意识形态载负其上的话语体系，抽离了那种不由分说的、专制式的表达方式，这一点功不可没，但与此同时却制造了所谓的新的"俗文化"，新的市井语言，正如有人说"痞气"也好，新流行文化也好，总之鱼龙混杂。在这些年的文化产品里，不少都带上了这个烙印。客观上就是这样。如果老舍写的是革命前的北京，王朔写的是革命加青春暴力的北京，那么希望我关于北京的文字是"越过王朔向老舍致敬"。

王自亮：我还有一个想法，就是王朔这一拨作家更多的是摧毁，而少有建设。现在的中国就是这样，毁坏是毁坏了，但建设性的事物很少。这已经成为一种集体无意识。在商业和全球化的大潮中，到底什么是诗歌精神？我认为诗歌精神是一种建设性精神，批判基础上的新建设，包括语言建设和精神的丰富性。我的诗学理想就是开阔博大兼及精微，就是思想抵达之处的无限可能性，就是精神上的"气象万千"。正如你说的，我们生活在一个没有细节的时代。我最反感的是人为的划一、刻意的单调，以及精神景深的取缔。我正在鼓励和指导学生阅读经典，细读和精读各种经典。前几年我给研究生开列了多学科的200多种经典和名著。我影响不了这个世界，但我可以影响一个人，若干人，周围的人。这是我的责任，我是这样想的。

北　岛：你让学生阅读经典吗？这很好。我觉得这样做很值得。在一个超越地域、种族的虚拟空间中，与物质世界的接触越来越少了。同时意识形态化、商业化和娱乐化正从人们的生活中删除细节，也就是删去了"记忆"和我们所说的"历史的质感"。在这种交互作用的局面下，很多人变得精神单一，各种感官退化，这非常可怕。我曾经向一些博士生指出他们所学东西的无用，他们那些行为举止和精神状态具有新的封闭性。刚好我女儿也在场旁听，她回家跟我说，爸爸，你在教室里的那番话说出之后，我几乎陷入恐惧，害怕他们会揍我。这当然是夸张的说法，但也足见他们这些年轻人对这个评判是极度惊诧的，从未有过的，这种震惊的感觉一定是很自然的。

王自亮：这很有意思。其实诗歌就是对世界性的精神沙漠化和社会巴比伦化的反拨，一场新的"抵抗运动"。我对某种最近颇为流行的说法始终保持着警惕，那就是：诗歌是"为少数精选的读者准备的美味佳肴"，它只是"自足"的、"到语言为止"的，以音律、节奏和意象为要件的，不涉及任何"意义"的织体和文本。也许它有某种道理，因为诗歌的自洽性和自组织性，诗歌的内部规律和美学趣味，是由诗人的具体写作情景规定的。但诗歌仅限于此就不对了。很简单，从接受美学和阐释学来看，这种说法与它们不相吻合。再说，语言的一个极为重要的功能就是传情达意。"意义"和"感情"自然蕴含在语言的基底中，体现在音律和节奏之间，只不过这种意义不是普通的哲理，而是一种批判精神，这种情感是人类的普遍情感，特别是那份悲天悯人的情感。

北　岛：帕斯认为，诗歌为一种最古老最深刻的意义上的回归提供了可能。回顾人类历史，宗教与革命带来太多血腥的记忆，在这一意义上，诗歌是"另一种声音"。诗歌纯属个人的想象，自我认知和自我解放。但审美如果没有足够的批判和反省意识伴随的话，就很容易变质，变得矫饰和滥情甚至腐朽。现在社会上有些人，在说到菲佣的时候，竟然说菲律宾是个仆人的国度，真是卑劣到了极点。这样一些人，对弱者和底层人物大打出手，而对专横者和权势者却不敢正视一眼，完全是奴婢心理。面临这种巨大的迷失，诗歌应该发言。

王自亮：整个社会有点像在泰坦尼克号上发生的一切，分崩离析的景象令人深感绝望，而意识深处和行为模式的铁板一块依然坚固，形成了巨大反差。而诗歌就是对专制和划一的消解和清除。我觉得 40 年来，中国文学最大的收获还是诗歌，艺术上当然是绘画。有人问我为什么这样说，我的回答是，"除了诗歌本身形式上的原因，以及时代和青春的选择之外，北岛等人的努力是个极其重要的因素"。今晚我当着你和几位朋友的面，还是要坚持这样说，你和"今天派"以一种不倦的探索和写作实践，为汉语诗歌廓清了地基，建立了标杆并找到了基本方向，这是不可低估的。

北　岛：我曾经对里尔克的那句诗歌"因为生活和伟大的作品之间／总存在着某种古老的敌意"，做过一番诠释。就社会层面而言，"古老的敌意"是指作家和他所处的时代之间的紧张关系，作家不仅是写作的手艺人，同时也是公共事物的见证人和参与者，这种双重身份的认同构成写作的动力之一。触及语言层面，那么"古老的敌意"指的是作家与母语之间的紧张关系，作家要通过自己的写作给母语带来新的活力，尤其是母语处在危机的关键时刻。最后一个层面的"古老的敌意"，是作家与自身的紧张关系，即作家对自己的"敌意"。在我看来，一个严肃的作家，必须对自己的写作保持高度的警惕。

王自亮：对。我觉得你在香港举办的一系列诗歌活动，是很有意思也很有意义的，会产生持久而深远的影响。诗歌应该持守某些传统并有所创新，但诗歌的传播在今天这样的网络时代是个大问题。这两届"香港国际诗歌之夜"就办得非常成功。我虽然没有参加，但读了"诗歌之夜"的诗人作品之后，觉得无论从诗歌本身，还是这样一种真正意义上的诗歌节活动来说，都是值得做的。

北　岛：当然我也意识到了，这是一条漫长的路。这两届"香港国际诗歌之夜"的重要性在于，诗歌终于在香港这座城市扎根了，而且创造了诗歌出版和翻译的奇迹。对于资本控制的大众流行文化来说，诗歌的确是边缘化的，但对于一个古老文明的内在价值来说，它就是中心。而诗歌要正视大众流行文化的现实，并在对抗中保持自己的纯洁性。下个月有个"国际诗人在香港"的活动，美国诗人施耐德要来，有一系列的活动，有空过来吧。

王自亮：我很想来，只要能安排出时间。与施耐德见面，与你谈诗歌和这个世界，都是很有意思的事。谢谢你送我的这本施耐德诗集《水面波纹》。西川的翻译我是很信任的，年前还与他、唐晓渡以及刘东在清华见了一面。我期待着与你更加深入持久地对话，期待着我们的下次见面。

（本文未经北岛本人审阅）

2012 年 3 月 23 日，香港

盐巴、日常性与现代意识

（于坚、王自亮对话录）

2014 年 6 月 28 日，诗人吕德安个人画展"浪漫的落差"开幕当天，我与诗人于坚在杭州人可艺术中心见面。

晚饭后，我和于坚、吕德安，还有画家王凯、诗人刘畅等人，回到了人可艺术中心。从庆春路那头走着走着，于坚指着对面人可艺术中心橱窗里的吕德安油画，突然拍了拍我的肩膀，说："你看，这和巴黎塞纳河畔的画廊几乎是一样的。欤，这两个画廊多像！"然后他就站住了："我们看那些艺术品，然后再比较周围的事物，又能发现一些新的东西，看到一些近距离看不到的、只有站到对面才能看到的东西。"

到画廊之后，大家兴致极高，很快进入对话状态。窗外闪耀的车灯，渲染着吕德安的油画，而室内则其乐融融，龙井茶的气息与绘画上的灰蓝块面缠绕着，在身后升腾为新的图景，颇似置身某种奇景。在这有限的时空里，似乎充溢着某种恍惚感，正是侃大山的好时光。关于诗歌、绘画和生活，关于诗人的命运和存在，关于写作、阐释与传播，我与于坚展开了一场坚实而饶有兴味的对话。

于坚微笑着，标志性的光头，在灯光下似乎闪烁着"机锋"。谈到兴奋处，他就借助于手势说话，还时常打量着在座的几位艺术家。倾听时的认真，与话题发挥时的一脸"坏笑"，恰成对比。在我提问时，于坚总是盯着我看，有时不等我说完，就接过话题，径自说开去。显然，他比平时更放松，更健谈。按照吕德安、王凯和画廊主人何勇苗的说法，我与他的这次对话，大大超出了大伙儿的预期："于坚很久没有这么好地发挥过，今天是个例外。他被激发了。"

我们的话题是从对中国当今诗坛的估价开始的。

王自亮：于坚，很高兴今晚我们能在一起，想趁你在杭州参加德安兄"浪漫的落差"这个画展的机会，与你谈谈诗歌、诗学和现代性等问题。我想先请你谈谈对中国诗歌创作现状和诗坛的认识，对之做一个基本估价，好吗？

于　坚：现在诗歌越来越受到重视，不再是以前那段时间的可有可无状态，好像是混不下去的人才去写诗。我觉得不仅是诗，还有整个中国文化，必须来一个复兴。不要以为过去20年文化很繁荣，不是文化在繁荣，是宣传在繁荣。当然，没有文化，不等于没有人在做文化，只是那些真正在做文化的人，是在那边默默地做，尽管没有什么发言权。好比绘画，大家都在耕耘，人们蓦然回首，发现吕德安在灯火阑珊处。（众笑）

看了吕德安的油画，你会产生想要将它们挂在家里面的念头。我觉得诗也是一样。因为那种浮躁与喧嚣，把真正的诗遮蔽起来了。我们要问一下，真正在写诗的是什么人？有时因为喧闹，诗人的形象变得非常糟糕。所有这些都是靠不住的。我觉得，未来就是去除了对真正艺术的那种遮蔽。水落石出的时候到了。喧嚣将要退去，真正的诗会"拱"出来。

王自亮：我看了你近期发的一些诗歌，感到很惊讶，因为变化还是不小，也非常符合我的一些美学理想。我的问题是，你是如何把个人经验和公共空间，还有人类的普遍情感联系在一起的？对个人经验跟这个时代的关系，对这些复杂关系的处理，你是怎么去做的？

于　坚：有时，我去国外参加文学活动，那些西方的读者，听我朗诵完诗，他们都沉默。他们的问题是，以前我们觉得中国当代诗歌都是政治的，激奋的，而你怎么写得跟我们的诗是一样的？（众笑）中国当代艺术给西方造成的印象就是，没有类似于"盐巴"的那种东西。这个误区太大。我认为，诗歌中的"盐巴"将要水落石出。你表达一种普遍的、没有国界的生活方式，就需要"盐巴"和日常生活。我指的是全世界都在过的日常生活。我的个人经验，实际上就是保持对事物最基本的感悟，不受地方性知识的诱惑，不受某些时代风气的诱惑。

我们总觉得说话是要"吼"的，我跟你说，要吼。要进取，要搏斗。没有对生活本真的那种理解。生活是被遮蔽的。生活是"可耻"的。如果你不喧嚣的话，就没你的事。到了其他地方，你会发现世界忽然安静下来。真的，忽然就安静下来。如果你的艺术出发点不建立在这么一个正常的、安静的、根本的基础上，那么你很快就会被时间抹掉。我觉得艺术的魅力就在这里：在生活中，在安静如常的生活中。每个艺术家都希望作品挂在这样的画廊里，来去的人都说点好话，但这是没有用的。

王自亮： 你是怎么看待中国诗歌里的"精神性"问题的？近百年来新诗发展过程中，诗歌的精神性和那种日常生活的物质感，是否处于一种不平衡状态？你觉得诗人们对精神和事物之间的关系处理得怎么样？你是否觉得跟俄罗斯或西欧相比，比如说，跟荷尔德林、里尔克和茨维塔耶娃等人相比，中国诗歌中还是缺乏一些精神性的东西？现在很多人的写作是没有精神性的，一味强调物质和具象，好像把这个世界的表象描绘得越精确，越生动，就代表诗歌水平越高。你是怎么看待这个问题的？

于　坚： 我觉得艺术、诗，它们最根本的东西，就是要为这个民族提供一个世界观，也可以说是精神性。我认为，今天中国当代艺术和诗歌最大的问题是，很多人的作品里面，只有激情，只有修辞，还有就是自我，"个人化"的那个"自我"，没有世界观。我们已经面临一个无可回溯的现代世界，谁也退不回去，那些雕栋画梁，那些陈年古玩，只是一种非常遥远的、几乎"灰飞烟灭"的东西。你面临的肯定是一个现代世界。现代世界要求艺术家对这个世界，给一个说法。

我认为这 100 年来，我们确实想给它一个说法。无论是新诗，还是艺术，确实可以给出一个说法，只不过我们身处一个非常特殊的环境，给出的说法在公共领域并不占据位置。所以你如果要从公共传播的角度来理解现代艺术——合法性在哪里——你根本就看不出来。如果你只从这个角度看的话，那么完全是"非法"的，这 100 年完全是白干了，什么也没有干！如果转一个方向，你转到类似于吕德安的画里头，你就会认为我们没有白干。

你可能从吕德安的画里看出塞尚的影子，但是他并不忌讳这一点，这就是现代性。为什么说起你和八大山人的关系，你并不忌讳，觉得很光荣；为什么说你和欧洲印象派有关系，你就躲躲闪闪？如果你坦然地面对这个东西，不把它作为一种地方性知识，而是作为一种没有边界的东西，你有了这种诚实，现代性就开始了。现代性，是你发现：我必须这样，才能表达我们置身其中的这个世界。你赞美八大山人，你赞美黄宾虹、吴昌硕，但是他们那一套可以表达今天吗？不够。上次有人和我争论，说古体诗怎样怎样，他们讨论的是古体诗走向世界的问题。那我就说，到今天为止，走向世界的是李白、杜甫，你们几个写的古体诗，有哪一个是走向世界的？今后走向世界的是新诗。

王自亮：我们应该回归日常性，回归正常状态，回归当下。

于　坚：对！就是这个意思。进入了生活的常态，真正现代意义上的诗歌就出现了。我们这一代人和上一代人不一样的地方，就是西方文化进入中国。接触西方文化，对上一代人来说，是少数人的特权。出过国的，懂英语的，看过画册的，和人家就不一样。现在这些东西已经成为共享的公共资源，现在是一个共享的时代，你说对不对？

王自亮：是的。我想说的是，对于传统的东西，我们怎么去照亮它，怎么去迎接它，我们如何打开这扇门，去启动它。上次我跟诗歌批评家唐晓渡讨论这个问题时，提出了"激活"的概念，就是"激活"我们所需要的传统。我的问题是，传统文化资源怎么才能转化为我们诗歌的一部分？

于　坚：对于传统，不能仅仅把它看作一种形式上的东西。在我看来，现代的也好，传统的也好，都有一个坚实的东西。艺术、诗歌要止于至善，不管是李白的诗，还是今天的诗，它不是让你觉得这个世界是一个干脆死掉算了的世界，而是使你在任何一种情况下都要热爱生活，这才是艺术的根本。从这一点上，你再去看传统，你会发现中国古代的诗，都是大地的赞美诗，山水的颂诗，对不对？

王自亮：对。特别是魏晋南北朝以来，各代都有很多山水诗、田园诗，都写得极好。谢灵运、陶渊明、王维、孟浩然，都写得极其到位，有的精微，有的恢弘，有的宁静，有的律动。

于　坚：布考斯基有一本诗集，写赤裸裸的两性关系，但是你觉得那些诗非常美，没有任何脏的东西在里面，非常干净。美丽的下午，身体，性，让你觉得这个世界真有意思。这个布考斯基，这种使你热爱生活的诗歌！现在一切都变形了，彻底变形。生活是变形的，艺术没有变形。最该变形的却没有变形。

王自亮：可是现代生活中，也有荒谬性啊！那么诗歌跟正常生活，跟热爱生活之间，怎么取得平衡？

于　坚：我觉得，这就涉及一个世界观的问题。我并不要人们去赞美那些非常糟糕的东西，对这种东西，我想艺术家应该有一种慈悲的态度。糟糕的事物只是烟，只是雾，而永恒的是大地。艺术家要相信这个，对不对？你要相信生命的悲剧性力量，因为生命本身有悲剧性的一面。悲剧性力量不是一个贬义词。

你可能生活在一个生命充满奇迹的社会里面，可是你还写不出东西来。是的，要把这种悲剧性变成你的一种遗产，就像歌德说的，他把法国大革命当作一个遗产。他不认为是一种厄运。这种悲剧性是很了不起的。

王自亮：是的，这是一种相反相成。正是悲剧性给了我们热爱生活的新的力量。没有经过大的苦难，没有经过悲剧性体验，艺术家不可能有巨大的成就。所以我为德安兄的画展给朋友们发了一条微信，说他是能够把具象和抽象、忧郁和热爱调和在一起的人，这也是他艺术的长处。

于　坚：中国人是这个世界上最懂得生活的一个民族，在这方面比西方牛多了，我们这一套，完全变成了西方 19 世纪的东西，西方一直在写我们。古代士大夫家里都有博古架。现在那些博古架全都搬到西方知识分子的家里面去了，现在我们家里面只有会客厅。

杭州，自古以来就是天堂，对不对？我们早就忘记了，包括你住在这里，你都忘记了。天堂在哪里？你经常会问。杭州就是天堂！这个天堂，它就在你的日常生活里，每一天存在于这个世界里面。

王自亮：你说的"盐巴"这个词，非常精到，它既是日常的，最平常最不起眼的，又是全人类通用的，还是不可或缺的。盐巴是什么？盐巴就是人类的普遍性，理所当然又不可或缺。如果缺乏盐巴，你想想食物是什么样的食物，人会变成什么样的人？一年不食盐你会怎么样？

于　坚：所有的大艺术家写的都是这个，要不然你就不会被感动。为什么从塞尚身上我们可以看出黄宾虹？他们之间有什么联系？其实就是"盐巴"的联系。你在法国可以看出这个东西，我在中国也可以看出这个东西。我不必认识你这个人，我知道咸的东西是什么。这是经验的觉醒，任何人都一样，迟早而已。

中国文化从一开始就具有强烈的表现性。线条啊，书法啊，对不对？西方是在文艺复兴之后，才发现：盐巴还有另外一种撒法。结果呢，西方就是不断地干，从东方学去的那一套，变得非常好用，变成了一个本体。本来西方人写宗教诗，那种非常写实的诗艺，把艺术看成镜子那样的东西。到了19世纪，波德莱尔那些人待在沙龙里面，精神漫游，老老实实地干了100年。那些我们以为是西方的东西，其实是从中国学去的，但学得太棒了。在西方他们学王维，学孟浩然、白居易，美国出了一大批这种很牛的诗人。

王自亮：对。比如庞德、赖特、王红公这些人，就是这样的。

于　坚：我们本来是非常有才艺的民族，非常热爱生活的民族，现在，变得连房子也不会盖了，现在的房子都是从西方人那里学来的！我们盖了几千年的房子，忽然不会盖了。

王自亮：关于古典艺术，1983年秋天我漫游了半个中国，最后到南昌去看八大山人纪念馆，当时就很震惊，我们怎么会有这么好的东西！你看，要抽象有抽象，要具象有具象。他一根线条就能说明一切。八大山人这么一根线条下来，就把你征服了。那时我还不太懂绘画。就是感到太牛了。其实这个传统老早就存在了，无非是我们把它遮蔽掉了。

于　坚：我现在写一段诗，有很多词，我以前根本不会用的，是在我的梦里面，现在慢慢地意识到，这种词要怎么用。不是说你20岁就可以写很抽象的诗，史蒂文斯那样的诗。你20岁写不出来。实际上，时间会造就你处理抽象问题的能力，但是需要有对自我的培养，如果你自己不培养自己，你是一个自我封闭的人，那你就断送了自己。写诗也是一样。现代性的出现，使诗人的写作可以持续一生。当然时代必须要提供这个条件。我认为这个时代不管怎么样，它还是为艺术家、诗人提供了写作的时间和空间，你得承认这一点。你的干扰，仅仅是来自你觉得你的日子没有别人过得好，不是来自一种不让你写或画的力量。

王自亮： 所以当时有人就问巴金，为什么赫尔岑在那么黑暗的年代能写出《往事与随想》，而我们中国这些作家，在"文革"期间，在"反右"之后，就不能写出这种作品。巴金的回答是：关键是我们的内心不自由，我们的内心不强大。

于　坚： 你可以说，在那个严酷的时代，从表面的黑暗，跨到了更为深刻的黑暗，面对一些人性更深处的东西。以前我们只能想广场上的事情，现在你可以想房间里面的事情。

我们今天这个讨论，可以谈到死亡。我觉得艺术一定要讨论的就是：你怎么面对死亡？抛弃自己的过去，就是面对死亡的勇气。艺术家要敢于去"死"。不要只想着你分分钟都要走红。要敢于去"死"，要敢于"匿名"。现在有些人画的这种画，不是自己找死嘛？自己和自己过不去。如果时代和你过不去，但是你爱你自己，这样去画对你来说就是一种"隐秘的喜悦"。只有这样去画，你的内心才是幸福的。

王自亮： 死亡，是不是也可以理解成一种尺度？对万事万物，对人，对生命的周长。如果说没有死亡，世界历史上的很多制度和文化，很多仪式和规制，人的活法，都不一样了。也许这是我们的一种幻觉和想象力，但可以是一种对比的尺度，能说明一些问题。所以说"死亡"这个概念非常重要，对艺术家来讲是非常重要的。孔夫子说："未知生，焉知死？"我想说的是："未知死，焉知生？"把孔子的话倒过来，再去想想，会明白很多道理。

于　坚： 对。你今天在这里，获得了一种成功，那么是继续保持这个东西，保持你这个形象，还是"向死而生"？可能下一次，对我们来说，你画得太狗屎了，还是你以前那个好。你受得了这个吗？艺术家就是要敢于不断地面对这些东西。我下一次写的东西，只要我内心想这么写，我就要这么写！哪怕这是面对一次死亡，我也无所谓。

王自亮：你说最近写诗，经常去使用一些梦幻中才出现的词。你觉得，是不是到了这个年龄，有很多现实生活、个人经验跟艺术思维结合，会产生不同的东西？也许，是你有意识地去探索的？

于　坚：以前做不到，可能是因为我的经验没有到那个程度，时间没到，有些词我不知道怎么处理。在我看来，这些词是我年轻时候不会处理的，甚至认为是丑的，这些词我绝对不用。但是到一定的时候，忽然知道了，我应该怎么处理这些词，应该站在哪个角度处理这些词，可以重新让它们产生力量。我发现，这些"陈词滥调"经过我的处理，可以变成一种复活的东西。

王自亮：一种新的力量，复活的力量。

于　坚：对。以前不能处理古体诗和新诗的关系，因为我觉得那完全是两种风马牛不相及的东西，但是我现在越来越意识到，它们之间存在着那种"盐巴"的关系，可以在新诗里面处理古体诗。所以在我的很多诗里面，忽然出现古代诗歌元素，我是把它当作成语来用的。如果有利于表达我要表达的那个东西，那么就没有禁区。不仅有金斯堡，还有惠特曼，我的词语也来自屈原。这个时候你才看见，语言里面不会有过时的东西。在使用中，你才发现它并没有过时。

就像在伦勃朗时代，你只能处理油画颜料、刮刀、画布，但是到了博伊斯时，你可以处理黄油了，黄油在你眼睛里变成与丙烯一样的东西。这些东西本来就存在，不是你发明的，只不过现代艺术还没有到能够这样处理的程度。博伊斯处理黄油，是受战场上被冻干的那种经验启示，他身上盖着油毡的感受，不是凭空想出来的。他把艺术的这种感受，从原先简单的范围，扩展到材料本身的温暖。就艺术来说，最后表达的东西只是一种质感。在唐朝，我认为艺术和诗歌表达的东西就是"肥厚"。到了宋代，表达的可能就是"中正"。"中正"，有一点观念性的东西，而"肥厚"就完全是一种身体的感受。

无论是诗还是艺术，都应该使用这样的词来评论。有没有质感很重要，而不是说你表达了一个意识，那是最糟糕的诗。意识，它在诗里面只是一个细节，意义，它也只是个细节，都不是作品中最根本的，最根本的东西是质感。一首诗，就看有没有质感。差的诗就是一个观念，这是很低劣的艺术。高明的艺术，里面可以有很多意识，但终极是整首诗的氛围，是一种质感。这是一首温暖的诗，还是一首冰凉的诗？这是一首忧伤的诗，还是一首喜悦的诗？只有这种东西，能够传达给你。意义传达给你，它还是意义，但是喜悦会引起你身体的反应。

这次对话，历时三个小时。和于坚的对谈结束后，我们乘兴在杭州人可艺术中心拍了不少照片，品茶、聊天、抽烟，观看艺术品，时而说些笑话，大把挥霍夜色中的美妙光阴。在完成核心话题之后，我们说些言不及义的话儿，有时开怀大笑，有时抚掌称是。远远看去，仿佛复活了魏晋时代的一个群像。于坚不善饮，我们深以为遗憾，否则可以狂放一番，且可以反讽和自嘲。现在，是一个赋比兴残缺的时代，也是不善幽默、自嘲的时代，更是一个自恋多于同情他者的时代。同情，在这里是广义的，也是融汇性的词儿。"他者"这个概念，对于诗人、艺术家来说，就是最大的"现代性"。对我来说，这次对谈完成了给自己设定的一个虽小却极为重要的目标，很是释怀，而于坚则纵情发挥，享受了杭州的一个美妙夜晚。看上去，各位在场者都大喜过望。

过度的明亮将诗人驱入黑暗①

（王自亮、潘维答问录）

　　潘维：谈谈你在怎样一种发展中成为现在的你？未来如何思想？

　　王自亮：就自身而言，很庆幸，我是时代精神气候、个性气质和偶发机缘形塑的结果，是"自我"和"他者"长期对话、既辩驳又和解的结果，也是内心与自然同构交合的结果。我并未出于什么现实需要来"发展"自己的诗歌潜质，或立志做个什么类型的诗人。

　　我十分敬重的哈耶克提出了"自发秩序"（spontaneous order）的概念，与其相对的是建构秩序。他是立场鲜明的，期许前者，拒绝后者。

　　请允许我把这一理念移植到人文领域。也就是说，诗人在其自身的展露和发展中，也遇到类似的现象，犹如一株植物，由于种子、土壤和气候的关系，以及某些机缘因素，在他身上展现了一种"自发"的奇观，以至于枝叶纷披，气象万千，造就一派"精神气候"。

---

① 此文首次发表于《江南诗》2011年第5期，并载于王自亮著《将骰子掷向大海》，作家出版社2013年版。

我反对运用任何精神上的"人造秩序"或"暴力行为"，来有意挤压或格外提携一个诗人，压制他或迫使他成长发育。

自然，我这里说的诗人发展中的"自发秩序"，并不意味着纯粹的"自然"或"自足"状态。古典学派"看不见的手"，承认自发秩序的参与者在他们的行动中是受"适当的"规则调整的。同样，一个诗人的成长和发展，也是受若干定约或规律支配的。

诗人是"创建者"，同时诗人受语言"万有引力"支配，这并不矛盾。

我不是什么学院派诗人，也不曾被列入某某主义的范畴。无论从好的意义上看，还是出于善意的戏言，我都不是。

我接受一切人对我的影响，从荷马到达达主义，从先秦诸子到王阳明。不管如何，我还是受到长期形成的偏好和选择机制制约。这里既有先验的因素，更有生活这位大师教导的成分。

迄今为止，我的诗歌生涯大致可以分为三个段落。

从 1978 年开始诗歌写作，到 1989 年，是第一个 10 年。那时我大多写海，想象着一个海洋的乌托邦，伫立渔村，写出海的温柔和狂暴，还保留着不可多得的纯真和浪漫。尽管我对青春的短暂和世事的多变，有着足够的认知，但毕竟是把它们当作历史的插曲来表现的。1982 年参加第二届"青春诗会"，似乎是我的一个诗歌戳记。这段时间的诗歌，变成了两本薄薄的书，就是《三棱镜》（合集）和《独翔之船》。

第二个段落，切换到 1994 年，短暂的半年居然写出 50 多首诗，间歇了 10 年，直到 2004 年，在半年内又写了 20 多首诗，结集成《狂暴的边界》。这个时期的诗歌，有人批评说，于深厚绵密之余，稍显晦涩。还有人认为，我的"诗歌技术"是成熟了，可是流动性和歌唱性丧失不少。只有你和洪迪先生，对《狂暴的边界》这部诗集另眼相看。

第三个段落是 2008 年至今。我的尝试主要集中于时间、空间和生存的"变形记"：对已有形式、语言的改变与超越，扩大诗歌领域与表现力的努力，对现实的反讽和赞美的并置，虚拟和戏仿的混成。理性之光让位于感受和认知的精准性，对地理、动植物和游动中的生灵，进行深入其内的窥探和解构，对本真、世界和社会构造予以展示和呈现。一种新的叙说方式随之涌出，更节制也更趋于流动状态。

未来？难道诗人的未来不就是过去吗？当下不就意味着未来吗？难道一块玲珑玉的细腻纹理之中，你能分清哪些是前世、哪些属今生、哪些又标示来世？一个不会将未来、现在和过去这三个维度构建成时间之迷宫的诗人，一个不会构建虚无并拒绝探究存在之谜的诗人，绝不是优秀诗人。

换言之，我的未来植根于过去，而我的过去是当下的发达根系。当然，还有雨水和天空，雷电与爱情。君不知，未来不需要培植，只要想象力的抵达和阳光的遗漏，以及诗与思的浇灌。

在关涉未来、过去的时间问题上，奥克塔维奥·帕斯睿智地说："一切都是会蒸发的现实，都会过去，化为乌有。在时间面前有两种极端的态度：在印度，认为时间是幻觉，而在西方，唯一的真实就是时间，就是说，是进步和对未来的征服。对其他文明来说，时间是环形的。"

潘维：诗歌创作对你、对人类或社会意味着什么？

　　王自亮：对我来说，诗歌创作意味着与这个世界发生特殊的联系，是多种联系中极其重要而非唯一的一种，是公开的"秘密通道"。

　　从事诗歌创作，意味着我与现实发生了最高意义上的亲和与对抗，也是对虚无与死亡的一种推拒或调情，包含着对自我的省察，对他者的体认，将沟壑填充成宽广的道路。总之，对我来说，诗歌是一种自我拯救，也是我和这个世界之间的灵活调校，具有汽车后视镜的功效。

　　就情感和想象力而言，语言有一种近于力比多的能量。诗歌语言的"意淫"，靠的就是审美过程，而非理念。从某种角度来说，诗歌比理论高明，比小说明晰和犀利，具备更为强大的穿透力。诗歌也是思想的一种，也许是最高意义上的思想。诗歌，是对社会巴比伦化、精神荒漠化和记忆流失的反拨，也是对这个世界迅速坠落、滑向死亡和无边黑暗的匡救。

　　如今我们差不多丧失了爱和担当的能力、感知的能力和审美的能力，这很可怕。诗歌即爱的显现，就像神迹，哪怕只是一朵温柔的、险遭践踏的矢车菊。当人类敢于赤裸的时候，总会暴露出其兽性的胎记，而诗歌是一朵美好的、开在深渊边沿的花朵，遮蔽了这种胎记。诗歌是野蛮、愚昧和专制的消解剂，也是爱情的现代巫术。

　　诗歌不会改变生活常态，它经常陷入百无一用的境地，但诗歌掌握着整个世界的蜕变，有效地改写着精神版图，构建爱情的真实"乌托邦"。我曾经写过，"爱情是天堂里的事"，但经验告诉我，爱情是可能实现的。

　　二战最后阶段，法国抵抗组织最终与盟军一起击溃了专横的法西斯。诗歌也许只是前者，但它有强大的盟军。诗人兼抵抗组织首领勒内·夏尔是一个伟大的范例。无论面对现实的希特勒，还是思想精神的专制与蛮横，我们都需要勒内·夏尔的"炮筒"与"劈柴"，他的骁勇和精神闪电。

我认为，对人类来说，诗歌是精神尖兵。尖兵，就意味着强大的洞察力，意味着勘察、寻求和清除，让后续部队顺利通过，摘取胜利。而诗歌的穿透力，既显示在生活—社会、人生—政治层面，也体现在生命—意识层面，最后抵达存在—语言层面。诗歌写作，意味着勘探存在与语言之矿脉。

诗歌是诗歌本身，也是自身之镜的景深和返照。

潘维：对一个诗人而言，你认为必须具备怎样的品质，才有可能触及诗的内核？

王自亮：因为爱、死亡和孤独，因为语言的诱惑，也因为精确描述事物和内心的冲动，以及进入永恒的渴望，就有了语词、诗歌和诗人。诗人是这一切的代言者，也是语言的匠人。所以，对语言的敏感和描述万物的不倦热情，探寻生死、爱欲等母题的好奇心，是诗人的基本品质。

这里有表现力、感觉和技艺等因素。有时幽微玄奥，有时纤毫毕露，有时只是个朦胧的影子，粗略的框架。但这些能力和品质背后，最主要的，是一种综合平衡的能力。记得2011年初我和唐晓渡、陈超、余刚在杭州梅家坞做过一次令人激奋而意味深长的交谈，晓渡谈到诗人的能力时，说到了这种综合平衡能力，深获我心。

具体而言，在材料、言辞和情境面前，在线索和片断面前，诗人唯一需要的，是一种情绪饱满的瞬间把握，这种把握能力正如北岛所说，是一种"危险的平衡"。我们想抓住思想的飞鸟，想捕捉思绪的闪电，也想越过表象的鞍马，靠的是什么？靠的是敏锐、不凡的身手，更靠一种综合平衡能力。

诗人就是这么一种人，他可以把两个互不相干的事物、素来不曾谋面的人、完全不同的场景，迅速地连结或焊接在一起。超现实主义的本质，就是将世界表象和无意识进行瞬间结合。我们必须能够在具象与抽象、理性与感性、想象和摹写之间迅速转换，游刃有余。诗人的这种品质，可称为穿透力和均衡感。哪怕是最单纯的诗人，也应该具备。

诗人是内心与事物之海的船长。理想的船长（诗人）应该掌握着天象、航向和船只内部的所有细节，掌握着词语的涌流和诗句运动的方向，洞察那些灭顶之灾的迹象，有着眺望新岸的敏锐。他应该有一种与生俱来的控制力和驱策力。

当然，这种品质的背后，隐藏着超验性（有时幻化为某种灵异感）、人格力量和内在视野。

必须指出的是，我这里说的超验性，不仅仅如法国诗人亨利·米修那样，相信人的精神在药物（致幻剂）的力量下，可以得到更深的挖掘，可以构建内心空间，也不仅仅是兰波的通灵术和生活在别处的真切体验，而是一种内视品质，一种将梦幻、死亡和爱，以及表象世界搅拌在一起，最后凝结为诗歌混凝土的力量。

至于我说的人格力量，是某种造就我们自身和指示诗歌远景的支配性力量，它太重要了。人们往往忽略了一点：其实最后决定一个诗人走多远的，是人格力量的投射，而非多么精明机巧，如何左右逢源。人格甚至是一种宿命，虽非血型和星座能决定，也在相当程度上是难以调制的。人格不是鸡尾酒。

要触及诗歌的内核，具备综合平衡能力还是不够的。诗人把握和表现世界的能力，最主要的是洞悉和表现人性，主要有以下几种：

对寂静的倾听能力，对虚无的建构能力。倾听就是言说，建构就是解构。你能在寂静里听到轰鸣，表明你有内在听力。而建构虚无，是为了消解虚无，这是迈向存在的首要问题：为了超越语言而返回事物那里。

对"生活—生命—存在"三位一体的领悟和把握能力，特别是对生活的提升能力、对生命的萃取能力、对存在的探究能力，以及对永恒的理解力。

把握灵异和洞悉事物内部秘密的超凡品质，向灵感索取诗意和语言推动力的能力。

对事物的观察和幻化能力，对自我和他者关系的清晰叙述，携带哲学命题进入诗歌母题，并精细而客观地予以呈现的能力。正如伊丽莎白·毕晓普说的，"你们应该在自己的诗歌中更多地运用具体事物——那些你们每天使用的物品……那些环绕你们的事物"。

悲天悯人的性格和扩展的内在同情。

对时间和空间等纯粹领域的把握能力，以及来自生活本身的无意识汹涌，内心的扩充与满盈。

潘维：能否谈谈诗与存在、语言的关系？

王自亮：就深层意义看，诗使语言成为可能。诗不仅以语言为质料和工具，更是语言自身。语言是存在之家，诗歌是语言的基石。诗的使命，就是对万物和神祇命名、创建与确立。诗人在语词的以太中呼吸，对原子状态的词与物进行解构和建构，创造真实的空间和荒谬的黑洞，勾画存在与美的轮廓。事实上，语言、诗和存在并没有清晰的界限。即使有，也是为了言说的方便。

诗，既有历时性，又有共时性，这就将诗与时间紧密联系在一起了。时间以它的过去、现在和将来等维度向人敞开，诗从一开始就承担着伟大的使命，就是通过词语确立那对人的此在而言是持存的、有意义的东西。诗歌不仅仅是存在的饰物，不仅仅是稍纵即逝的热情与空无，更有着纯真的旨趣，具备伟大的娱乐精神。总之，诗人借助于精心选择的词语，坚定地确立人类存在的根基、尺度和标准，探究死的意义和爱的本质。

诗的本质是一种创造性的活动，它离不开词，以词为筑料，并用这种方式创建了诗的存在空间，从复杂中获得单纯，在混乱中确立秩序，从短暂进入永恒。"借亲熟的外貌，诗人吁请陌异者，那不可见者就自遣于这陌异者之中以长留为其本身，长留为其不可知"（海德格尔《人，诗性地栖居……》）。存在从来不是已然的，因为事物的存在与本质从来无法确知，也不能从当下的呈现中取得，它们须自由地被创造出来。

潘维：谈谈你如何完成一首诗的写作？

王自亮：实际上，我很难详尽表述一首诗是怎么完成的。因为我的诗歌写作方式在不同时期、不同情景下，有不同的表现。我只能举一般性的例子。

常常是先有一个意念和意象，或是一个闪电般的短语，有时这个短语就做了标题，或第一句话。马上找个纸片或记事册记下，经常是扔在一边，并不理会。也许明天会找回这个纸片，以此为切口，迅速抓住它，赋予它诗歌的形体；也许让它沉入昏暗境地，直到有一年突然发现这个短语或句子，忆及当时的思路，完善细节，逐渐脱胎，重见天日。说是忘掉这个句子，其实一直存心酝酿，逐渐发酵和转换，一首诗就这样成了。

有些时候，是灵感垂青我。这种情况下，我是一个速记员，一个被语流推动着的记录者。有时甚至来不及记录，用声音的符号或草书记下，过一个小时后就很难辨认了。

有段时间，记标题成了我的习惯。记得我在 2008 年下半年的一个晚上，突然在电脑上发现我在 2006 年记下拟作的十几个诗歌标题，异常兴奋地跟别人说，发现了一座业已弃绝的"金矿"，而且还产生了一种宿命的感觉，因为这些标题与事实之间有着前世约定般的联系，甚至是生活指南似的标明了很多现实元素。这一批随手记下的标题，似乎是好多个谶语组成的谜团。

诗歌写作是如此困难，又是如此快意，而后者往往是事后的感受。

写一首诗，就意味着我要将一个意念、一团朦胧的闪光、一个黑暗中呈现的词紧紧抓住，而后扩展或延伸，渲染或塑形。有时词是一条鱼，从河里钓上之后，不能攥得太紧，以至于让它窒息，又不能漫不经心，使它重新滑落，游回河中。最大的问题是，能否以一种我曾经说过的"散漫的匠心"，去经营诗歌，包括意象、织体、声音、节奏、韵味。

在艰难经营时，作品应该不露任何斧凿痕迹。这种天成，近于造物主的创造，往往可遇而不可求。这种品格，"宛转清空，了无痕迹，纵横变幻，莫测端倪。此全在神运笔融，犹斫轮甘苦，心手自知，难以言述"。

"随物赋形"，"不择地而出"，往往说的只是完工后的喜悦，而非写作的过程。只有天才人物如太白和东坡可以这样夸口，我们没有这个资格。莎士比亚和聂鲁达颇能胜任，甚至弥尔顿和博尔赫斯也很难跻身此列。当然，一个诗人一生中总有若干次有如神助的写作遭遇，那是欣喜若狂的时刻。当它来临时，我们应该心存感激，对于所爱者，对于造物主。

有些诗人很重视整体感，有些诗人很注意局部推敲，有些诗人首尾相顾，严格对位而整饬匀称。这些都是个体经验，各擅胜长。

在诗歌写作过程中，我是个"机会主义者"，能自由流泻的，当然最好，还能保持体力；有时硬写也是可以尝试的，也许开始时是硬写，到中途竟然左右开弓，这不也挺好吗？至多回头再把开头部分重起一个炉灶，也不是一件十分犯难的事。但这种情况对我来说，不常见，也就作特例处理了。

一种苦心孤诣的境地，业已降临；乞灵于灵感的时期，一去不返。当然有时是诗歌找我，而不是我找诗歌，这是一种幸福的感觉。

潘维：你如何思考古典诗歌的现代性问题，及新诗语言的现代化问题？

王自亮：我经常在想这么一个问题：现代性究竟是个什么东西？世界上有一成不变的所谓"现代性"吗？古典诗歌真的有那么多的"现代性"吗？象征、非理性、跳跃、意识流、晦涩、残缺、超现实、即兴创作、时空跨越、颓废，这些究竟是古典诗歌创作的偶尔越位，还是现代性的曙光初露？难道"现代性"就一直蕴藏在这些古典诗歌中而我们却懵然不觉？

还有，古典诗歌对当代诗人来说，究竟意味着可以转换的精神资源和创作源泉，还是一种可以分析综合的、发生学意义上的因由、冲动和机理？抑或只是可以借鉴的创作手法和技艺？

更要命的是，即使古典诗歌有不少现代性，这种"现代性"的基石、指向和制度化生存形式，与波德莱尔以来的现代性有什么相干吗？古已有之的所谓"现代性"，到底是人类心灵中一以贯之的法则和自由感，还是思绪和艺术的变异？是人性的根本和它的变奏，还是思想文化潮流的更迭？

何谓现代性？现代性即超越，通过超越获得永恒，也就是茨维塔耶娃说的，"现代与永远同时，就是与一切同时"。

我们可以挖掘古典诗歌的某些现代性，但正如洪迪先生说的，现代性主要浮现在一代人思想、意识、情感、心态和倾向凝聚而成的社会历史本质的主流或潜流中，更潜隐于深层民族心理积淀和各种已然的习俗中，它以强大的隐性力量制约着现代生活演进的动力与方向。

总之，现代性既现时又古老，既瞬息万变又亘古恒定。现代人的自主、跃动、不安、孤独、沮丧、悖谬，是互相联系与纠结的，也是割裂和分离的，不同于古代宗法和宗教生活支配下不可分割的诸种情感的融合与完整。

至于新诗语言的现代化，自五四以来就发生了，迄今无定论，也不容我多说。我更喜欢个人化的探索和寻求，以及具体作品的个案分析。

潘维： 你承接的是怎样的诗歌传统？包括中国的和世界的。

王自亮： 首先，在如何对待中国古典诗歌问题上，我希望能另辟蹊径。

我向来以为，中国诗歌传统有"大传统"和"小传统"之分。所谓"大传统"，指的是进入或差不多进入经史子集，帝王和万民一起景仰的"古典诗歌"，包括《诗经》、楚辞、汉赋，李杜、苏辛，直至近世的古典，包括《红楼梦》和黄遵宪。这个传统，我大学时接受过古典文学专门训练，很受用。正如徐祯卿说的，"古诗三百，可以博其源；遗篇十九，可以约其趣；乐府雄高，可以厉其气；《离骚》深永，可以裨其思"。但有时也生发了很恶劣的惰性和路径依赖。

我说的"小传统"，其实是广义的民间诗歌传统。既包含了古谣谚、竹枝词、梨园戏和傀儡剧中与诗歌相关的成分，也包括了敦煌变文、愿文和曲子词，诸宫调、弹词、宝卷，明清时调、吴歌越谣，还有天台山的寒山拾得诗，甚至是蒙古英雄史诗和民间叙事诗、藏族史诗、白族民歌（我认识一个白族民间艺人，结成忘年交）和大小凉山的彝族谣曲。

这是一个更为久远、丰富和鲜活的传统，也是更为激动人心的传统，可以找到与人性、心灵和底层生活对应的韵律和意象。"小传统"诗歌的鲜度、纯度和原汁原味，最令人怦然心动。对于人世间的真相和男女之情，时世、欲望、道义、节气、物象、生死、英雄、情义、膂力、巧智，都有古老而新奇的表达。至于讽世劝谕、宿命报应等观念的具象化，民间信仰中面孔与意象的多样性，艺术表现上的张力和深广度，都是我所需要的。

"小传统"诗歌中表达方式的直截了当和大胆，完全出乎我们这些经过制度化规训和所谓人文精神洗礼的人们的意料；就风格和手法而言，其中的比拟、讥讽、蕴藉、细腻、旷达和机智，也与我们原先的估价大相径庭。这个伟大的诗歌传统，由于种种缘由，被大大低估甚至湮没了。

其实，倒过来说可能更为恰切：充满活力的民间"大传统"和驯雅博洽的经典"小传统"。我爱后者，更爱前者。这是我精神狂欢的征象，也是心灵补给线上的必需品。对长期以来钦定文化掩盖下的文人士大夫内心的淫乱和对统治者审美意识的附丽，它有着足够的清洗能力。

当年张爱玲为何对胡兰成丧失基本的辨识能力，并甘愿而可悲地降格到低于尘埃的地位，就是因为她对雅驯精致的那种传统浸淫过甚，不可超拔。而胡兰成身上的虚伪、腐朽和淫佚，纤巧精致的洋场做派和适度袒露的村夫气息，有意无意地加以巧妙调制，布成一个极其诱人的陷阱。她身上可贵的历史意识和洞明世事的能力，掩不住作品中贬损刻薄的气息，以及生命姿态的失衡。她对机巧、暧昧和颓废通常欣然往之，晚年却陷入彻底绝望。

其次，我对世界文学传统的承接也是贪婪中有选择。说起来，我有我驳杂的世界文学谱系。

自然，莎士比亚和但丁是我心中的文学神灵。伟大的歌德和无比杰出的里尔克，总是牢牢占据着我的心灵，而美洲诗人的开阔、激情和创造力，是我多年来最为珍视的，特别是惠特曼、聂鲁达、帕斯和博尔赫斯。我的野心就是以他们的方式讴歌亚洲，"鲸食"东方。而对于波德莱尔以来的现代主义传统，以及从叶芝、希尼、R. S. 托马斯到兰波、勒内·夏尔、圣－琼·佩斯等人想象力与现实感的高度结合，充满灵性和物质感知的诗歌，我是非常乐于接受的。卓越的勒内·夏尔，综合了花朵、闪电和岩石，尤能俘获我心。

　　至于奥登、沃伦、史蒂文斯、埃利蒂斯、克兰、弗罗斯特、沃尔科特、毕晓普，确是我的至爱。他们的广阔与精微兼具的特性，于我非常合意。沃尔科特对我影响至巨，史蒂文斯是我心中的典范，无论是对世俗事务的态度，还是他们的诗歌品性。初看起来他们两人毫不相干。沃伦独特而有力的声音，贯穿大地与血缘的声音，一直召唤着我，也令我心碎。我对俄罗斯白银时代诗人群（特别是曼德尔施塔姆和茨维塔耶娃），策兰、米沃什、赫鲁伯、赫贝特和辛波斯卡等诗人，也是如此亲近，似乎有着天然的家族式的血脉连结。他们的苦难意识和"更深地穿透普遍的黑暗"的介入性，是我异常能体认的。

　　我承认，我对庞德和艾略特等巨匠，同样由衷敬佩。不若某些人士，明明得到艾略特的无数好处，偏偏以鄙视学院派自居。试问，20世纪以来，哪个诗人能抹去庞德和艾略特的影响？我也不知道20世纪的精神气候，怎么能离得开这两位"卓越的匠人"？"荒原"或"废墟"，揭示了什么样的世纪性实质？《四个四重奏》如何教会了我们歌唱和叙述，如何将哲学与诗歌熔铸？而《诗章》庞杂而有力的推动，又如何将我们引入文明史与当代精神的交汇处？人类从他们那儿得到的还不够多吗？

近些年来，我相当关注非洲（特别是尼日利亚和南非）诗人和阿拉伯世界的当代诗人，尤喜索因卡。非洲对我来说意味着什么？意味着人类更为本源的东西，意味着群山、原野和炙热的语言，意味着戏剧的丛林和意识的豹子的复活，也意味着心灵的沼泽与历史的地衣。非洲和加勒比海地区诗歌的仪式性和讲述传统，还不够令我们心醉神迷吗？非洲大陆的诗歌，有2000多种本土语言在使用，尽管殖民者和奴隶制耗尽了非洲的资源，像金、铜、铂和石油，更耗尽了确保社会凝聚力和历史连续性的语言文化。非洲的诗歌，正如萧开愚说的，"广阔面对、幽深触及、直接表达与特别忠告，带着生理性的震颤，颠覆了我的期待"。

也许有人认为我胃口太大，而且食性庞杂。但我想，这不是坏事。

潘维：哪些是你诗歌的特质与独特性？

王自亮：这一点很难回答，也不好由我来回答。这应该是批评家做的事。

我和我的诗歌并不是一回事，尽管诗歌折射我的内心和审美趣味。写作就是超越。如果一定要说，那只有一句话：我似乎对题材、地域和风格，已经全然不感兴趣，也不分什么抒情和叙事、具象与抽象、前卫与传统。我希望我的诗歌刚柔相济，长短齐举，抽象具象并置。我希望拥有十八般武艺，我想写出生活史诗和存在之歌，讴歌万物并揭示人性，袒露胸襟且含蓄如歌。

我喜欢游走于两者之间：事物与精神、发散与回敛、微妙与开阔、遮蔽与去蔽、芜杂与纯粹。贯通主脉，气象万千，这是我的新理想。

潘维：你对汉语诗歌有什么展望？你有着什么样的写作信念？

王自亮：在我们身上，应该有一种新的自觉及时诞生。

我们的诗歌创作，应该从原先的生活—生命本体论，调整为语言—存在本体论。生活史诗取代了英雄史诗，残酷意象取代了浪漫情景，可是自然、爱和心灵是永远不可侮慢的。诗人最忌虚伪、狂妄和自欺，诗人可以用断垣碎片建立新世界，过上一种如谢尔·埃斯普马克所说的"从零开始、尝试每一秒再生"的生活。诗人可以远眺"绝对场景"——存在、爱与死亡，而写作方式却应转变为"站在事物的立场"，以灵魂的撕裂和再生为契机。

是语言将我们与其他生灵区分开来，是声音和人心的法则建立了现实的秩序。汉语诗歌，理应担当一种前所未有的角色，就是将时间、存在和大地意识引入诗思之中，融入未来的黎明之景。

我曾在某个场合做过这样一番演讲："夜已深，黎明尚未抵达。诗歌的合欢树在浅吟低唱，如泣如诉。诗人的必死之身和有限生命只属于一个时代，但从根本上说，优秀诗人不只属于一个时代。我们在午夜时分迎接了属于白昼的诗歌。这是一个光明的寓言。"

我坚信，我们必将以暂且微弱的声音，汇合成光芒之上的洪流，千回百折，定然奔腾，赋予这个异化、紊乱而鲁莽的年代以活力、秩序和新的复归。人类没有走到尽头，救赎的可能依然存在。

因此，我自己觉得30多年的诗歌写作，应该是有意义的探寻，并非无望的冲动。即使在有些人看来，诗歌只是一种精神体操，一种娱乐，我们也得说，这种体操和娱乐所呈现的力与美，具备至高的自足与愉悦，远离兽性。

镜像与历史

文学：一种更好的存在方式 [1]

（在第二届浙江省青年文学创作大会上的演讲）

诸位诗人、作家，朋友们：

趁这次盛会，我想表达一些对文学创作的看法，就教于各位。

一、文学是属于全人类的，杰出的文学作品超越一切时代。我们所处的时代更需要文学。

眼下是世纪之交，但远非世纪末。20 世纪完全有可能把它的 "彗星尾巴" 拖长到下个世纪初叶。影响人类历史进程的因素太多，但变动中的社会有它的特定轨道，呈现出黄仁宇先生提出的 "历史的长期合理性"。中国近百年历史变化不居，社会合力盘根错节，进退反复，都为社会学家和文艺家提供了极为有利的观察角度和大视野。作家和诗人是这个时代的见证人、目击者，看得见精神和物质各个层面的渐变。像卡夫卡所说的那样，用一只手挡开笼罩着命运的绝望，同时用另一只手草草记下在废墟中看到的一切。

在中国，我们正处于在转换中跨越的大时代。借用 "凤凰再生" 这个词，可以说柴火准备得差不多了，从社会学的角度看，当今社会

---

① 原载《江南》1995 年第 2 期，收入本书时略有改动。

是个转型期社会，而且转得非常剧烈。比如，人们的价值判断、是非标准、道德规范乃至整体思想观念，正在发生一系列重大的变化。失落、转变、上升、沉沦，一切都在情理之中，就具体样态和方式而言，又在意料之外。历史的行程还是遵循着黑格尔所说的路线展开，总是以巨大的痛苦换取少许的进步。罗马俱乐部有个引人注目的观点，认为人类已经能通过科学技术等手段驾驭全球，而头脑却停留在旧石器时代，尽管这种观点似乎有些极端，却能引人深思。

文学毫无例外地参与了变革。从 20 世纪 70 年代的挣扎，到 80 年代开始大致确立了主体意识，面对整个世界和内心。有人说，中国文学这十多年走完了西方上百年演变的历程，步履匆匆，令人眼花缭乱。这段路程好比是从巴尔扎克到阿兰·罗伯－格里耶、克洛德·西蒙之间的距离。在许多时代，文学的变革正是社会变革的曲折反映，一种内在的要求。这几年，有人忧心忡忡地宣布：文学衰微了。人们已经不需要它。我们认为，这种断言似乎过于轻率了。实际上，文学并非衰落。我们这个社会的确对普罗文化提出了需求，影视在生活中的介入，生活节奏的加快，光电声色确实使一些人心醉神迷。所有这些对文学是有外在的影响的，会暂时失去一部分读者。但我们更应当看到，文学是人类一种深层次的精神需求，一种更好的存在方式。它以自己独立不群的品格，理想的光辉，对人性的深隐结构的揭示，对历史的追问，对现时的寻求，对新世纪的瞭望，特别是伟大的文学作品所显示的悲天悯人情怀，始终赢得亿万颗心。对于另一些人来说，文学不仅仅是他们的信念，更是一种深入骨髓之中的生活方式，具有哲学意义上的存在价值，可以称之为"文学的人生"，或诗意人生。文学，说到底就是一种渴望，摆脱枷锁的渴望，在生命遭受阻遏时的激发，在大地上承受苦难时上升的意愿。卡夫卡深知文学的这种使命，他说："总之，你在自己的有生之年就已经死了，但你却是真正的获救者。"那么，只要人类存在一天，文学就深深植根在我们这尘世，并不断有新的生成。

多少年来，文学以各种形态出现，从口口相传，到雕版印刷、活字印刷，直到激光照排、有声读物，文学不会泯灭。相反，随着技术的进步，文学传播的手段更加多样化，方式更加奇妙，涵盖面更广，传播更迅捷。文学，已进入我们的血液。失去的读者暂时失去，而新的读者群正在慢慢形成，潜在的读者更是个未知数。印刷垃圾的确不少，大有铺天盖地之势，但我们也应当看到，这些垃圾说到底是应景的，本质上是短命的。问题在于，我们能否写出好的作品、传世之作。另外，按照张承志的说法，还应当看到商业大潮对文坛的正效应："大浪淘沙，文学小路上拥挤的'伪文学'突然溜了个干净。这真值得庆祝，由于伪作家和伪作品的干扰，人们浪费了多少精力呐。"

当今中国文学出现了两极分化的趋势。一方面，我们拥有一批真正有质地的好作家，极大地拓宽了当代文学的路子，视角、技巧与手法也极为丰富多样，他们中有的具备了大家气象，从形式感到叙事、语言皆求新求变，气度非凡，有的很先锋，对现实主义有了更多的超越，具备极强的现代性。他们的作品中出现了以往从未有过的新质，同时也培养了新的读者群。另一方面，应景诗人、奶油小生式的文字匠，时生时灭，自生自灭，始终没有赢得真正稳定的读者，他们的所谓文学作品很快就到那些应该去的地方去了。

二、青年的本质是创造与活力，文学的光芒必然照耀他们。

拉美爆炸文学的"亚当"式人物、古巴作家卡彭铁尔，有一部短篇小说集，叫《时间之战》，表现人类的命运与抗争，拉美的历史与现状。他提出了"神奇现实"概念，认为"神奇是现实的特殊表现，是对现实的丰富性进行非凡和别具匠心的揭示，是对现实状态和规模的扩大"。的确，人类更高意义上的战争是"时间之战"。文学创作是否有生命力，能延续多久，说到底就是有没有参与这场"时间之战"。有人说美的艺术品有生命，对此我没有太多的异议，但还需要补充一句：贯通过去、现在、未来，穿越一切时间，历久恒新的艺术品才有生命。

那么，谁最有资格参加文学的时间之战呢？我说：青年。青年是什么？20世纪初，陈独秀在《敬告青年》中，以诗的口吻谈起青年："青年如初春，如朝日，如百卉之萌动，如利刃之新发于石硎，人生最可宝贵之时期也。"从根本上说，青年几乎是创造与活力的代名词。文学创作正是一种典型的创造性活动，每一代文学的"容颜"和"骨骼"总是新的。当然，在这里我说的"创造"不是一般意义上的创造，简直就是"上帝"的劳作，新元素的孕育，新境界的呈现：一道从幽暗峡谷发出的光芒，历史隧道中走出的生动婴儿。我想，这里说的青年，应该是最广义的青年。

为什么历史上许多大作家，青年时代就能写出成熟的作品呢？我的答案是：他站在历史与未来的交接处从事创造，即"现时的创造"。历史的雨落在他身上，未来的风吹在他脸上，他的存在不是没有缘由的，他的人生是有根基的。有了某种宽阔的胸襟，18岁的处子可以比

80岁的人更为成熟。值得骄傲的是，青年更善于感悟，可以把握和熔铸当下的一切。有人说，青年是未来，我还要说，青年是过去，青年是现在，因为青年有勇气以自身的光照耀过去，因此他得到了现在。如果说，文学是一种光芒的话，最先得到的必是青年，因为他的肌肤是未曾受过洗礼的，他的灵魂是以倾听的姿势出现在世人面前的。

我在参加这次会议之前，怀有一种忐忑，或有一个悲哀的想法：很怕在这里见到许多10年前上一届青年文学创作大会认识的面孔。如果几次会上都是老面孔，那么这个地方的文学会不衰微吗？

问题是，青年具备文学潜质并不是都能成为艺术家的，也没有这种必要。这里有如何表达的问题，审美意识是否觉醒的问题，还有经历的因素，天赋的成分。总之，我认为，一个健康的社会，一种自由度较多的空间，对出现更多青年作家、诗人大有裨益。营造一种氛围，比物质上对青年创作者扶持更为必要。

一是对话与碰撞。某种方式的对话，可以持续一生。对话是敲打。我看见灵魂在对话的敲打下，觳觫了，旋又挺拔而起。借用我们青春期的一句诗，"坚实的对话敲打出久远的回声"，足以影响青年的一生。对话是一种过程，一个构筑美学空间的梦想，生命处于激发状态的"尼亚加拉瀑布"。纵观中西文化史，没有一个伟大的艺术家身边缺少一群或一个"永恒的对话者"，一个人不可能独自成为精神的参天大树。对话的意蕴，就是彼此照射，互相激活，就是对束缚的解放。在白天与黑夜的低洼处，在人生的转折点，有潜质的青年在对话中渐渐成熟。我们为何聚居城市，难道不正是为了寻求对话，希望自己的内心得到表达吗？

二是真正的扶持。这种扶持，既有成名作家对后辈的奖掖，提供表达的机会，更有一种全社会的宽容，文艺界的和谐。目前，青年作家还不可能都得到企业家和社会名流的支助和保护，但我坚信中国迟早会走出这一步的。

三是自身的坚韧。青年创作者不乏爆发力，不乏激情，关键还要有一种坚韧的精神，仅凭激情去写作是欠缺的，行之不远的。坚韧，意味着创造力的持久发挥，意味着从"作者"向"作家"的转换。既然是作家，就有它的职业特点，正如记者、学者也有职业特点一样。为了创作，我们必须要坚韧到坚忍这步田地。其实也没有如何可怕，这是一种包含着快乐的坚忍。写作状态是一种混合状态，谁能分辨出其中的欣喜与悲哀、痛苦与愉悦呢？

一句话，写作可以成为与我们毕生相随的生活方式。写作是有意味的，美的意味，也就是存在意义上的最高形态。写作是一种祈求，面对"上帝"与苍生。我们终于找到了一种更好的存在方式。这就是青年作家应该具备的"宗教情绪"，就是至为神秘的狂喜，痛楚万分的极乐。

三、我们应有一个作家群，应该出一流的作家和作品。

请允许我先从台州说起。

这是一方好土地，杜甫曾写过"台州地阔海冥冥，云水长和岛屿青"，它深厚而神奇，犷放而深幽，历史上产生过不少人物。台州的灵性，是以大山大川为背景的。鲁迅先生也称赞过"台州式的硬气"，但这些年是有些销磨了。更要命的，还在于我们缺少交流、交往与碰撞，文学艺术上的对话尤少，学术气氛不足。我们身上是有一些性情，可这也是一种致命伤。形成这种局面，对出大作家、大诗人是不利的。我们这一代人正处在十字路口，处在历史河流的汇合处。诗人、作家们的生命尚未达到高激发的飞扬状态，也缺乏一种自为、知性和警醒状态。

历史地看，台州出大作家、大诗人不仅必要，也是必然：一种从土地上飞翔起来的"情绪"，而且也是一种"可能"。事情并不像"心想事成"这句话说的那样轻巧，但我们至少有三个先决条件：一是台州人不笨。台州人身上有一种气质，一种很好的气质，简直与生俱来，完全是大山大水陶冶的结果。前辈作家如陆蠡、许杰、王以仁、柔石，都具备这种气质。对我们这些后来者来说，不在于我们掌握了多少技巧，而在于我们到底接受了这片山川、这条河流、这辽阔的海洋多大程度上的熏陶，有一种什么样的气质和胸襟。二是我们面对的是这样一种具有充分活力、层次极为丰富的社会经济生活。由于许多年来在计划和市场调节的夹缝中求发展，台州人民经受磨难，百折不挠，极具聪明才智，既有人情味又有勇气毅力，非常坚忍，他们身上的人性光泽令我们目眩神迷，为之倾倒。三是我们已拥有一个初具规模的作家、诗人群体。写小说的有郑九蝉、龚泽华、钱国丹、黄石、蔡未名、王安林、吕黎明，写诗的有洪迪、梁雄、江健、徐怀生、卢俊、丁竹、苏明泉、陈剑冰、彭一田，还有从台州出发去了外地的王彪、任峻、派司、亦秋等等。台州的这个群体非常精诚，非常合作，是实力派，相信还有一大批人要从这片土地里冒出来。

写作这一行，或者说这种活儿，是否干得出色，有极多的因素起作用。有"天籁"在起作用，但意志力薄弱、惰性、迷狂，都有可能埋没掉自己。问题还是在我们自身。是否经过长期的积累，获得一种大的胸襟、大的气度？对历史的穿透力和对现时的把握是否已达到一定的度？对经历是否有激活和照亮的能力？我们考虑问题太局限，还没有达到沉思这个地步。我们读的书太少。应该敏感的地方，不够敏感，而对可以一笑了之的事情过于敏感。总之，我们缺乏"全面扩张"和"深深内敛"的双重冲动，野心勃勃的创作欲，对历史、现实、未来的全景式观照，这些都需有"大人格、真情性、高才情"方可取得。

所谓大作家、大诗人，乃至一切真正的艺术家，不仅能写出优秀的传世之作（有些在当代就被承认了），还能驾驭各种类型的作品，具有极大的丰富性。比如音乐家中的"圣人"贝多芬，不仅他的《第九交响曲》是不朽的，非常恢宏，把英雄气概和悲天悯人的使徒情怀结合得天衣无缝，而且他还创作了大量杰出的室内乐，各种形式的奏鸣曲与协奏曲，他的几部弦乐四重奏真是温厚如诉，美轮美奂。

所谓大作家、大诗人，他必一生为艺术的仆役，直至死亡降临那一刻。他的艺术青春战胜了衰老与死亡。如歌德，如杜甫。

所谓大作家、大诗人，他同时是一个思想家，一个极有学术涵养的人。即使是随手记下的札记，也闪耀着思想和艺术的光泽，他的谈话录更是奇特的书。

我们常说自己眼高手低，其实仔细想起来，我们是眼不高，手更低。取法乎上，仅得其中，我们要一生取法乎上呵！

巴金老人说过，文学的最高境界是无技巧。对我们来说，这当然是梦寐以求的。现在，我们还得勤练各种技巧，最后达到庖丁解牛的境界。

我们常常听到一种说法，文学排斥理念，它是诉诸感官的，画面的，蒙太奇的，有音乐成分的。固然不错。但不要忘了，世界上还有歌德、但丁，还有鲁迅、米兰·昆德拉这些类型的作家。问题不在于文学作品出现观念与否，而在于是什么样的观念，如何出现。正如我们都对"文学与生活""文学与现实"的关系耳熟能详，但问题恰恰在于什么才是"生活"和"现实"，它们是如何进入作品，化为神奇的。

还有许多问题，都拦在我们面前，看我们如何跨越它们。真是"为伊消得人憔悴"。作家、诗人只有一次极为短促的生命过程，理应过一种"幸福"的生活，天经地义，但他们是与文学这个"伊人"一起过幸福生活的，虽然在寻求之中显得憔悴了，毕竟是一种"幸福"，另一种幸福。

浙江能否拥有真正一流的艺术家，同样遵循"谋事在人，成事在天"的规律。我们有义务创造良好的艺术氛围、对话的环境、碰撞的机会、宽松的空气、必要的园地，特别重要的是需要对更年轻的作者予以更多的关怀。

这不正是我们可以做的吗？

《上海》，由来与现实①

（在第二届江南诗歌奖颁奖晚会上的答谢词）

各位晚上好！

江南意味着湿润、劳作和精细，预示着雨水、神灵和玉石，标志着丰富性和赓续。诗歌与江南在很大程度上是异质同构关系。诗歌需要形式的变奏、词的生殖力和精神扩展，草木葳蕤，斑鸠啼鸣，溪流汇聚，预示着诗歌的南方摇曳生姿，诗江南气象盛大，灵魂、方言和姓氏在大地上扎根的可能性。

我的族祖王咏霓先生，光绪十年随同侍郎许景澄出使法、德、意、奥等国，卸任时绕道美国，经过日本回到故土台州，后作为安徽大学堂总教习和凤阳、太平两地知府，执掌安徽的洋务运动，算得上是个知行合一的人物，人品和诗词文赋深得李鸿章、张之洞称赞。他的词风既得苏、辛豪放之气，又有玉田（张炎）风韵：格局宏大，而细部极为微妙精确。个中缘由很多，非常重要的一条，就是他的个性、游历和经历所铸就的胸襟，"自通籍后，上京华，游邹鲁，涉江汉，揽东粤，随使大西洋诸国"，这一切成全了作为晚清诗人的王公咏霓。

由此可见，对于诗人来说，江南不仅在江南。现代汉语诗歌的

---

① 第二届江南诗歌奖于 2017 年 12 月 12 日揭晓，本书作者凭借小长诗《上海》获主奖。当晚，第二届江南诗歌奖颁奖晚会在浙江玉环市广电演播厅举办，本文是答谢词。

南方气质，或者所谓的江南风度，源自诗人的采集、综合和平衡。地域并非不重要，但更重要的是，如何将人类的精神标高，与地域、方言、风尚、服饰、建筑、景致、生存姿态、交换方式，也就是整体性的生活予以恰当调和。江南，赋予诗人以活力、灵性和热爱，也规约和推动着行动与言谈，证实了词语源自精神与物质的交互作用。"生活在别处"，我们总是通过别处发现此在，在他者身上找到自我。作为虚无的建构者，诗人的使命就是揭示存在。

江南和非江南，自我和他者，史诗和短制，口语和雅言，事物与内心，语词与物质，并非处处对立，它们在更高的层面得以整饬和混成。按晚唐司空图《二十四诗品》所列，具备万物、反虚入浑的"雄浑"是诗的至高境界。伟大的批评家哈罗德·布鲁姆认为，爱默生身上有一种"交叉的力量"，正是这种力量使爱默生统合了所有的作用力和元素。今晚，我想说的是：解决发生在诗人身上的紧张、冲突和纠缠，唯一的出路就是对话与超越。我们需要的不仅是永久活力、南方意象和生动气韵，还有常识、逻辑和真相，更重要的是深层的现代性，是纯诗的驳杂之美，是当下。

我的《上海》这次得到了奖励，使我深怀感激，也颇为惶恐。感激的是，这首带有个人经验和集体无意识印记的都市之歌，篇幅较长而具有偿还生活之恩性质的作品，得到了诗人同行和批评家的认可。不仅是奖项本身，也不仅是这个奖项与上海这座伟大城市的匹配程度，甚至不仅是上海在引领中国近现代化进程中所扮演的角色，更重要的是，诗歌与上海相遇，上海的诗意在更大程度上得以挖掘和提炼。上海这座庞大的城市，它的举世无双的魅力，它的不同寻常的扩展，它的脉动、包容和美质，受到了更多诗人的关注。另外，我要特别说一句，这次颁奖晚会放在台州，我格外高兴。无论如何，请相信我经常说的一句话：我的根在台州，无论精神还是生活。

惶恐的是，我的诗歌不足以表达上海之万一。从诗歌本身来看，语言、结构和修辞，都有很大的改进空间。写作这首长诗的过程，是与友人对话的过程，我宁愿把这首《上海》视作与众多友人共同完成的，虽然只署上我的名字。当我把这首诗给洪迪、唐晓渡、梁晓明、陈东东、张真、王寅、余刚、伤水、韦锦等人审阅时，他们都提出了很好的意见，并鼓励有加。85岁高龄的诗人、思想者洪迪先生，多次审阅《上海》并提出意见，直到后来这位智者基本满意为止。洪迪先生还专门撰文评价《上海》，令我汗颜。中国最重要的先锋诗人之一、《江南诗》副主编梁晓明，深夜打电话要我把《上海》发给他，如此厚爱，令人感怀。诗人陈东东对《上海》颇为赏识。我的多年好友、诗人伤水则在《上海》初稿上做了大量批注、修改和订正，后来大多被我采用。著名女诗人、电影评论家、纽约大学终身教授张真托朋友传话给我，认为《上海》是一首好诗。在扬州，上海诗人王寅深夜给我发短信，充分肯定《上海》，第二天早上一见面他就和我谈论这首诗，并要求我继续写下去。诗人、翻译家树才也多次肯定《上海》。除了提出重要的修改意见，诗人、批评家唐晓渡还有更高妙的建议："你可以发明一个上海。"

此刻，我想以晓渡兄的这句话，结束我今晚的发言：让我们发明一个上海，发明一个江南，发明一个属于诗人的世界，以语言为经纬，以现代性为灵魂，以江南之美为色谱，拿出更多新诗篇献给在座各位，献给自由、爱和正义。

谢谢诸位的聆听。再次感谢！

牡丹亭、济慈与先师徐朔方

一

我平生爱看《牡丹亭》，喜读陶渊明，钟情于英国诗歌。说起这三件事，都跟先师徐朔方先生有关。虽非他的入室弟子，我却深受他的影响，这种影响是长远的、绵密的，声色兼备的。

1978 年 3 月，江南莺飞草长，微风拂面，雨水一天天充沛起来。我进入杭州大学（现并入浙江大学）中文系读书，负笈杭城，犹如刘姥姥初进大观园，一时完全被镇住了。啃过很多书的我，一下子丧失了自信。面对那么多的名师，那么多思维活跃又肯下苦功的同窗，还有浩如烟海的汉语典籍，一时竟不知从何着手问学求知。

那时夏承焘先生已经借调到北京，我们没能亲炙教诲，但姜亮夫、王驾吾、孙席珍、徐朔方、蒋礼鸿、沈文倬、吴熊和、郭在贻、刘操南、倪宝元、王林祥、汪飞白诸位先生，或给我们公开授课，或收为私淑弟子，熏陶启智，颇多交往。很难忘记王驾吾先生讲《墨子》时的智慧闪光，沈文倬先生讲授古典文献与《礼记》的绵密周全，郭在贻先生讲授古代汉语时的激情与幽默；蒋礼鸿先生坐在一把旧藤椅上传授音韵学的清雅风度，吴熊和先生讲唐宋词通论时穿着对襟中式棉袄、留短平头的高大形象，是着实无法抹去的。

而专治元明清小说戏剧、早年毕业于浙江大学英文系的徐朔方先生，在我的心目中，是罕见地使人倾倒而又令人服帖的教授。四年下来，只觉得徐朔方先生身上确有很多妙不可言的东西，让人既敬畏又可亲。在他这儿，才情和学问，为文与做事，缜密顶真和恬淡放松，榫卯一般契合，鱼水一样调和。

徐朔方先生留给我印象最深的，就有这么三件事。

第一件事，是跟他读魏晋南北朝文学，探得中国文学的许多底蕴和根脉。他讲这个时期的文学，从魏晋风度和时代精神谈起，人物和世事，传承和接续，士大夫和门阀制度，将那些渊源流变，悉数胪列，对五柳先生的神韵和风骨，讲得如此通透敞亮，入耳入脑。阮步兵也好，嵇叔夜也罢，先生用他带有浓重东阳腔的浙江官话，款款地，细细地，将"竹林七贤"的所作所为呈现在我们面前。这些先贤的狂放不羁、独立于世、恣意酣畅，由先生讲来，竟然是那么清晰和精到。

徐先生讲解魏晋南北朝文学，条分缕析，议论风生。事实上，"竹林七贤"的作品基本上继承了建安文学的精神，但由于当时风雨如晦，诗人们不能直抒胸臆，不得不采用比兴、象征、神话等手法，隐晦曲折地表达情绪与思想。相对而言，徐先生似乎对陶渊明特别欣赏，反复在课堂上分析陶渊明冲淡和执着的诸多侧面，一面吟诵"采菊东篱下"和"刑天舞干戚"，一面若有所思，似在心里长吁短叹。

一次，徐先生让我们以陶渊明为主题，做个小作业。说是小作业，我们却做得很认真，一个个都想在先生那儿好生展示自己引为骄傲的一面，颇以赢得先生关注为荣耀。再说，对陶渊明，我们也有话想说。作业交上去了，我们有点忐忑不安，等候先生的批评。

先生问学之严谨、要求之严格，是出了名的。殊不知，下一次开课的时候，先生满脸笑容地对我们说道："看来，你们是我教书30年来最好的学生。你们的作业我都看了，也批改了，很多同学不但言之成理，而且写得简短而有新意。这是一件我想不到的事。我估计，从你们开始，接下来的学生会一届届逊色下去，直到你们的下一代上大学为止。"

最惊人的是第二件事。在我们读大学四年级的时候，徐先生开了一门选修课，竟然是"英国诗歌原著选读"，一个中国古典文学教授却开出英国诗歌原著课程，这是很多人意料不到的。我毫不犹豫地选了这门课。记得他的讲义就是一本油印的英国诗选，包括彭斯、雪莱、拜伦、济慈和华兹华斯等人的诗歌，似乎还有莎士比亚的十四行诗。至今我仍记得那些错落有致的英文诗句，似乎还有油墨好闻的清香。我心想，这也许是徐先生用老式英文打字机在深夜里亲手敲打出来的。

印象特别深刻的是他选的格雷那首《墓园挽歌》，诗人用的是古典主义形式，所传达的却是浪漫主义的情感，结合得如此完美，形式、结构和词句都呈现出苦心经营之后的自然："世界上多少晶莹皎洁的珠宝／埋在幽暗而深不可测的海底：／世界上多少花吐艳而无人知晓，／把芳香白白地散发给荒凉的空气。"这样的诗句即刻就让我们这些长期以来过着单调而粗糙的生活的学生们，呼吸上甘冽清新的空气。

而先生选的济慈《希腊古瓮颂》，又使我们的内心如何欢呼雀跃呵！

试着想一想：希腊古瓮，爱琴海，神与人，艺术与美，人世间竟然还有这样一种值得惊叹的追忆和思索，这样一种被瞬间捕捉的宁静与肃穆，还有这样一种富有感染力的不朽画面，如此超凡的唯美观照。当济慈最后说出"美即是真，真即是美"的时候，我们完全被诗歌所呈现的情景和音律之美所俘获，简直束手无策，其实心甘情愿。跟着先生诵读雪莱的《西风颂》和布莱克的《老虎》，我们已经无话可说了：一种洞穿心脏的全新力量，一种出自生命根基的惊骇和讶异，先是击打我们，嗣后又重塑我们。

在课堂上，先生操一口20世纪40年代的那种典雅的英语，先给我们诵读一遍，接着讲解。他的语调里掺和了浓重的鼻音，我们在听他讲授中国古典文学时已经领受了，而今这好听的鼻音和错落的音律，又进入柯尔律治的《古舟子咏》里，滑入华兹华斯随着《水仙》跳起舞来的湖畔微澜中，甚至飞翔到彭斯绽放着红玫瑰的苏格兰乡野。徐先生吟诵英诗，总是那么从容低沉，又自信有力，仿佛那些语调和音律紧贴着地面滑行，被蓟叶和灌木所阻拦，变成了一群蜂鸟和斑鸠，久久凝视并对舞起来。

自那一刻起，我真正知道了什么是诗歌，什么是音律和节奏，还有语言的魔法——织体、气息和氛围。

第三件令我感怀的事，是徐先生从来不在我们这些后学面前，炫耀他在元明戏曲研究方面的精湛造诣，展示他的看家功夫。有一次，我在他下课走远后追上他，斗胆问，为何不给我们开一门元明戏曲课程？他沉吟片刻对我说："我的研究还没有达到自己期待的境界，再说古典戏剧不是每个同学都适宜听的，你们应该打下基本功底才好。如果这方面你真的有兴趣，我也可以与你做些探究。"一番话说得我很惭愧，觉得自己是那么地想当然。这令我陷入持久的沉思。直到先生走远了，我还注视着他并不高大却留在梧桐浓荫中的背影。

到后来，我就明白了一个道理，历来那些卓有成就的大学问家，或深入事物堂奥的思想家，总是在内心深处珍藏着那份对研究对象的挚爱，喜欢独自在幽暗未明处摩挲探究，不轻易说那些不成熟的结论，或未及升华的奇思妙想。先生一生研究元明清戏曲小说，不可谓不博大精深，但他往往以质疑和追问的方式，来推动自己学问的进展，因为他深知"有涯"与"无涯"的关系。

当然，世界上也有一些卓越的思想者，对自己专擅的学问和思维领域，如此举重若轻，从不刻意为之，自然抵达常人视为畏途的路径，仿佛那些深沉的思想和探幽发微的洞见，只是游戏，不值一提。譬如，对相对论的伟大发现，也许爱因斯坦没觉得有什么特别值得炫耀的；但如果你能倾听他演奏小提琴，说出他的技艺如何高超，他会喜不自禁地拥抱你。

记得1992年左右，那时我在台州日报社工作，徐朔方先生、吴熊和先生和沈善洪先生诸师，沿着"浙东唐诗之路"到了新昌、天台，我和天台县县长接待和陪同他们。几天在一起，亲炙他的教诲，除了率直敢言之外，我也看到他平易风趣的一面。其间，他很关切地问了我的工作和生活状况，吃饭时我总是坐到先生身边，与他亲密交谈，那种感觉几近幸福。

在我的印象中，徐先生不是那种宏论滔滔的人，与同行或学生之间的问答极为简洁明快。日本神奈川大学人文学研究所所长铃森阳一教授，曾经到杭州大学进行学术交流，后来他写过这样一段话："我在杭大开始生活，马上就知道了他的为人。有时我提出自己的意见，他的回答一般只有四种：'我同意。''我不同意。''我不知道。''我没有根据，不能说。'"徐先生"率真求是"的作风还深深影响了杭州大学中文系。"这个我不懂"，也成为中文系很多师生遇到一时回答不出的问题时，常用的一句口头禅。

反正在我的印象中，先生不是那种爱絮叨的人，除了学问上的追根问底。不想他这次在"浙东唐诗之路"上却对我嘘寒问暖，关怀备至，临别还送了我一本他的随笔集《美欧游踪》，并拿出笔很工整地给我写了题赠之语。

二

第一次看喜爱已久的《牡丹亭》演出，是多年前在杭州红星剧院。这简直太晚了。那会儿周瓦在杭州一家媒体做文艺记者，给了我一张戏票，还忘不了交代一句："晚上还可以见到白先勇。"

记得那晚惠风和畅，天空深邃，星斗闪烁，舞台上梦境迭出，水袖翻飞，暖意盎然。令我惊奇的是，《牡丹亭》竟然可以这样华美、朗润和流畅，这样地充满冶游、青春和异性的诱惑，还有表演和装束的炫目之美。尤其是演员的那些戏服和身段，美得使人灵魂出窍。我在剧院里想到的词就是：蝴蝶与自由。只有蝶类和霞光，可以与这舞台背景和演员戏装比拟。

这就是白先勇带来的《牡丹亭》和其他戏曲。《牡丹亭》有"游园惊梦"一折，似乎还有《思凡》《夜奔》和《西厢记》的一些折子，对中国古典戏曲的确可以管窥一斑了。与《牡丹亭》的隽永绵长相对照，是《夜奔》开场时令人难忘的一嗓子激昂与悲愤。看了这些折子戏，觉得悦目是悦目，怡情是怡情，心里究竟有点不满足。演出结束后，我和周瓦一起拜访白先勇。他带着很亲切也很儒雅的神情，在散场后的舞台上见了我们。

我们问了一些中国古典戏曲的问题和《牡丹亭》演出的情况。起先他简略而客气地作答，后来也有一些细谈。但囿于戏刚散场的那种仓促的环境，加上还有一些事等着他定夺，我们只交谈了二十来分钟。白先生给我的印象是，很热心古典戏曲，特别对《牡丹亭》花了很多心血，但更多地是从现场效果和传播的角度去从事他所醉心的戏剧事业。白先勇说话有板有眼，雍容沉静，还有他手势的雅致，穿着的讲究，都很难忘却。最近我提及此事，周瓦回忆说："很遥远的感觉。就记得他那双眸子，秋水一般荡漾。"

谈到戏曲，白先勇的记忆就变得激荡鲜活了。他第一次看戏的经历，是抗战胜利后的第二年梅兰芳回国首次公演。他的戏曲启蒙老师，是一个叫"老央"的曾做过"火头军"的厨子，此人见闻广博，三言两语能把个极平凡的故事说得活灵活现。他还说自己小时候并不懂戏，可是《游园·皂罗袍》那一段婉丽妩媚、一唱三叹的曲调，却深深地印在他的记忆中，以至许多年后，一听到这段音乐的笙箫管笛悠然扬起，就不禁怦然心动。

我如此喜欢《牡丹亭》，与徐朔方先生有关。

石韫玉在《吟香堂曲谱·序》中说："汤临川作《牡丹亭》传奇，名擅一时。当其脱稿时，翌日而歌儿持板，又翌日而旗亭已树赤帜矣。……余生平爱读传奇院本，心窃许《牡丹亭》为第一种。每当风月良宵，手执一卷，坐众花深处，作洛生咏，余音铿然，缥缈云霄，则起谓人曰：'此中自有佳趣，何必冷雨幽窗，致令其声不可听乎？'"看来，自《牡丹亭》诞生那天起，简直可以写一部传播史了。

据说朔方先生素喜"水磨腔"，俨然资深曲友，常歌《牡丹亭》中杜丽娘的唱段，足见其才情。先生对汤显祖的推崇，也是无出其右的。徐先生的高足廖兄可斌曾经说过，先生的老家东阳是戏曲之乡，他从小耳濡目染当地戏班的演出，汤显祖名作《牡丹亭》中的"袅晴丝"一曲深深地吸引了他。由爱听到爱唱，再到阅读剧本，然后对作者汤显祖产生兴趣，进而对汤显祖周围的作家及他们所处的时代产生兴趣，最后扩展到对整个古代戏曲小说和明代文学的研究。

在台州陪同他考察"浙东唐诗之路"时，我曾向朔方先生请教：汤显祖与莎士比亚如何比较？怎么认识作为个人作家的汤显祖？因为我曾经在《牡丹亭》剧本上做过一些颇为狂妄的批注：莎士比亚超越一切时代之处，临川有所不及；莎翁下笔之汪洋恣肆，临川亦未必能逮。

朔方先生对我说，汤显祖虽与莎士比亚为同时代人，但身处的戏剧创作传统不同，前者依谱按律填写诗句曲辞，后者则以话剧的开放形式施展生花妙笔，创作空间与难度更大。汤显祖生活的明代社会，比起莎士比亚的伊丽莎白时代，要封闭落后得多，因此，汤显祖塑造出《牡丹亭》里杜丽娘这样敢于追求自身幸福的人物，更是难能可贵。

先生还认为，戏曲发展到明代，作家的个人成就在作品中占有更大的比重。汤显祖的杰作《牡丹亭》源于白话小说，犹如他的西方同行莎士比亚的30多种戏剧，只有《暴风雨》一无依傍，完全出于他的创作。但无论莎士比亚还是汤显祖，都可说是个人作家。明清传奇的代表作家和代表作品归属到一个人身上，就是汤显祖和他的《牡丹亭》。

事实上，汤显祖是一个具备生命直觉与自我意识的作家。他写牡丹亭，已经阅尽沧桑，饱览世事，对人性、生死和情爱有了极为独特的认知：

> 天下女子有情，宁有如杜丽娘者乎！梦其人即病，病即
> 弥连，至手画形容，传于世而后死。死三年矣，复能溟莫中
> 求得其所梦者而生。如丽娘者，乃可谓之有情人耳。情不知
> 所起，一往而深。生者可以死，死可以生。生而不可与死，
> 死而不可复生，皆非情之至也。梦中之情，何必非真？天下
> 岂少梦中之人耶？必因荐枕而成亲，待挂冠而为密者，皆形
> 骸之论也。……嗟夫！人世之事，非人世所可尽。自非通人，
> 恒以理相格耳！第云理之所必无，安知情之所必有邪！

好一个"情不知所起，一往而深"，"生者可以死，死可以生"！
更出人意表的，竟然是"人世之事，非人世所可尽"。我们常说，《牡
丹亭》上接"西厢"，下启"红楼"，怎一个情字了得？更为重要的是，
它是中国文学史上罕见的直接缕述生命、青春与自然的文字，且穿越
生死界限，直指人的本真，是一首抵达灵魂、爱和死亡的诗篇，400
年前的"魔幻现实主义"。

试着想一想，在明朝这样一个拘礼数、重常理、灭人欲的时代，
《牡丹亭》是个多大的异数！汤显祖敷衍了一个备受礼教约束的太守之
女杜丽娘怀春慕色的故事，她因情成梦，因梦成痴，又因痴而亡。然
而死犹未已，一灵不灭，继续在死亡里追寻到梦中情人柳梦梅，最后
又还魂回到现实世界。这是一件了不得的事，在这样的国度，这样一
个时代。

汤显祖写下"人世之事，非人世所可尽"这句话，揭橥了创作

"本体论"，替"杜丽娘"代言，为几乎被礼教和黑色理性扼杀复又冲破重围的"爱情"作传，但却是站在无所不能者的立场，于人世无法尽述的地方，开始说破人世之事。

就这一点说，我也要好好记取徐先生的好处：正是他，将我与《牡丹亭》紧紧地连接在一起了，而且是如此血脉贯之，搅动周身，直达神经末梢。我记得徐先生还对我说了一句：《牡丹亭》不仅仅是一部戏剧。至今这句话仍然萦绕于耳。

过了好些年，有人问我，《牡丹亭》到底好在哪里？要是倒退 100 年，这类问题是无须我回答的，可是在这喧闹浮华的年头，确应另当别论。

《牡丹亭》是一次精神冒险，一次空前的情感、生命与死亡之探索。这种精神冒险是全人类共有的，但首先是属于中国的。试着想想，生活在精神禁锢、世态炎凉、生活荒漠化的国度，又出生在拘束身心、迂腐僵硬的家族，小女子杜丽娘却要追求真爱，"一生儿爱好是天然"，因为现实的不可能转而在梦境中追求与沉醉，而且把爱欲迅速燃烧至炽热点，"和你把领扣松，衣带宽，袖梢儿揾着牙儿苦也，则待你忍耐温存一晌眠"，"紧相偎，慢厮连，恨不得肉儿般团成片也，逗的个日下胭脂雨上鲜"。

按照白先勇的说法，《牡丹亭》启蒙于梦中情，转折为人鬼情，归结到人间情，是一部史诗格局的"寻情记"。而青春版《牡丹亭》改编者张淑香则认为，我们可以发现此剧的隐喻的深层结构，那就是杜丽娘由生活在精神的荒原，接受自然的情色启蒙，经历梦境而到死亡与复活的过程，已经构成英雄历险的神话原型完整模式，也象喻青春期的心理转化与精神成长。"杜丽娘为梦中之爱而死，看似玄虚，底里蕴藏着看不见的存在的真实"，这位来自台湾大学的剧本改编者这样写道，"从反面看杜丽娘之死可视为对于荒原的抛弃，自我保存之道"。

自从受徐先生影响爱上汤显祖之后，我几乎成了《牡丹亭》迷。

那晚看了白先勇带来的《牡丹亭》，后来又在北京的皇家粮仓看《牡丹亭》，很是不同的印象：没有麦克风，没有耀眼的灯光和炫目的舞美设计，演员的表情也比白先勇的班子少了些神采飞扬，多了些优雅沉静，减去几分抒情意味，平添一些生命气息。现场感也很充分，在偌大的粮仓，唱腔和发声被更多地吸收了，像地气蒸腾，终归消散。直到此刻，杜丽娘和柳梦梅念唱的声音似乎还在耳畔盘旋，那种爱情既柔弱又强大的回声，足以穿越这高大、坚固而黑暗的粮仓。

《牡丹亭》所引发的，远远超过了一部戏剧所能承载的。

正是徐朔方先生，为一个本来对戏剧没有什么太多感觉的人，指出了一个充满精神诱惑的新方向，使我获得了另一种审美路标，使我找到了戏剧这个家园，也让我珍视周围那些热爱戏剧或戏曲的同道，如我的大学同窗王兄依民、小说家兼编剧周瓦，他们对我的影响是无可估量的。在王府井的北京人民艺术剧院，在恭王府，在梅兰芳大剧院，在泉州的梨园古典剧院，在台州乡村的戏台上，都留下了我的印记，我的投影，我的屏息期待。

三

最后说一件事，那是徐先生从来也没有跟我们晚生谈起的，他和胡兰成的一段交往。这件事，离现在是远了，也有点淡了，却足以让人五味杂陈，沉吟良久。

话得从头说起。

台湾剧作家贡敏在谈到与先生的交往时，说了下面的故事。

认识朔方先生，应拜两岸文化交流之赐。那年我为台湾电视公司编撰《新白娘子传奇》剧本，随外景队至江南一带工作。在杭州西湖拍戏时，就下榻于湖畔的柳莺宾馆。为拍"游湖借伞"那场主戏，我们请了浙昆的资深演员周世瑞来客串艄公一角。也因而结识了昆曲界许多知名人士。朔方先生为杭州大学教授，学贯中西，专治戏曲，为近代研究传统戏曲的重镇。他曾多次借出门游泳之便，顺道至柳莺宾馆找我谈天、谈昆曲，也谈我们正在拍摄的电视剧。

有一次，他携来两小册以钢笔蝇头小楷书写的新诗手稿。内容除了部分抒情诗外，赫然为一部以诗剧形式写成的《白蛇传》，既完整，又工整，令后学的我十分钦服。意外的是，徐先生说："这个是送给你的。"我深知诗人手泽，何等贵重，自是不敢接受；但在蔼然而笑的徐先生一再坚持下，推辞不得，只好恭敬不如从命了。

之后，每至杭州旅游或观剧，总会与徐先生联系或晤面，他成为我在大陆结识的诸多友好之一。某次在家中整理名片时，偶然发现徐先生的别号是"步奎"，而这两个字又眼熟得紧，苦思之下，终于想起"徐步奎"是胡兰成先生在《今生今世》大作中述及的友人之一。但是否就是朔方先生，却不敢妄断。因为胡兰成在书中提到徐步奎时，常会联想到张爱玲，这或许是我对"步奎"两个字印象较深的原因。

在《今生今世》中，胡兰成有好几次提到徐步奎——"同事中我与徐步奎顶要好。步奎也是新教员。他才毕业浙大……却学的西洋文学。""徐步奎心思干净，聪明清新，有点像张爱玲……""他谦逊喜气，却不殉人殉物，但是我很心平，因为他不及爱玲。""我听步奎唱《游园》，才唱得第一句'袅晴丝'，即刻像背脊上洒了冷水的一惊，只觉得它怎么可以是这样的，竟是感到不安，而且要难为情，可比看张爱玲的人与她的行事，这样的柔艳之极，却生疏不惯，不近情理。"

为了求证，我写了封信，附上《今生今世》与《山河岁月》二书，一并寄给徐先生，冀望获致答案。徐先生很快就复了信，说他就是胡兰成笔下所写的人，并要我立即打听胡的下落及地址，他要和胡联系。因当时胡兰成已返回日本，不久即逝世，所以徐先生并没有达成和胡联络的愿望。后来徐先生将他与胡兰成之交往情形、应邀来台出席会议及旅游之观感，各写了一篇文章，要我为他在台湾找刊物发表。遗憾的是我谋事不臧，在碰了两个钉子后，就没再继续努力。如今朔方先生已归道山，补恨已迟，思之实在是愧对长者。

这件事，让人有点想不到，其实也可以想一想，那个乱世，那些人和事，那时的文坛格局，究竟是可以有点意外让人品评的。先生的真实，先生待人的宽厚，对问学的严格，其实是浑然一体的，也是令人回味的。

至于胡兰成，我们深知他的气质和文章。不知怎么的，再有人怂恿，再有人替他开脱，我也喜欢不了他。他的《今生今世》，我也不是没有细心读过，好是好的，妙也很妙，又机巧又沉静，但终究因为没有气象，缺少风骨，进不了我的意识深处，就像沙泥不会全然融入水里。翻阅《今生今世》，那种三分钟恳挚之后的摇曳顾盼，几段清新之言后的接连混账话，着实令人懊恼。读他的文字，那种处处为自己粉饰开脱、时时借着张爱玲名头为那个可怜的"小我"更张的味道，直是一股霉味扑鼻而来。

至于张爱玲和胡兰成的关系，我也有些说法，不知是否确切——

当年张爱玲为何对胡兰成丧失基本的辨识能力，并甘愿而可悲地降格到低于尘埃的地位？就是因为她对雅驯精致的那种传统浸淫过甚，不可超拔。而胡兰成身上的虚伪、腐朽和淫软，与纤巧精致的洋场做派和适度袒露的村夫气息，有意无意地加以巧妙调制，成了极其诱人的陷阱。她身上可贵的历史意识和洞明世事能力，竟然掩不住作品中贬损刻薄的气息，以及生命姿态的失衡。她对机巧、暧昧和颓废，从根本上说是欣赏的，时常欣然往之，晚年却陷入彻底绝望。

附带说一下，徐先生一生先后有过两位夫人，这两位夫人后来都卧病在床，经先生悉心照料多年后去世。

第一位夫人杨笑梅，是他的大学同学，两人相恋时，杨笑梅就查出患有重病，但先生不离不弃，坚定地与之结婚，婚后照料10多年。后来夫人一直卧床不起，先生每天又要授课，又要写书，还要照顾夫人日常起居，经常是天黑后下课回家，马上烧饭，陪夫人聊天说话，服侍她休息。1961年初，杨笑梅故去。

后来的夫人宋珊苞，是先生的浙大校友，杭高语文老师。宋师母后来得了绝症，长期住院。那时节，他们的两个儿子都在国外攻读学位。先生已经70高龄，这么大年纪了，一边忙着教学、写书，一边每天还骑自行车往返于浙大与医院，直到2001年师母去世。

这就是朔方先生"风度倜傥"与"缜密严谨"的底牌，由此可见，拜伦、济慈和陶渊明、汤显祖在他身上彻底统一，完全调和了。

他的一生，就是一部激越而从容的戏剧。

2012年3月14日，杭州

鹰的蒙太奇（诗学谈片）

1. 想起了兰波

要写出精确的当代往事，动用日记、影像和刊物是远远不够的，何况我在这些方面不是一个有心人。日记断续而散落，收集刊物也缺这少那，做各种形式的札记随意至极。看来要写出某种事实，呈现某个年代的面貌，勾勒某个文学群体的活动状况，还得通过对各种面孔、声音、气味和氛围的回忆，借助于年鉴、文本、照片和图形，一个跨文体片段，一个几乎不可考的鬼画符，来再现和重构往昔，刻画一代人的精神肖像。正如兰波所说，这种语言，综合了芳香、声音、色彩，概括一切，把思想与思想连结，又引出思想。

2. 影子与现实

影子，包括颤抖的阴影和午夜的尖叫，还有内心的无名恐惧。而外界如此强大，奇异，胡搅蛮缠，甚至恐怖。它经常是，而且颇为拿手的是，在影子势力达到强盛之时，轻轻地、不露痕迹地抹去真实形体，好像这个世界什么也没有发生。诸如日出、游戏和突发事件，以及玻璃幕墙折射出来的成团乌云。唯一可安慰的是，黄昏时分有两个孩子在城区的旧铁轨上嬉戏追逐，喊叫，如此忘情，没心没肺，无视将来的种种陷阱。艺术却由此诞生，包括诗歌。

3. 语言所根植的大地

2011 年夏季的一天，树才让我去杭州萧山国际机场接上诗人蓝蓝，一起到奉化参加诗歌活动。我很早就读过蓝蓝的诗，但从未谋面。她带着两位孪生的宝贝女儿出现在我面前，好像是个携带两本相同诗集的旅行者。在车上我们交谈起来，发现彼此有一个共同的爱好，就是美洲诗人，尤其是聂鲁达、帕斯和博尔赫斯。蓝蓝还向我描述了她的南美之旅，谈起那里的气候和地貌，硕大的植物，鲜明的色调，河流、丛林与房子，特别是南美人和他们有点夸张的激情。我没有去过南美，却意外地收获了聂鲁达和帕斯诗歌的地理根源，他们那种语言所根植的大地，以及人性存在的依据。

4.《废墟间的颂歌》

谈到帕斯的《废墟间的颂歌》，诗人余刚曾说，"这首诗之所以能令我折服，主要是最后两句：'人：形象的根本 / 语言开花结果，化为行动。'特别是最后那句，在我脑海里游荡了十年都不止。因为这句诗的功力，不输于任何人。而在这里，我有时把'语言开花结果'当作废墟二字来读的。"他又说："或许正是两个废墟的交织，才产生足够的张力，从而在今天读来都鲜艳无比。更重要的是，世界一直在光明和黑暗、希望和绝望之间摆动，与这首诗何其相似。"在给余刚的留言中，我这样写道："帕斯的伟大，我们现在还没有足够的认识。你评论的这首《废墟间的颂歌》，的确也是我非常推崇的，而且我觉得每一次读来都有新的感悟，历历在目而深不可测。政治意识转化为艺术诗行，美洲大陆的气势变成层次递进的语言构造，而墨西哥本土文化与现代性的废墟恰成对照，一切壮丽完美。诗歌写到这种份上，也算是死无遗憾。"

5. 艾略特的《四个四重奏》

艾略特的《四个四重奏》是怎么写出来的？回到前辈之地，睹物思人，属沉思与凝视之作。这组诗把时间维度引入到几个地点，把哲学的、现象学的、象征的精神与事物融合在一起，而火、土与金属等元素随处可见。《四个四重奏》比《荒原》更好。《荒原》关注现代文明带来的问题，现代性造就的"荒原"，被遗弃的城市，精神的废墟，爱情、死亡与荒谬，但《四个四重奏》具有更宽广的视野、更深刻的思索，时空感更强烈，特别是对时间的具体呈现与抽象谈论，都恰到好处，既精密又空疏。在这组伟大的诗作中，艾略特挖掘内心深处的一些东西，作了一次整体性精神考察，并思考"新的希望在哪里"。在《四个四重奏》中，他的诗歌技术也更加成熟了：叙述的成分与呈现的要素互相穿插，构成了内心与客体、时间与空间、战争与爱情、日常生活与转折岁月的"重奏曲"，对远处传来的孩子们的笑声与严峻时刻交叉刻画的手法，实在令人惊奇。而火焰与玫瑰交缠的场景，正是一幅永恒的象征。

6. 经验的类型

马克·吐温一生干了不知多少事，最后还折腾个没完，但更令我们惊讶的是，他的文学、他的写作姿态、他的内心世界，却是一以贯之的，纯粹的。而女诗人狄金森，少女时代之后完全进入闭合状态，足不出户，过着孤寂隐居的生活，但她的诗歌如此多样化，摇曳多姿，简直包含了人的一切心灵感受，甚至包含可称为"宇宙之心"的东西，多么令人向往。怎么解释这些呢？所以，以职业身份来界定人的整体，确实省事，但很不值得推崇。我们的诗人与作家，有一个身份是不变的：思索者与行动者。不同职业中的同一性。白日梦者。

7. 鹰的蒙太奇（上）

先看一下罗伯特·佩恩·沃伦的《夜之鹰》：

> 从光的平面转入另一个平面，翅膀穿越／落日筑起的几何学与兰花，／飞出山峰阴影的黑色角度，骑着／最后一阵光线喧闹的雪崩／在松林上，／在咽喉似的山谷上，鹰来了。它的翅膀／切下又一天。它的运动／像磨快的钢刀挥动，我们听见／时间之茎无声地倒下。每根茎上都沉着地挂着金子，那是我们的错误结成的。／看！看！它正攀上最后的光线／它既不知道时间，又不知道错误，不知道／在谁的永不宽恕的眼光下，这未被宽恕的世界／摆进了黑影之中。最后一个画眉／唱了很久，现在也静默了，最后一个蝙蝠／在尖削的象形文字中回翔。它的智慧／太古老，太宏大。星星／像柏拉图一般坚定，照在群山上。要是没有风，我想我们能听到／地球在轴上转，格格地响，听到历史／在黑暗中点点滴滴，像地窖里漏水的管子。（赵毅衡译）

这是鹰的蒙太奇，也是自然、历史与鹰的复调。
在沃伦眼中，鹰是最高裁判者的象征，它甚至可以在"最后一阵光线喧闹的雪崩"中收割时间，"它的运动／像磨快的钢刀挥动，我们听见／时间之茎无声地倒下"。但鹰又不只是尊崇者，它更像个具备智慧的勇士，或是神秘的拯救者。作为一个凝视者，诗人见证了自然主义者崩塌的瞬间，也对正义论者的乌托邦梦想的溃缩，抱有一种深刻的同情。之所以说这首诗是"鹰的蒙太奇"，不仅在于诗人对鹰这个形象以及生命高激发状态的定格，具有大摄影师的高超技艺，更重要的是，诗人深知"形式不仅储存质料，还组织、形塑质料，赋予它们意义"，并且他还知道如何将其戏剧化，因为"诗人以自己的方式评论世界，包含着诗人就人类本性发现的各种'真理'"。诗人也常用抽象的概念，但诗操持各种特别的场景，有不可救药的具体可感性，这意味着诗的表达方式最终是戏剧性的"。这首诗的视角是多变的、转换的，但我们感受到了诗人长久的凝视、运动中的凝视，从天空到群山，直至黑暗的洞穴。

所有凝视者都在凝视自身，就像命运女神。

在鹰的蒙太奇中，我们看到的既是精神之鹰、事物之鹰，也是肉体与灵魂嵌合之鹰，甚至——就是诗人自己。蒙太奇的画面，应该是连续而寓意深远的，也具备象征意义和内在联系，就像剧场的转换、同一人物的多种面目。这里既有线索可供追寻，又足以激发想象空间的无限弹性。于是我们在这首诗中看到了鹰的多义性，它的飞翔、俯冲、切割，包括栖息的瞬间，而落日、山峰、光线、黑影、根茎，还有抽象的历史、文字，都建构了鹰的主体性，以及它与自然环境、历史镜像的关系。绝妙的是这首诗的结尾："要是没有风，我想我们能听到／地球在轴上转，格格地响，听到历史／在黑暗中点点滴滴，像地窖里漏水的管子。"看来，鹰在终结自然的某种进程时，也终结了一段世界史。历史"像地窖里漏水的管子"，奇妙的比喻，把一部世界史的要义说尽了。

8. 鹰的蒙太奇（下）

凝视，尤其是对客体——鹰及其他的猎物——的凝视中，自我出现了。正如拉康所描述的，"从虹彩的罗网或射线——我首先是它的一部分——中，如果你愿意，我作为眼睛浮现出来了。在一定程度上说，我是从我愿称做'观看'的功能中浮现出来的"。如果诗歌中的鹰从属于神话系统，那么正如拉康所生动描述的，"在瞥见狩猎女神阿尔忒弥斯的地平线的那一刹那，一股奇异的芳香从那里散发出来——它的触角似乎在这一悲剧性的毁灭时刻被联系起来，在那一刻，我们失去了那个能言说的他"。

当然，这里还涉及诗人的观看方式。眼睛与灵魂的凝视、鹰的相对运动，以及自然与历史的遭际。对于这一点，诗人没有、也不可能挑明，但作为哲学家、精神分析大师的拉康，同样能予以很好的诠释（虽然不是针对这首诗）："在我们与物的关系中，就这一关系是由观看的方式构成而言，而且就其是以表征的形态被排列而言，总有某个东西在滑脱，在穿过，被传送，从一个舞台到另一个舞台，并总是在一定程度上被困在其中——这就是我们所说的凝视。"

鹰，通过蒙太奇的形式，冲破了这种围困。

9. 狄兰·托马斯的《薄暮下的祭坛》

最近海岸翻译了狄兰·托马斯的《薄暮下的祭坛》。2020 年早春新冠来袭期间，海岸滞留浙东南老家，新译了狄兰·托马斯三首小长诗

《薄暮下的祭坛》（"Altarwise by Owl-light", 1935）、《秀腿诱饵的歌谣》（"Ballad of the Long-legged Bait", 1941）和《愿景与祈祷》（"Vision and Prayer", 1944）。这是他继名译《狄兰·托马斯诗选》之后的又一力作。《薄暮下的祭坛》是狄兰·托马斯笔下一组十首晦涩的十四行诗：以耶稣的诞生和受难为主线，缠结诗人自身的传奇。耶稣基督面向祭坛十字架降生，创立一种基督教体系；天堂与地狱之间是尘世，也是"子宫"趋向"墓穴"的生死"客栈"。海岸本人曾经遭受巨大的病痛折磨，还有长期从事医学词典编辑的经历，都令他对人类生存境况有着深切的理解，他良好的语言背景和对基督教文化的理解，也为他的译作打下了极为坚实的基础。

10. 爆炸性力量

一位诗人告诉我，他曾亲口问过斯奈德："人们常常将你列为美国垮掉派的代表人物，你与金斯伯格有什么不同？"斯奈德的回答机智而犀利。他说："也许在世人看来，我跟金斯伯格都具有爆炸性的力量，但是我们很不相同。金斯伯格把'炸弹'扔出去的同时，也让'炸弹'自身彻底毁掉，最后什么都无影无踪了。他让现代文明与语言炸弹同归于尽。而我把'炸弹'扔出去，爆炸同样发生，但'炸弹'本身却依然存在。"

在《四个变化》中，斯奈德说过，"荒野是完整意识的国度"。就其本质而言，斯奈德的意识、心灵、想象力和语言，是狂野的、荒凉的。这种狂野复杂多变而十分古老，充满了甘冽空气中星空般的启示。他心中的荒野，确凿地存在于西海岸的加利福尼亚州北部、华盛顿州一带，飘散出印第安人的气息，有熊、鹿、胡狼出没的踪迹。

11. 禅意的"现代性"

斯奈德的诗歌有着很深的禅意，但这种禅意却是历经了现代文明由盛转衰之后的禅意，也是目击自然和工业文明间毁灭与复仇之快意的禅意，包含了一种坚实而清新的自然观。其实，他与金斯伯格是殊途同归的。金斯伯格更多的是对现代文明的判决和摧毁，而斯奈德则竭力保护包括印第安土著文明在内的古老文化和自然生态免受现代精神的侵蚀。荒野就是阵地。斯奈德旷日持久的写作就是一种绝代战争。有一次，他发现他能从一个有黄蜂巢的果树上摘苹果而不被叮蜇，连忙解释说："我的身上仍带有山的气息。也就是说，具有山的气息与荒野气息本身就是一种保护。"

斯奈德与垮掉派的直接血缘关系在于，他也在诗歌中表现嬉皮士那种放浪形骸、玩世不恭，也会求助于直觉、梦境、宗教、神话，甚至毒品。金斯伯格对社会的关注集中体现在社会文化生活上，而斯奈德则把他的政治身份定位为"荒野代言人"，揭示了现代文明和城市的本质；与金斯伯格声嘶力竭的"嚎叫"完全不同，斯奈德的诗歌更接近于事物的本色，以对抗我们时代的失衡、紊乱及愚昧无知。从诗歌本身来说，金斯伯格是美国诗歌传统真正的继承者，惠特曼革命性诗学的当代化身；而斯奈德的意识是神秘的和前科学的，正是这种神秘意识，以及对当代文明的身心拒斥，使他更为警醒和柔韧。

12. 阿多尼斯

在杭州的一次聚会上，阿多尼斯对我说："我仿佛就住在一张画里。"我理解他那一刻的心情。在诗歌里与语言、意识搏斗，在现实中需要适度放松。很有幸，杭州无数次成为一张画，或精神扇面。当他把自己的书法作品赠给我时，我把它看成悬诗或精神战表，不，是大马士革拓片。

13. 向雅各布·布莱克斯利（Jacob Blakesley）致意

遵从诗人、"百科诗派"创始人殷晓媛之命，我为英国诗人雅各布·布莱克斯利写了推荐语，并提出了三个问题。我的推荐语是："雅各布·布莱克斯利，一个与但丁有着神秘而广泛联系的英国当代诗人，但丁研究专家和意大利现代诗歌译者的身份，透露出他自身的知性、玄思与广阔的想象力。他的诗，虽为一个知名学者之作，却有着源自生活本身、星空世界和历史深处的不竭源泉。他时常赋予诗作以变化多端的形式感、奇妙的意象组合和与内心共振的语感，而隐含其中的历史、神话和掌故，给他的诗歌灌注了一种迷人的沉思气质。"

我向雅各布·布莱克斯利提出了如下三个问题：

（1）你的但丁研究与诗歌创作有着什么样的联系？换言之，与《神曲》作者的亲近感和深刻联系，是否唤起了你与其他当代诗人不同的诗思以及语感？

（2）你如何在学者与诗人之间保持一种危险的平衡？诗歌写作对你来说，究竟意味着学术生涯中一道瑰丽的亮色，还是源自生命本体和自我意识的自然涌流？

（3）你怎么处理神话、宗教和历史题材与诗歌的关系，进而言之，你的诗歌与这些文化现象之间有着什么样的"秘密通道"？你如何将之转化为诗歌的意蕴与质料？

14. 三三制：那些影响我精神世界的人

如果把影响我的诗人限制在三位的话，第一是圣-琼·佩斯，第二是沃伦，第三是沃尔科特。小说家里有三个人值得我推崇，那就是卡夫卡、西蒙·克洛德和卡彭铁尔。中国古代诗人里，屈原、杜甫和李商隐对我影响最大，而现当代诗人里，冯至、穆旦和昌耀对我有很大影响。我和洪迪先生一样，认为鲁迅是个大诗人。我的大学毕业论文的标题是《论鲁迅〈野草〉的美学特征》。

15. 与赵振江先生一席谈

赵振江先生跟我说过，20世纪50年代他们这些人在北大读书期间，对聂鲁达的印象已经深入脑髓，早上起来的第一句话，或者叫起床的第一个暗语是："伐木者醒来吧！"赵振江先生引用帕斯说的，写诗的秘诀在于：简洁、清晰而有预见性；翻译中的踌躇：到底翻译成"太阳的血管"还是"充满活力的血管"？诸如此类。他还谈到巴略霍的不可译性：生造的词、名物的生疏、习惯用语、对丘克亚语的运用、地方性知识、与身世有关的事件等等。特别是他的《特里尔塞》，这个词本身就是造出来的，在诗句的迷宫中，没有任何向导，也没有任何约束。在巴略霍诗歌中数字很重要，诗人赋予它特殊的内容，本身的意义却不存在，很多无法翻译。顾彬曾对赵振江先生说，翻译就是你的创作，中国人读西班牙语诗歌，就是读"赵"。赵当场回答，不，翻译是根据原文进行的二度创作，或者在深刻理解原文的基础上，以母语来进行再现性的创作。这位被称为"赵"的翻译家认为，有些诗歌可以部分直译，但很多不能。必须顾及输入国的语言习惯，这一点很重要。

16. 余刚："钻石的高度"

据说余刚写过这样的诗句："钻石的高度"，但我没有找到原诗。我想，这句诗让语言获得钻石的高度。余刚是这样一位诗人：善于在不动声色的叙述中透露出历史的机锋，于内心世界中不断扩展的超现实意蕴、彻底的反叛与解构，特别是紧贴现实飞翔而又能抵达绝境的语言实验，显示出他对人文精神的深刻把握和对当代欧美诗歌前卫意识的批判性接受，也表达了他作为剧烈变化时代见证者的洞察力，而大气又精微的表达方式则是他向来的美学追求。他的诗歌是对想象力的另一种解放，也是对人道主义世界日渐式微的全力救赎。警峭的诗句，内敛、必要的张力和精选的意象，跳跃式诗行之间的巨大空白，提升全诗境界的收尾，以及神来之思与"枯笔"的交替运用，都是余刚所擅长的诗艺。

就拿他那首《神秘的三星堆》来说，它的优异既不在于佳句迭出，也不在于娴熟的技巧，或回肠荡气的笔墨，而是弥漫着一种说不出的感觉，也许是对大地秘密的突然开启，对历史迷雾的瞬间洞悉，或对天空星图的悉心解读。余刚对南方水样智慧与北方深沉脉动之调和，实在令人难忘。这首诗是自然与人、宇宙与内心、历史与现实、实在与虚无的交织对应，也是对镜像与光源、词与形、比兴与赋等语言、审美诸领域更为精细的把握，"创造了一种仅凭感觉就能洞悉一切秘密的霞蔚般的文明"（陈文育语）。余刚在巴山蜀水之间留下内心投射和对异质文化的深层开掘，甚至比四川诗人走得更远。他的《金鱼的复仇》也是天赐的灵光一现，是一场虚无的舞蹈，并收获了形而上的喜悦。

17. 阿九的诗歌

阿九出身工科，是热物理学专家。按照寻常的人生路线，他是个典型的技术狂、工科男，但阿九恰恰是个标准的诗人，而且是实在不可多得的诗人，虽然他写的并不是很多。蓝蓝说阿九是个语言天才，信然。但我更感兴趣的是，这个"以世界文化为自己家乡的人"（刘翔语），如何使博杂的知识结构以及以《亡灵书》《吉尔迦美什》《薄伽梵歌》《旧约》等为代表的古老文明歌吟传统，与新浪潮下的中国境遇产生化学反应。他的语言有着乡村式的质朴与清新，但他的词根是世界性的，有着现代文明熏染的基质。他的《明歌》带有歌谣传唱的基调，起手不凡，"我的歌高于天山 / 胜过一切晚宴"，但他在诗中却描述了现代式的愤怒、悲哀与恐怖。在抒情诗展开的过程中有不屈的身影、非凡的歌喉和明亮的眼睛，阿九的理想主义是孤绝的，超越时空的。在《再论月亮》这首诗中，他最后回到了大地，"但我不是天使那样卓越的事物，/ 我的本体是仍是尘土。/ 当我飞行，/ 我惊叹自己对天空的展开与发扬"。

阿九的作品中不仅有元诗歌的一面，更有把语言既作为目的又视为道具的动机，这在他的《辅音风暴》中表现得淋漓尽致。元音与辅音之间的对立，具有二元论的、对峙的紧张关系，实际上是社会撕裂和阶层对立的缩影，更是权贵与受损害者之间矛盾的象征，而这种关系充满了极端的荒谬性。阿九借助于元音和辅音之间具有戏剧性的对峙、分离和错落，投射了人间万象，指证了一触即发的危机，并对这个世界解体和崩溃的可能性，做出了某些重要的预见。"连死神也不敢追忆当天的寒冷"，"元音们还是陷入了末日般的惶恐，/ 甚至气象台也参加了预言：/ 今天晚上到明天，/ 有一场辅音风暴"。在这首诗中，阿九多次直接将现实中的意象，如选票、口粮、交换、法庭、犯罪率、机器、健康恶化等，与作为语言元素的元音和辅音，进行"异质同构"和"元素混成"，完成了一次先锋写作中意义深远的尝试。阿九既沿着既定道路继续前行，又加入了很多异域意象和超现实要素，他那独特的乡愁，他在历史深处探寻与现代性耦合的事件与印记。他保持了对古老的民族文化的浓厚兴趣，但他的底色是现代、后现代的。和解、良知和完整的世界，正是他永恒追寻的目标，"我的心则更像一卷古老的竹简或纸草"。

18.《玻璃终于碎了》

重读友人、诗人江一郎的诗歌，我经常被生命的意外和生活本身的不可承受之轻所震撼，那首《玻璃终于碎了》就是一例。一块有裂痕的玻璃，本身就是一个悬念，碎裂是迟早会发生的事。在没有外部冲击的条件下，也许它会一直这样坚守下去。事实上，这块玻璃是忍耐和隐痛的象征。在起风的夜里玻璃终于哗地一声碎了：生命画上了一个句号。诗人探究的是，在玻璃碎裂过程中究竟发生了什么。诗人采取的修辞手法，是极为平常的拟人化手法，难得的是诗人能深入玻璃的内部，甚至化身为玻璃，进行一次沉痛而具有暗示性的生命体验：生与死，存在与毁灭，紧张与放松。在时间进程中，有裂痕的玻璃之持守是有限度的，正如人类的隐忍不是没有终结的，而大风刮过让玻璃无法坚持，在生命经受考验的同时，也面临生死选择。表面上看，玻璃碎裂了，事物毁坏了，存在出现了豁口，精神的闭环被打开。如果我们也能同样深层次地体验这场变故，会发现玻璃是重返自由了。

19. 博洽与敏锐

这个与运动健将同名的人，其百科全书般的博学程度与检索能力，还有他对诗歌气候的敏感，对观念史的熟稔，对文本的细读，巨大的耐心，甚至他的冷幽默与热心肠的共存，是难以形容的。他的诗歌批评和理论，色谱宽广，而精神标高令人敬畏。当然，我们都知道，他叫刘翔。

20. 刺穿荒谬，建构存在

我曾经说过："先锋诗歌不仅刺穿荒谬，还建构真正的存在。"从这个意义上看，先锋不是一个标签，而是一种精神。北回归线的实质，就是一种基于人文关怀的穿越，对人性、社会和自然的根本关切。有现实感的诗人们，一定会把视野扩展到广袤的天空与无尽的大地。而人，恰恰是诗人笔下的重中之重。

21. 语言盛开的过程

诗歌是人类语言的最高状态，但当代汉语诗歌需要一个盛开的过程，全生态展示的过程，多样化和分化、交错的过程。

22. 地铁与诗歌

地铁，现在已经成为生活中不可分割的一部分。地铁，每天乘坐，非常有规律，这些时光都可以用来阅读，尤其是读诗歌。作为一个日常事物，地铁跟我息息相关。有一次我在首都国际机场，看到芒克匆匆而过，倏然消失在人群中，都来不及与他打招呼，就觉得这个场景很有意思：一位著名诗人在机场里匆匆而过，转眼不见踪影。我年轻时看过一部法国电影《最后一班地铁》，里面的人物乘坐最后一班地铁，发生了一些故事，也留下很多悬念。

地铁承载了很多生活内容，是人际交会的场合，一个社会触碰点。我写过一首《地铁》，里面有神秘人物的出场，还有个空易拉罐在地面上滚动，可以想象地铁里发生很多对话、错失与怅恨，甚至毒枭在里面交易海洛因。地铁是一种生活方式，可能你在地铁里看到一句诗，马上记住了。也许你可以带一本诗集上车。在其他生活状态中，诗句可能过目即忘。很多时候，人对诗歌没有这么敏感与专注，因为人的记忆有选择性，今天人们的时间也是碎片化的。

23. 时间是唯一的凶手

我曾在一首诗中这样写道："时间是唯一的凶手。"

但今天我却要为时间说句好话：它的易逝性，恰好使文明和人类经受了冲刷和检验。无法想象我们活在一个不变的世界，与时间"共存"。无论过去，还是现在，我们写的每一首诗，都带上了时间的印记。这些印记，犹如冰川期留在山峰、河床的擦痕和裂隙，构成了美的证据。如今我们又站在时间的交叉口，每一天都有诗歌"活火山"的小喷发，造成了微型的精神奇观。

到了我这个年龄，以种种人生的经验，对时间这一母题不可割舍的书写欲油然而生。故此，我写出了《时间书》第一、第二卷。第一卷带有概论性质，第二卷是写被列入人类非物质文化遗产代表作名录的二十四节气。可能还有数卷待完成。写这些诗歌之目的，就是不仅以百科的，也以人文的视角，还企图站在文明的基石上，对时间这个永恒的文学主题，进行一些个体的挖掘和展示。说到底，所有诗歌只有一个主题：时间。

这也意味着为自由意志寻求一种张本，将胸臆、情感和内省经验，以及各种现代情境组合成一个足以玩味的和谐整体。矛盾和差异，在更高的层面上，也是一个和谐整体。我们既置身于令人心惊肉跳的文明冲突中，又活在与众生并无二致的内心欲望里，力图获得那么一刻的安宁。但事实上安宁不是一个目标，也没有任何捷径可以抵达。我们每天自寻烦恼，也时刻企图消解忧虑。诗歌，正是一种荡涤的力量，一种确信的证词，一份超越的美感。

幸亏我们有诗歌，有一个新百科全书式的现实。我们都是凡俗之辈，没有但丁这样的福分，在人生中途迷失方向的时候，遇到了睿智而仁慈的老师维吉尔，引领其规避种种阻碍与意外，历经了那万劫不复的地狱和尚可赎罪获救的炼狱，再由永恒的女神贝亚特丽齐继续引导，经过构成天堂的九重天之后，终于到达了上帝面前，其思想与上帝的意念融洽无间，打成一片。上帝是举世无双的诗人、时间的化身，也是永久的隐士。空无，就是祂的创造。

必须向诗歌致意：就在史诗的教堂之前，在人世的阵风中，时间的斜坡上。

24. 美的手艺，思的天籁

诗歌乃美的手艺，也是思的天籁。诗，无外乎：力与美，形式与意蕴，语言与内心。诗歌写作的过程，就是回忆、省思和返归的过程，也是探寻的过程。诗人是现代之"巫"，其"巫术"就是想象、仪式和全能感知的融合，一己妄念与宇宙之心的调谐，洞察、预见与现实的匹配；同时，诗人又是匠人，毕生制作一朵令受难者得以慰藉、绽放于时间之外的玫瑰。学诗 40 年，甘之如饴，亦苦不堪言。甘是精神之甘，苦不独肉身之苦，更有一字未安彻夜无眠之累。吾本浙狂人，独膺杜工部。读《神曲》，直视维吉尔与贝雅特丽齐，满心向往佛罗伦萨，转念却又寻思：写作即为历经地狱、净界抵达天堂的过程，换言之，就是从中年迷途，情势险恶，直至偶遇导师与女神，进入至善之境，亲炙神的容颜、爱的注视、至高的光芒。后世诗人能从但丁那儿学得一鳞半爪，即为至福。更新的火待催生，更锋利的剑待熔铸，更肥沃的土待深耕，更健硕的语言之虎等着与我共舞。

25. 小说的诗学，一己之见

关于小说，唯一的范本是福楼拜的《包法利夫人》。这样说过分了吗？如果一定还有，那就是塞万提斯、卡尔维诺、克洛德·西蒙的小说。至于俄罗斯作家，如托尔斯泰、陀思妥耶夫斯基，直至索尔仁尼琴，则难以企及。庞大、沉重、多声部，交织着爱情、战争、死亡、愚昧、宗教与城市。小说家们大多认为陀、索两人很难学习。确实不好学，他们是沉重或欢快的天才、仁慈或残酷的天才。那么詹姆斯·乔伊斯的《尤利西斯》好学吗？不可学。不是因为晦涩，而是普通读者对西方文化不了解，对意识流不接受，对关系、人性与神性以及现代性缺乏基本认知。什么叫通俗小说？基本上是胡说。如果真的有，它的对应物是高雅小说，还是学院派小说？像戴维·洛奇的《小世界》或《大英博物馆在倒塌》。至于性描写，不在于多还是少，在于与情节、人物和结构的关联度。

26. 诗人的使命

小说家更像工匠，而诗人怎么看都是介于神与巫之间的人：预见、启示，做语言的祭司、美的证人。戏剧家呢，则是时空与故事的建筑师。

27. 哀音即乐音

哀音即乐音，也是情歌、挽歌与送行之歌的混合。屈原时代的这一歌赋传统，直到汉代还是这样的。汉代的葬礼上，人们吟唱的居然是欢快之歌，甚至情歌。我们从小就对屈原的存在不感到吃惊，越人与楚人有可以沟通的地方，就是祭祀、方言、歌咏与风习。屈原的伟大之处，就在于建构了一个以地域性文化为基石的象征系统，却流动着可以通约的人类（或族类）的普遍情感。当代杰出诗人杨炼，敏锐地感到了这一点，并以自身的创作，证明了屈原诗的现代性——诗与思的内在关系：诗是呈现、命名、记忆，思是追问、道路与心思。正如海德格尔说的，"思想本身乃是一条道路"。

28. 追问就是目的

有人说，与苏格拉底一样，屈原的《天问》表明：追问是目的，追问的方式、口吻和语言，已经隐含了答案。如果说起《天问》的答案，其实每个问题之后的问题，就是寻求答案的钥匙。即使没有答案，也有了寻求答案的道路。更重要的是，起始问题具有启示录意义（"曰：遂古之初，谁传道之？"），而最终的问题，是回到自身与现实（"吾告堵敖以不长。何试上自予，忠名弥彰？"）。《天问》既是开放的，也是闭环。

29. 屈原作为另一种传统

屈原的传统并没有隐没，只是成为"变奏"，而不是无休止的展开与复述。我们在一些当代诗人身上就看到了这一传统的复兴和最新推动。杨炼最近40年以来的诗歌创作，就是对《诗经》《楚辞》和唐诗的全面接续，而且获得了更大的视野、更多的面相。当然，所有的传统很难用复兴、接续来概括（起码不准确），但传统确实是可以激活并进行创造性转换的。传统与当下的实验，本身就是一种对话关系，敞开的、随机的、互为激发的。说隐没，其实就意味着需要重启、重生。屈原的传统在历史上经常有隐没的危险，但其实都化为暗河，会重见天日。

30. 诗与思的异质同构

如果说屈原的诗与当代实验诗歌有什么可以贯串的主线的话，那就是诗与思的异质同构，对内心与现实的双向追寻，修为与导引的同时进行，共时性与历时性的并作，而且，也是最重要的——心灵与肉体的双重流亡，不管是自愿的，还是被迫的——"眺望自己出海"（杨炼语）。

31. 差异与穿越

楚文化与中原文化有显著差别，如同长江与黄河的差别一样明显。长江文明与黄河文明虽同属中华文明，但两大流域文化的差异不可以道里计。楚文化特别有代表性（屈原站立其上），代表了另一种文化传统，这也是文化发生学的"陌生化"。楚文化不是那种威仪、等级化和结构化的文化，而具有网状、对答和绚烂的特征。

如果说《诗经》是以比兴见长，那么屈原是以辞赋胜出。以屈赋为代表的楚辞作品，是一种新的创造。其特点如宋代黄伯思《校定楚辞序》所说："屈宋诸骚，皆书楚语，作楚声，纪楚地，名楚物，故可谓之'楚辞'。"更重要的是，在《诗经》中我们经常看到王公庶人，而在屈原辞赋中，我们却更多见到了贵族、士大夫与异人（如巫蛊之人）。祖宗崇拜与图腾崇拜也是两大诗歌传统的重要区别。我们现在需要的是整合与穿越——对传统、地域与历史。

32. 古老而新生的荒谬

就荒谬性的揭示而言，屈原那时就已经入手了，只不过他采用的是呈现、推演与渲染等形式，还借助于香草、美人、服饰、水流、朽坏之物等意象予以建构，而当代诗人对荒谬的揭示，更直接也更复杂，采用的是反讽、悖论、戏仿的手法，而且是当下的、黑洞般吸附一切、无处不在无时不在的荒谬。这种荒谬具有弥漫性与日常性，不荒谬不成现实。从某种意义上说，当代诗人的处境迫使他们建构虚无，探寻存在，当然是对语言本身说话。屈原面对的虚无更多带有死亡、孤独和颠倒的意味，而我们面临的虚无，则是尼采式的荒芜感、窒息与活着的死。如何"复仇"？屈原选择了自杀，去死，而现代诗人选择了凝视、对峙与抗拒，或像尼采所说的：复仇乃意志对时间的憎恶，不断地豢养这种厌憎，直到获得大欢喜。

33. 思想之诗

诗的思辨可能更为本真。思想的诗，牵涉到诗与思的关系，也事关语言、存在与运思。思想之诗不是什么哲理诗，也不是哲思与事物、具象融合之诗，更不是什么思想性很强的诗，而是超验与经验一体性的先锋性诗歌，在诗意背后蕴藏着巨大的思想能量，在象征系统或非象征系统里，织锦一般地穿插着预见、思辨与时间，日常经验与存在印象熔铸的诗。它完全是诗，但不是瓦雷里说的纯诗，而是不纯的纯诗。

34. 声音与现象

当我们谈论诗朗诵的时候，首先想到的是声音、技巧和艺术，想到声音的组织和表现力。

日常的声音，生命的声音，自然的声音，各种声音组成了世界的一个重要维度。我们这里所说的声音，是现象界的抽象，也是世界的回声与延伸。歌唱与朗诵就是集中的体现，借助于声音的组织，人类的意志得到了表达和升华。就此而言，朗诵家也是声音艺术家，他借助于丰富的、有表现力的声线、音质和吐字方式，来呈现思维、意象和生活图景，揭示一个相对完整的意群和语义、一个富有意蕴的作品、一个遗失已久的传奇。

我们对声音的研究、对诗歌与声音关系的研究，还是远远不够的。法国思想家雅克·德里达写过一本书，叫《声音与现象》，他把声音与现象挂钩了，把声音跟精神、意识等很多事物也挂上钩了，这是非常有意义的耦合。德里达说，"声音是在普遍形式下靠近自我的作为意识的存在。声音是意识"。他还说，"现象学的声音就是在世界的不在场中的这种继续说话并继续面对自我在场——被听见——的精神肉体"。德里达把声音提高到了形而上的高度。

无论是诗人还是剧作家，在写的时候内心已经有声音了，很多声音先于文字形成了。比如，有些诗歌带有纯粹的声音，诗人就直接表达出来，就会写得很直白，很单纯；有的声音很曲折，更像叙述，比较复杂，带有一种对这个世界的解读和求证，那么诗人写的时候就采取迂回的手法，在诗行中带有回声。所以文本和朗诵本来就是孪生的、对应的，甚至是互为投影的关系。

现代诗歌中有对话式的表达，多重声音共存而不至于互相淹没，它们之间互不干扰。从声音的角度看，复调是一种声音的共生，需要保持对位。一种声音与另一种声音并置、呼应、对答，很多声音在互相碰撞，达到各自的表现力。人们可以在不同的声音里，挖掘出文本中有差异的意义。

35. 史诗发生在当下每一刻

2004 年出版诗集《狂暴的边界》之际，我发愿要书写当代史诗，这确是有感而发，但也有不自量力、狂妄的一面。在非常个人化、在乎个性发展到了自恋地步的文化圈，那精致的象牙塔和小布尔乔亚的生活方式，装点性的颓废，一大堆伪达利，加上以东方素食主义面目出现的复古派，穿上迷彩服的拜金主义者，构成了 20 世纪 90 年代以来某些社会文化景观。那时我很希望能打破这些，以回归和进化并行的方式，在寻找精神源头的同时，探索民族精神的新维度，所以继一些诗人之后，重提"当代史诗"这一概念。事实上，经历不同社会领域，更重要的是体验不同的生活方式和思维路径，是抵达当代史诗写作高度和开阔程度的不二法门。

36. 心境与诗人

心境是写作中极为重要的元素。一份静谧，就是最大的奢侈品。唯有宁静才能创建内心秩序，思想果汁饱满方可圆熟，进而进入酿造状态。设若一个诗人工作紧张，人际环境恶劣，突发事件迭出，精神上烽烟四起而陷于危机状态，加上爱的匮乏和道义上的孤立无援，这比贫穷和窘迫更可怕。

37. 灵感云云

年轻时，是我等待灵感，寻找诗歌，融之以读书与生活。如今，是灵感来找我，诗歌来访问我，足堪自顾自读书、生活和交往。更合适的说法，是思想与客体相遇，精神与语言共舞，爱欲、死亡与孤独在行动中升华。

38. 我们面对一个什么样的海

我们所面对的，不是爱琴海，也不是加勒比海。那是被轴心时代文明或异域情致浸染过的海，回荡着荷马的古代歌吟或沃尔科特的现代性叙述。我伫立其岸的海，更不是洛尔迦所歌咏的、充满了安达卢西亚神韵、飘散着卖水谣和吉普赛谣曲的悲哀之海、失落之海。不，它是东海：浑浊、狂放、阔大，咸腥味十足，丰饶而贫瘠，人们在此生生不息。于是，这片海洋所铸造的诗篇，也就带上生活本身的沉重和忧伤。与此同时，人类与族类的精神性在这片海洋中浑然一体。最近几十年来的社会变迁、物质生活和民间信仰，工业化的勃兴，农渔业的凋敝，给这个以海洋为想象力之"墙"的民族，带来了一系列的惊喜和苦恼，以及深刻的痛楚。华夏民族对海的态度向来是微妙的，甚至称得上暧昧：海，既是抵御外来事物的"长城"，又是索取另一种食粮的"田园"。只是到了近代，海洋的性质完全变了。海在不安中延展。两种异质文明——中华文明与西方文明——互为激荡，内部新的力量也在迅速生长。正是这个东海，见证了一系列的事件和变革，从农耕时代、工业时代到后工业社会，都在东海之镜投下身影。因此，我们这些东海之子的诗篇，注定带有与生活本身相匹配的激情，包括狂喜、沉思、质疑和回归。

39. 生活的镜像

大海，就是生活的镜像。依赖语言这一媒介，生活之海被揭露和呈现。词与物，书写与行动，语言与现实，表象与实质，在诗歌中得到统一，而这种统一是以长三角、沿海工业文明的侵蚀为代价的。自治的海洋已不复存在，处于胶着状态的沿海，被工业文明所形塑所挤压的社会形态，新的人际关系，人与自然的关系，出现众多裂痕，而且带来不可避免的冲突。海，即生活的镜像。

40. 地域文化对一个诗人的创作有多大影响？

我曾被视为"东海诗群"的成员，在我看来，大海既是一种现实，也是一个符号。大海与诗人的关系，应该是对象和参照系，大海不应是诗人的名号。我年轻时喜欢写与大海有关的一切，包括渔村、礁石、海风、滩涂和渔民，写船与桅杆，罗盘与铁锚，现在我也没有觉得这些诗歌完全失去它们存在的价值，但我已经不满足于这样写大海，或者说写这样的大海了，我更热衷于把生活当作大海来写，发现生活的史诗性质，甚至是元诗歌意义上的大海。我们的历史、文明和存在，不也是"大海"吗？地域文化对诗人的创作当然有重大影响，特洛伊之于荷马，约克纳帕塔法县之于福克纳，彼得堡之于曼德尔施塔姆，楚地之于屈原，其影响是无法低估的。浙江包括台州、杭州诸地，对我来说，始终是根，是生命意识和诗歌创作谱系中根本无法抹去的地点，一个不是三言两语能说清的地方。地域文化对诗人的影响，除了基本意象、文化根系和血脉贯通之外，还有一种气息和氛围上的无形影响，甚至，方言也会影响一个诗人的创作。

41. 岳麓书院、长沙窑与当下

没想到今日长沙是这么一个城市：是中国工业的心脏地区，又是时尚的网红城市（这不是最重要的），当然长沙首先是历史文化名城。多年来一直怀着朝圣般的心情，向往着拜访岳麓书院。近代以来，湖南这个省份偏移于保守与激进之间，而岳麓书院则是个平衡器，包括历史意识、行动方式和语言风格的平衡。如今我们不再是农耕时代的写作者，而是当下的写作者。站在古老而年轻的长沙，看到了遍地时尚与产业群，就好像在三星堆史前文明遗址上，瞥见了现代文明之花。工业时代、后工业时代的到来，与史前文明遗迹，构成了今生前世的关系，一种神秘而自然的关系，使人产生穿越时空的感觉。长沙既是属于水的，也是属于火的。属于水的是洞庭湖、湘江，我住的地方就坐落在湘江和浏阳河交汇处，天天看到河流交汇，水的流淌。在这个城市，只要车子一开动就能看到水，水的性格、水的流动、水的张力、水的冲击、水的二重性，我都看到了。同时我也看到了火，不仅是20世纪战乱中那场"文夕大火"，更重要的是，在近代化过程中它经受了火的锤炼、火的淬炼、火的打造。梁启超、谭嗣同、新民学会，长沙会战。没有经过近代化的"火"，长沙是站不起来的，也是脆弱的。这就是长沙的"诗意"，类似于艾略特的《四个四重奏》，时空节点中的烈火与玫瑰。有意思的是：力的邀舞，芙蓉、槟榔与女人，被雨水遮蔽的视线，以及"黑石号"沉船逐渐显露出来的航海、贸易与艺术，火焰中的华夏瑰宝——长沙窑。

42. 春天：梦呓与修辞（1）

春天，呼唤与制止，催生与屠杀，荣耀与耻辱。从沟渠、草丛、颓墙，直至钢铁、玻璃与水泥组成的峡谷。于是，从陡峭的峡谷里飞出一只蝴蝶。她借助于拍打春天的气息得以上升，而虫蝇在泥塘或牛屎中获得新生。没有一个角落不陷入盲动状态。那些发黄而脆裂的档案在铁柜里辗转反侧，而你在昏睡。你对年轻女性大腿的赞美，也提升到了死亡的高音区。汉字"蠢"，一种伟大的造字法。

43. 春天：梦呓与修辞（2）

同样在春天，多愁善感者在寻思枝叶与枪管、迷彩服、蚱蜢之歌的韵律，寻思栅栏与绿意、藓苔与冰川、冤狱与坟茔之蓟、压制与盆景的关系，最后在册页上留下三个红字——囚绿记。这《囚绿记》，本是文学家陆蠡的散文篇名。20世纪上半叶战乱之中，他死于上海的日本宪兵部。

44. 诗人与符咒

有一堵诗人签名墙，立于印象画廊壁炉之上。被一次假模假式的陶瓷制作仪式所切割，上面贴满了条幅式红纸，似乎这里真的是一座瓷窑！写着符咒似的对联，比如"平安不倒水色刹顶"，还有"祖师爷爷保佑只只好""窑头菩萨俯身件件精"。粗砺的黄褐色纸片，胡乱地贴满了墙壁：北岛不见了。欧阳江河、钟鸣和李笠隐约可见。吉木狼格屹立不倒。潘维失去"潘神"的佑护，只剩下"维"。而食指，确实被蚕食掉一个"食"字。这就是行为艺术和拼贴，哲学人类学意义上的闪回，文艺界水浮莲与水仙花交织的金色池塘。

45. 尤利西斯，最初的凝视

闪回是必不可少的。在影片《尤利西斯的凝视》中，在萨洛尼卡海港来回走动的几个人物，表示时间的逝去，船始终没有开走，眼光锚住了船。现在与过去并不连续，也不在一个水平线上。时间与空间就像一座开裂的、错开的建筑。这是纯粹的时间—影像，出发之后无处可回。原点、家和火焰在人的返回中，做永恒的偏离。奥德修斯式返乡：一个导演、三个女性、巴尔干半岛 20 世纪的离乱与动荡，狂奔、游行与搜查。人民委员会、钢琴与 1945 年新年舞会。主人公与电影博物馆女职员的爱情始于这样的叙述：罗马郊外墓穴与阿波罗大理石像，倒伏的芦苇，蜥蜴与太阳的喘息。所有的哭泣、笑声与爱抚，接吻时舌头之间的缠绕，男人与女人的森林，接纳或给予。三卷丢失的巴尔干半岛影像底片，就是记忆与遗忘的搏斗。时间参与其中，貌似不偏不倚。尤利西斯最初的凝视，充满了惊奇、迷惑和喜悦。这就是命运，一个导演，一个族群，一次次的反抗。而死亡战胜了一切：爱情如此苍白，就像几个逃亡中的女人的脸色；历史则是那片风中芦苇，一会儿耸立，一会儿倒伏。

46. 人性的证据

　　我一点点收集人性的证据，却眼看着这些证据在时间中失落、褪色和变异。人与证据分离。从互为印证到脱节，如同脱轨的列车。人在多年前站立起来，也许是因为眼睛的构造发生变化，食物带来的新能量，或者，上苍的意志。灵魂的擎举，基于脊椎直立的程度。星空迷人如空中花园，光芒彼此穿越，无须分辨。人类的悲哀是，宁可注视游戏场景与酒吧灯火，也懒得抬头看一看星空。这无损于星空，却使人类精神矮化。

47. 恶俗的建筑

　　著名的、优雅或壮丽的建筑周围，一定有恶俗的建筑。这就是现实，因为这是神与人联手建立的世界。

48. 江南秋日

　　你想象不出江南秋日是何等复杂！在有雾的早晨，汽车像甲虫一样，在道路上挪动；医院里那些貌不惊人的病房传来哭声，冬青丛为之颤抖；植物园的睡莲，被恋人没心没肺的言谈惊醒，犹如倦怠的复活者。尤其是，尺蠖跳进阳光的池子，蟋蟀、蛱蝶与枯树梦境雷同，而少女们怔忪不安，患上了白夜恐惧症。

49. 雨是烦恼的根源还是引子？

　　有时候，雨是烦恼的根源。一场无止无休的雨，很像官方的训诫，或黑格尔晦涩而明确的《小逻辑》，令人疯狂。更多的时候，漫长的雨构成铁幕。也许雨水只是一个引子。

50. 反诗意的雨季

在古巴，我与同伴的对话犹如漫长的雨季，包括对雨季本身的议论。而在观察这个国家时，我们之间每一个会意的眼神，就像闪电穿越了彼此的思想疆土，造成一阵焦糊味，然后是清新的风拂过甘蔗林和那些高大的王棕榈。在哈瓦那街头狂奔的老式道奇轿车，特立尼达的西班牙式庭院，圣地亚哥房东高大、漂亮而无所用心的女儿，都会引发我们的话题。而切·格瓦拉站在圣克拉拉革命广场上，神态俊朗，他对专制政府豢养的走卒实施的绞刑，他在甘蔗田里砍伐时光着膀子的模样，他在玻利维亚游击战中的沮丧与顽强，他死后被军人砍下的手腕，遗照中类似耶稣的神态（半闭的眼睛、叫人难忘的胡子），这一切都令人困惑不已。回到古巴的现实：街头呛人的烟味、哈喇味和下水道的臭气，国有供应站少量的供给品，作家协会退休诗人对食物的不倦热情和他破旧的裤子，旧时的欢乐诗句，瘦骨嶙峋的拥抱，使人伤感到失神的地步。

51. 三代火车上的一个中国人

你能刻画三代火车上中国人的心情和神态吗？你能说出蒸汽机、内燃机和电力时代的火车的速度、空间和交往形式？你是否一个人体验了三代火车上的情境，以及细微或显著的区别？

旧时火车，每个车厢就是一个小集市。上车开始，人的眼神、食物和身份都在交换，身体像小兽或飞禽一样，好奇、莽撞，处于乱拱或滑翔状态。人们每一刻都在交谈，使眼色，拨弄衣扣，用五指梳头，咧嘴偷笑，惊奇。沉默者并不甘愿沉默，没有人能够自我放逐。窗外的风景与村落、街道上的景致,如此自然地折叠、承续、衔接、连成一片。车窗的雾气正好用来画点什么,泄露天机或隐藏秘密。扳手或猪圈,蒙古包或竹寮,饥渴的精神或肉体。抽烟、喝茶或牌戏,心事或愤懑,狂笑或暗自垂泪。病假条用剩的白纸上,有一首打油诗:"待到红旗遍全球,我们北京来聚首。"相好的相片在怀里焐热,手指间的毛线在小板桌上滚落,迷宫似的心事挂在车厢接口处的铁钩上,任北风蹂躏不已。小伙子关注符离集烧鸡、白酒与陇上的黄土,白杨叶子与屋檐装饰了远处的生活,而自己活着就是瞥见喜欢的妞消失在车站栅栏,却徒劳地在心里喊叫!

电力时代的高铁,将沪杭的距离从两三个小时减缩为 51 分钟。邻座的男人与女人来得及交换一个没有意味的眼神,拿出一本观光画册或《旅伴》杂志;女性旅客补妆的时候正好看到窗外变压器底下穿过一个快递哥,而橙汁瓶子也不用打开,手机里的语音留言从通道飘过时,到站的广播响了:将近一个小时的浪掷,没有换得任何精神或物质的筹码,站台上黑压压的人群增强了数千年的孤独感。空间的改变,正好与时间的流转形成负相关。性、商业与政治,都稍纵即逝。同样是漂亮的妞,从眼前的这位到广告牌、肥皂剧中的那位,从来没有消失过,也无须呼唤和邀约。合约、别墅和商人在远方,维修工、快餐和警察就在眼前。不远处的那位女性旅客,正以浓妆假睫、众多钻戒和飞翔的欲望入睡,她的护照在大腿上随时准备下滑,荷兰航空公司的机械师潜入她的梦中,正欲与其修好。所有的旅行者原地不动,火车在动,中国铁路公司的运营箭头在动。

52. 一所中等商业学堂的诗意

记住路易·波拿巴的雾月十八日，记住袁世凯黄袍加身时那一撮往上翘的胡子。旧制度死得不彻底，就要为它多次送终。殉葬品，也许是花岗岩脑袋、软骨病人、精神奴才和苟且者，也许是整个族群。这些不是返祖现象，也许是被践踏一代中的心术不正者，或被蹂躏群体中的幸存者，被权力诱惑，最终被权力逼疯，侥幸逃过一劫而渐渐健壮起来的人。进入 1911 年，我所任教的大学前身——杭州中等商业学堂，近代中国第一个中等商业学堂诞生了。江浙沪工商业的诗意与长江三角洲的策论，也随之一挥而就。

53. 莫高窟里的论辩

话题是供养人与断代，工匠与签名，民族、语言与形象。整个论辩过程像一次征战。学者都累了，那么谁来打扫学术战场，还有仍在地上冒烟的学术总结？天空始终降不到树梢的位置，而沟坎如年代纪。幼年白杨树散发小清新，阳光如此真切地抚摩远山，那些皱褶就是分行排列的句子。没有多久，争论随风消散。寂静中兀鹰在心里占据一席之地。那一阵阵风就是启示录，或箴言。山河与历史均无定论，遑论人物。沙海沉默，年表无言，洞窟在余晖中获救。昨夜星辰重新列阵，光芒如刺似戟，直指虚无。

54. 良渚梦幻

特别令人惊异的是，从良渚博物馆出来，直接到了梦栖小镇的世界工业设计大会现场，看了巨型屏幕上对世界设计大会的介绍，还有 3D 打印、人工智能和机器人，以及建筑上连接各个部分的橘红色

廊柱，银灰色或灰白色橱窗、落地玻璃倒映的水波，经历了梦幻一般
的情境。晕眩、奇异、幻觉，工业理性与文明曙光期的苍茫、大气与
悲凉，玉鸟、玉琮、黑陶、祭祀台、排水系统的沟渠，各种神徽、纹
饰、礼器等早期文明遗存在我头脑中留下的具体印象，与当下工业社
会、后工业时代的设计图形，开放式社区和工作室的形象，混茫一
片，令人激奋，充满遐想。我站在多重文明的节点，找到一种全新的
感觉。在我们的精神世界里，这些事物和时空处于定格、穿越和省思
状态。新的诗篇呼之欲出。

55. 迭代与跳跃：良渚文明意象

良渚这片土地上所发生的一切，就是文明演进与更替的故事。此
刻我在良渚看到不同文明的具体表现，文明的新意象，文明的整体
感。眼前还晃动着史前文明的曙色，后脚却迈进了后工业文明阶段。
良渚乃至于整个环太湖地区早期的物质形态、交换方式和交往方式，
各种图形和实物所勾勒的形象，将成为诗歌的丰厚根基。如果说半坡
文明属于土，那么良渚文明就属于水，良渚文明是沼泽湿地的早期文
明。站在文明的交接点上，加深了诗人对文明的理解和同情心，考察
良渚就是一种返顾和追寻。

56. 含混与歧义，源于记忆

一个情境的浮现，或一个情景的弹出，与作家的现实有关，也与
词的呼唤有关。它们与暮色、树叶、鸟的啼鸣无关，与故宫护城河的
涟漪、箭楼的轮廓无关。那些是历史，夹杂着回声、观念与唐突的赝
品。一个情境，或情景，甚至场景，与记忆中最牢靠的部分，紧密相

连。这是诗歌的基石，一生中大部分的行动与言论，依仗这些记忆。

57. 奥登为何这么说？

奥登说，要成为诗人，最好生在农村，如不幸生在都市，必须尽量到山野、海滨去视察自然的生态，学习自然的色彩和韵律。生在农村，是上帝对诗人的眷顾，让他与大地、食粮、植被、河流、天空建立了精神与感官的纽带，对生存、家族与血脉的原初性有一种确切认知，对劳作、血性与承担有直接感受性。即使生活在城市，诗人也必须在生存状态中培养体验、观察和认知大自然的本领，这是一份颖悟、一种体验、一个经验。对诗人来说，这不仅是呈现与表达的需要，更是天性的展现、感官的投射，最终是将自然的韵律与色彩转化为一种语言本能，获得诗歌文本的音乐性、画面感和穿透力。

58. 以语言魔术蛊惑存在之物

如果说，生命是能量建构与耗散的话，诗歌就是身体周围的光。一种光晕，一个日珥，一种永恒的冲动。诗人穷其一生构建他的语言之屋，以神—人的尺度、心灵自由度，词的精确性，成为一个富于想象力的建筑师、语言匠人。透过窗户看出去，万物之丰盛浩大，山川河流之开放驰骤，神灵之魅与尘世之欢都需要诗人去发现，去呈现。当大洪水将至，造物主的方舟之门敞开时，狮子忘却了自己的丛林，各类走兽和飞鸟都不再回到它们常去的地方，这是多么奇妙的事！我怀疑，诗人以语言魔术，蛊惑了这些存在之物。生活依然是第一位的，诗歌是指针与星座。灰头土脸的我们携带文明的种子上路，穿过炼狱，抵达水晶般的穹顶与群山之巅。

后 记

　　《鹰的蒙太奇——诗论与诗歌批评文集（1981—2021）》是我的第一本诗论与诗歌批评集。年近七十说"第一本"，绝无标榜之意，唯有愧疚之心。从 1981 年首次在《诗刊》发表诗作，同年写出大学毕业论文《论鲁迅〈野草〉的美学特征》并顺利通过算起，与诗歌创作与诗歌评论打交道也有些年头了，因而这个"第一本"令人汗颜。可惜这篇自以为过得去的毕业论文找不到了，前些年也让友人在浙大档案馆帮我找过，无果。值得说明的是，收入本书的一些文章的观点和想法，或多或少来自这篇毕业论文，说是回溯到思考的源头，也不十分过分。我并不想以诗歌批评家或诗学研究者自居，也不想去规划所谓的文学批评生涯。一则老矣（尽管有人说"奔七"在如今并不意味着老），二则我尚有自知之明。热爱是一回事，但成为专业或学问是另一回事。

　　收入这本集子的，既有正儿八经写就的评论文章，也有随感式的诗学文字，更有一些演讲、序跋，或与诗人的对话，还有获奖后的答谢词等等。敝帚自珍，这些文字或可成为我诗歌创作与文学活动的一个"记录"，一份中国新时期汉语诗歌发展的"笔记"。这个集子还有一个特殊意义，也是我与当代中国诗人交往的"见证"。

　　我还要说一句，文集中各篇文字一定存在着纰漏和谬误，请同行和读者朋友不吝指教。在文字征引方面，也会有粗疏之处，引文也未能一一标明出处（虽然我在好几篇文章中作了说明，并表达了谢意），敬请见谅。

最后，我要借此机会感谢洪迪先生、唐晓渡兄多年来的指教，感谢余刚、伤水、刘翔、韦锦等友人的热心相助。著名诗歌批评家唐晓渡兄为本书写了热情、恳挚而富有启示性的推荐语，令我心存感激。

王自亮

2025 年 5 月 30 日，杭州